MEU DOSTOIÉVSKI:
Os Minutos Finais

Edson Amâncio

MEU DOSTOIÉVSKI:
Os Minutos Finais

LetraSelvagem

Grafia atualizada segundo o Acordo Ortográfico
da Língua Portuguesa de 1990, que entrou em vigor no Brasil em 2009.

O logotipo Letra Selvagem *foi idealizado a partir de cerâmica Aruak, padrões utilizados nas bordas dos vasos, compilados por Koch-Grunberg em 1910.*

Coordenação editorial: Nicodemos Sena
Editora adjunta: Marli Aparecida Perim
Design editorial (capa e miolo): Cesar Neves Filho
Ilustração da capa: escultura de Ygor Knyazev,
fotografada por Marcos Piffer
Preparação de originais e revisão: Nicodemos Sena
Representante comercial: Marcelo Nogueira

Dados Internacionais de Catalogação na Publicação (CIP)
Angélica Ilacqua – CRB-8/7057

A499:

Amâncio, Edson,1948-
Meu Dostoiévski: minutos finais / Edson Amâncio. – 1ª ed.
– Taubaté, SP: Letra Selvagem, 2023.
256 p.

ISBN 978-65-89841-23-4

1. Literatura Brasileira – Romance I. Título.
23-6063 CDD – B869.3

LETRA SELVAGEM
Rua Cônego Almeida, 113 - Centro – Taubaté-SP/Brasil. CEP 12080-260.
Tel. +55(12)99203-3836
www.letraselvagem.com.br
www.livrariaselvagem.com.br
edirtoraelivrarialetraselvagem@gmail.com

Sumário

Prefácio

"Meu Dostoiévski: os minutos finais", obra que vai além da biografia

Adelto Gonçalves[1]

Esta é uma biografia que vai muito além dos estreitos limites do gênero. Em suas páginas, constata-se que é resultado de uma admiração que já passou de meio século por Fiódor Mikháilovitch Dostoiévski (1821-1881), o romancista e contista russo que, hoje, ombreia com grandes autores universais, como Dante Alighieri (1265-1321) e Miguel de Cervantes (1547-1616), ou outros gigantes da literatura russa, como Nikolai Gógol (1809-1852) e Alexandre Pushkin (1799-1837), ou o nosso Machado de Assis (1839-1908).

[1] Adelto Gonçalves, jornalista, é mestre em Língua Espanhola e Literaturas Espanhola e Hispano-americana e doutor em Letras na área de Literatura Portuguesa pela Universidade de São Paulo (USP) e autor de *Gonzaga, um Poeta do Iluminismo* (Rio de Janeiro, Nova Fronteira, 1999), *Barcelona Brasileira* (Lisboa, Nova Arrancada, 1999; São Paulo, Publisher Brasil, 2002), *Fernando Pessoa: a Voz de Deus* (Santos, Editora da Unisanta, 1997); *Bocage — o Perfil Perdido* (Lisboa, Editorial Caminho, 2003; São Paulo, Imprensa Oficial do Estado de São Paulo — Imesp, 2021), *Tomás Antônio Gonzaga* (Imesp/Academia Brasileira de Letras, 2012), *Direito e Justiça em Terras d'El-Rei na São Paulo Colonial* (Imesp, 2015), *Os Vira-latas da Madrugada* (Rio de Janeiro, Livraria José Olympio Editora, 1981; Taubaté-SP, Letra Selvagem, 2015) e *O Reino a Colônia e o Poder: o governo Lorena na capitania de São Paulo — 1788-1797* (Imesp, 2019), entre outros.

Talvez impedido por muitos obstáculos — que incluiria a distância dos arquivos russos —, em vez de construir uma extensa biografia semelhante à que o norte-americano Joseph Frank (1918-2013) fez, que resultou em cinco volumes e mais de três mil páginas, o autor desta obra, o romancista, contista e cronista Edson Amâncio (1948), preferiu, em muitos momentos, recorrer à ficção para tentar traçar alguns ângulos da personalidade de Dostoiévski e daqueles que conviveram com ele, além de documentar o percurso de sua paixão literária, que teve início em 1962 quando se deparou na biblioteca pública de sua cidade natal, Sacramento, no interior de Minas Gerais, com *Recordações da Casa dos Mortos*, obra basilar do currículo dostoievskiano.

Essa admiração pelo escritor russo aumentou quando o autor, já então estudante de Medicina, passou a ouvir os professores de neurologia citarem Dostoiévski, que sofria de epilepsia e que, por isso mesmo, criou vários personagens que padeciam do mesmo mal, cujo exemplo mais significativo é o príncipe Michkin, do romance *O idiota* (1869). Depois, já formado, conheceu uma biografia de Dostoiévski e, desde então, nunca deixou de ler os livros do autor russo e ensaios, artigos e outras obras que se referiam a ele.

Desde então, sempre que pôde, não deixou de tentar reconstituir o périplo de Dostoiévski pelo mundo, procurando rastros do autor em Paris, Londres, Basel, Dresden, Genebra, Vevey, Florença, Milão, Moscou, São Petersburgo e outros lugares. Viagens que incluíram não só uma visita ao túmulo de Dostoiévski como um encontro com um tataraneto do escritor no Museu Literário-Memorial F. M. Dostoiévski, em São Petersburgo, dia em que, a caminho daquele local, sofreu um acidente no metrô que quase lhe custou a perda da perna direita, que ficara presa entre o vagão e a plataforma, depois de uma queda provocada por um atropelo de uma multidão de usuários. Desse tataraneto de Dostoiévski, Dmitri, o biógrafo-itinerante receberia algumas cópias da correspondência inédita que o escritor trocara com o poeta Apollon Máikov (1821-1897), seu fiel amigo.

Na obra, além de passagens registradas ao longo dessa busca de possíveis rastros deixados por Dostoiévski, obviamente, há muitas referências à permanência do escritor na Fortaleza de Omsk, na Sibéria, por uma década, ou seja, quatro anos como preso carregando grilhões de cinco quilos de ferro, por delito político de conspiração contra o czar, e outros seis como soldado forçado do exército russo.

No Museu Dostoiévski, que está instalado exatamente no prédio em que o escritor passou a última etapa de sua vida e escreveu o seu derradeiro romance — *Os Irmãos Karamázov* (1879) — e o célebre *Discurso sobre Pushkin* (1880), Edson Amâncio teve também a oportunidade, a convite dos diretores da instituição, de ler sua versão para "O crocodilo", o conto inacabado de Dostoiévski.

O Museu fica no cruzamento da rua Kuznetchny com a rua Dostoievskogo, antiga Iamskaïa que teve o nome alterado em sua homenagem, não muito distante da igreja do Ícone de Nossa Senhora de Vladimir. Lá o escritor morou, sempre de aluguel, primeiro, por um curto período, na década de 1840, e, depois, com a família, de outubro de 1878 até o dia de sua morte, em 1881.

Foi naquele apartamento que Dostoiévski, quando ainda solteiro, escreveu *Gente Pobre (Biédnie Liúdi)*, que ganhou nova edição em português, em 2011, em tradução de Luís Avelima, pela editora Letra Selvagem. É de se lembrar que, publicado em 1846, este romance epistolar, gênero que teve seu auge no século XVIII, mas que já declinava à época, foi recebido de maneira entusiástica por Vissarion Belinsky (1811-1848), renomado crítico literário russo, que previu com acerto que o seu autor, então com 25 anos de idade, seria um dos gigantes da literatura russa.

Mas que espécie de homem foi Dostoiévski? O homem da mansarda, como se autodefinia? Soturno, raivoso, perverso, de poucas palavras e gestos comedidos? Ou um homem cercado de familiares e amigos, que sempre tinha uma palavra de encorajamento a quem o procurava? Por este livro de Edson Amâncio, o leitor vai perceber que Dostoiévski, se foi tudo isso, foi também homem de muitas mulheres, pois, depois de Maria Dmitirevna (1824-1864), sua primeira esposa, casou-se com Anna Grigorievna Sinitkin (1846-1918). Em São Petersburgo, obrigado a sustentar também a família do irmão falecido, Mikhail, acabou por ditar o romance *O Jogador* para sua secretária, Anna, com quem acabaria por se casar, embora ela fosse 25 anos mais jovem. Mas antes de se casar com Anna teve como amante Apollinaria Súslova, contista também conhecida como Polina Súslova (1839-1918).

Se este prefaciador pode acrescentar algo a uma obra tão bem imaginada e delineada, é para recordar a visita que fez, em 2011, ao Museu Dostoiévski. Trata-se de um típico prédio de apartamentos da São Petersburgo oitocentista, simples e ordinário, sem nenhum mérito arquitetônico em particular, que começou a ser restaurado em 1968 já com o objetivo de se preservar e reconstruir o apartamento de Dostoiévski. Hoje, todos os dias, exceto nas segundas-feiras, quando está fechado, o apartamento-museu atrai turistas e estudiosos de todas as partes do mundo, sendo um dos locais mais visitados de São Petersburgo, cidade que pode ser definida como um museu a céu aberto. E todo dia 2 de julho, desde 2010, em frente ao apartamento-museu, é comemorado o Dia de Dostoiévski, com encenações que rememoram personagens da obra do escritor.

Entra-se no Museu por um *hall* no rés do chão em que estão um boxe para a venda de livros de Dostoiévski e *souvenires* e um reservado de cabides em que todos os visitantes são obrigados a deixar os seus sobretudos em dias de inverno, o que é comum durante pelo menos dez meses do ano. Depois, sobe-se por uma escada de poucos degraus para o espaço onde ficavam a sala de visitas e, provavelmente, a cozinha. Acima, estão os quartos, hoje todos transformados em espaço dedicado à memória do escritor. O museu comporta ainda uma exposição literária consagrada à vida e à obra do autor.

O apartamento foi restaurado não só com base em documentos de arquivo e anotações deixadas por contemporâneos do escritor como nas memórias deixadas por sua segunda esposa, Anna Grigorievna, autora de *Meu Marido Dostoiévski* (Editora Mauad, 1999, tradução de Zoia Prestes), além de fotografias que foram tiradas um mês depois da morte de Dostoiévski. Logo à entrada do apartamento, chama a atenção um sinete que funcionaria como campainha para anunciar a chegada de visitas. Se não é o original da casa, é exatamente o sinete que se usava à época.

No primeiro andar, pode-se ver a mesa de trabalho do escritor em cima da qual, dentro de uma redoma de vidro, está a pena de metal que ele costumava usar para escrever suas obras. Há ainda fotocópias de manuscritos dostoievskianos. No segundo andar, formado por seis quartos, depois do *hall* de entrada, há a biblioteca e uma cozinha. Sete janelas dão para a Rua Kuznetchny. De uma delas, é possível contemplar a cúpula da igreja de Vladimir.

No quarto que teria sido do casal, vê-se igualmente dentro de uma redoma de vidro uma receita médica que lista os medicamentos que o epiléptico Dostoiévski usou para combater o mal que o atacou nos últimos dias. Detalhe: a receita médica tem a data exata do dia em que o escritor morreu. No quarto está ainda a cama, acima da qual há uma fotografia do quadro *A Madona Sistina*, de Raphael (1483-1520/21), pintado em 1513, símbolo da cidade de Dresden, capital da Saxônia, na Alemanha, onde Dostoiévski viveu um período de sua vida. Numa pequena mesa próxima à janela, um relógio marca o dia e a hora da morte do escritor (28 de janeiro de 1881, 8h36).

Naquele andar, dois quartos são dedicados à mulher do escritor. Entre o mobiliário, há uma escrivaninha que lhe pertencia, além da sala de jantar em que se reunia toda a família todas as noites. Em lugar de destaque, uma curiosidade: uma pequena caixa de latão em que o escritor, fumante inveterado, costumava acondicionar o tabaco.

O Museu dispõe de uma vasta coleção de gráficos e objetos de arte e decoração, além de um fundo considerável de fotografias de São Petersburgo da época em que viveu Dostoiévski. Na sala de fotografias, pode-se ainda ver a máscara mortuária de Dostoiévski. Por ali, o visitante pode imaginar as ruas de edifícios baixos e regulares que o escritor costumava percorrer até chegar a sua casa. Mais adiante, há um chapéu de feltro negro que seria aquele com o qual Dostoiévski costumava enfrentar as noites frias de São Petersburgo.

O Museu comporta igualmente uma coleção de cartazes de teatro, programas de adaptações de obras do escritor e um fundo de manuscritos. Boa parte do material foi fornecido por uma sobrinha de Dostoiévski, filha de seu irmão mais velho Mikhail (1820-1864), contista e crítico literário. Além disso, há uma biblioteca que guarda mais de 24 mil volumes, reunindo não só edições em russo dos livros do escritor como outras publicadas em numerosas línguas, inclusive *Gente Pobre*, edição da Letra Selvagem.

Ao lado do apartamento, está o Teatro Dostoiévski, que constitui uma parte independente do Museu e costuma levar à cena, durante o ano, várias adaptações de obras de Dostoiévski, que, aliás, era grande amante da arte cênica, tendo sido amigo de diretores, atores e atrizes. Nikolai Gógol, Henrik Ibsen (1828-1906) e outros contemporâneos de Dostoiévski também já tiveram suas obras ali encenadas.

Antes da Revolução Russa (1917), artigos apareceram em jornais defendendo a necessidade de se abrir um museu em homenagem à memória de Dostoiévski em São Petersburgo. Mas o máximo que se fez foi a colocação de uma placa comemorativa no prédio, já em 1956. O primeiro Museu Dostoiévski surgiu em Moscou em 1928, num prédio que abrigara o Hospital Mariinsky, onde Dostoiévski nascera e passara boa parte da infância, já que seu pai, o médico Mikhail Andreevich Dostoiévski (1788-1839), ali clinicava.

Durante os anos de regime soviético, pouco se fez em São Petersburgo, então Leningrado, porque as convicções religiosas e a ficção psicológica de Dostoiévski seriam incompatíveis com a ideologia do marxismo-leninismo. Mesmo assim, muitos escritores e estudiosos de sua obra não hesitaram em defender a criação de um museu na cidade onde ele havia passado a maior parte de sua vida.

Por recordar tudo isso e muito mais, este livro, antes de uma biografia como tantas que já foram escritas sobre o autor russo, é uma reconstituição da trajetória do seu autor em busca do perfil perdido de Dostoiévski. Em outras palavras: é uma biografia reinventada, pois constitui também um exercício de ficção, como o relato de Pavel Issáiev, enteado de Dostoiévski, filho de Maria Dmitirevna, ou a imaginada viagem do escritor russo a Índia.

Sem contar que, como é um renomado médico e neurocirurgião, com mestrado e doutoramento na Escola Paulista de Medicina da Universidade Federal de São Paulo (Unifesp), o seu autor conhece à exaustão o que provoca um ataque de epilepsia, a sensação de conviver com a morte iminente, como deixou claro em seu recente livro *Experiências de Quase Morte (EQMs): Ciência, Mente e Cérebro* (Summus Editorial, 2021).

Por tudo isso, o que o leitor vai encontrar aqui não é mais uma biografia de Dostoiévski, mas, como o título da obra já anuncia, é o Dostoiévski, que a partir de muitos fatos verídicos, saiu da imaginação de Edson Amâncio. Seja como for, o mais importante aqui é o conhecimento que se ganha do ser humano, ou seja, de seus sentimentos, suas expectativas de vida, suas alegrias e suas tristezas.

MEU DOSTOIÉVSKI:
Os Minutos Finais

Para

Vera Biron, diretora do museu literário
Fiódor Mickhailovitch Dostoiévski,
em São Petersburgo.

Prólogo

Meu caro Dostoiévski

Escrevo-lhe esta carta num momento de grande apreensão. É quase uma desculpa pelo que acabo de perpetrar: um esboço biográfico da sua vida. Digo esboço e sei que exagero ao me anunciar assim. Na verdade, tentei realizar um texto ficcional baseado na sua biografia, tão rica e mirabolante como as de muitos de seus personagens. Espero que você possa me perdoar, onde quer que se encontre. Tive alguns cuidados ao relacionar fatos verídicos da sua trajetória. Li seus principais biógrafos, vários artigos de crítica publicados a respeito da sua obra, e viajei para os principais lugares em que você viveu e visitou. Estive em Baden, Paris, Londres, Dresden, Genebra, Vevey, Florença, Milão e; claro: Moscou, onde você nasceu, e São Petersburgo, onde morreu. Fiz amizade com os curadores do museu que leva seu nome em São Petersburgo. Foram eles que me honraram com o convite para ler minha versão de *Término possível para o conto inacabado de Dostoiévski: O Crocodilo*, durante as comemorações do jubileu em sua homenagem. Muito me orgulho desse feito, mas tremi de medo diante daquela plateia de russos admiradores da sua obra. Por ter tido esse deslumbramento e ousadia, peço-lhe mais uma vez, sinceras desculpas.

Uma das curadoras do museu Dostoiévski, de São Petersburgo, esteve alguns dias em minha casa, no Brasil, e, ainda hoje, nos correspondemos com frequência. Foi nesse museu, durante as comemorações do centenário da sua morte, que conheci seu tataraneto Dmitri Dostoiévski. Por intermédio dele, consegui algumas cópias da correspondência inédita que você trocou com seu fiel amigo, o poeta Máikov, na qual ele fala a seu respeito, com carinho e admiração. Tais cartas teriam sido dirigidas a um pretenso biógrafo seu (que não consegui identificar), com vistas a uma biografia que nunca foi escrita. Aproveitei essa correspondência inédita, como se tivesse sido dirigida a mim (peço-lhe sinceras desculpas por ter me apoderado assim de algo tão pessoal e que pertence a seus legítimos herdeiros).

Certamente as cartas de Máikov não foram direcionadas ao seu primeiro biógrafo, Strákhov, que privava da sua intimidade, mas que impiedosamente falou muito mal de você numa carta a Tolstói. As cartas de Máikov constituíram para mim um verdadeiro deleite. Pena que você não tivesse vivido o bastante para conhecer o desabafo de seu melhor amigo. São cartas que ele escreveu a respeito da sua intensa vida, nos dando detalhes da proximidade da sua morte, com muito carinho e extremoso respeito. Anexei-as no corpo do meu livro. Dmitri Dostoiévski, seu tataraneto, ainda me premiou com uma cópia da carta que você escreveu a Máikov, quando de uma das suas inúmeras viagens. Esta também foi incorporada ao meu texto. Foi a forma que encontrei para dar maior verossimilhança ao meu relato e uma maneira de estar verdadeiramente perto de você.

Com admiração e respeito, o meu eterno agradecimento.

01
Eis o começo de tudo

Como posso ter dedicado praticamente todo o meu tempo livre a pesquisar Dostoiévski? É a pergunta que me faço agora, próximo dos setenta anos, no momento em que decidi rever todas as anotações a respeito, coletadas durante toda a minha vida.

Por volta de 1962, quando eu comemorava o meu décimo quarto ano de vida, ocorreu-me — por puro acaso — manusear livros numa estante da biblioteca pública da minha cidade. Deparei-me com *Recordações da Casa dos Mortos*. Foi aí o início do meu interesse por Dostoiévski.

Escrever um livro... Tanto mais difícil do que escrever é não fazê-lo, por alguma razão. Os livros nos perseguem, ou somos nós a persegui-los durante a vida toda? Em 1962, não houve comemoração alguma. Entrei na biblioteca, à procura de... livros. Folhei algumas estantes que não me estimularam. Aboletei-me num canto com as *Recordações* nas mãos. Li as primeiras páginas, a introdução. A história de um ex-condenado a 10 anos de trabalhos forçados na fortaleza de Omsk, na Sibéria, por ter assassinado a esposa, por ciúme. Dostoiévski é muito hábil em atracar o leitor, logo nos primeiros parágrafos. Não parei mais. O assassinato da própria esposa foi o disfarce que ele arranjou para contar sua experiência na prisão siberiana. Não por ter assassinado alguém, mas por delito político de conspiração contra o Czar.

E passei a ler Dostoiévski — então já definitivamente eleito como o meu escritor predileto — com avidez e assiduidade. Lendo-o eu parecia dar sentido à vida, eu entrava naquele universo como quem entra numa nave espacial, respirava o mesmo oxigênio, sofria com o sofrimento dos seus personagens, como se eu próprio fosse um deles e, em certo sentido, conciliava-me com muitos daqueles acontecimentos tão distantes, que me pareciam com os mesmos que eu próprio vivia. Passava horas mergulhado naquele universo tão estranho e ao mesmo tempo tão familiar. Comecei a pensar que nada do que fazia era desperdício. Refletia que ali estava a própria vida e que, a partir daquelas intermináveis leituras, eu chegaria a algum lugar, ainda mal entrevisto na minha adolescência. Não posso dizer que lendo Dostoiévski eu me sentia feliz, mas com certeza mais próximo da felicidade que até então eu poderia alcançar.

Muitos anos depois de sair da prisão Dostoiévski ainda reclama das cartas enviadas por leitores ao jornal que dirigia como se fosse ele mesmo o criminoso punido pelo assassinato.

A confusão que leitores (felizmente alguns poucos) fazem entre autor e personagem chega a ser desconcertante. Lembro-me que uma vez — isso há muitos anos — publiquei um pequeno conto numa revista mensal, na qual o narrador, na primeira pessoa, atropela e joga uma figura popular nas águas agitadas do cais noturno de Santos. No dia seguinte à publicação, fui abordado por um senhor, que eu conhecia de vista, com um olhar pouco amistoso a perguntar: "Você matou mesmo aquele coitado"?

De volta às *Recordações*. Nunca me saiu da lembrança a interrogação que Dostoiévski faz na prisão: "Eu jamais poderia, por exemplo, imaginar tormento maior do que não poder ficar sozinho um momento, ao menos nos dez anos da minha sentença. No trabalho, vigiado; no presídio, com a companhia de outros duzentos condenados; e nunca, nem uma só vez, a solidão! Contudo, tive de me acostumar".

Como, com quatorze anos de idade, não ficar extasiado, possuído mesmo pela leitura de Dostoiévski?

Não havia biblioteca na minha casa. De tal forma que

passei a ser assíduo frequentador da nossa biblioteca pública e levava sempre Dostoiévski para ler em casa.

Alguns anos se passaram. Aos dezenove anos comecei meu curso de medicina. Foi quando as leituras se tornaram escassas. No quarto ano da faculdade, Dostoiévski reapareceu, como um fantasma. Era constantemente citado pelos professores de neurologia como pioneiro a descrever uma forma rara de epilepsia: a epilepsia com aura de alegria e prazer. Aquela mesma da qual sofria o escritor e a recria em alguns dos seus personagens epiléticos, principalmente no Príncipe Michkin, do seu romance *O Idiota*. "Por aquele segundo que antecede o ataque, eu daria a própria vida".

Muitos anos depois, já formado e terminado a residência médica, eis que me deparo — de novo por acaso — com a biografia de Dostoiévski escrita por Henry Troyard. Leitura que absorveu uma noite inteira. Às cinco da manhã, ensopado de suor, fechei o livro. Aquilo tudo me pareceu meio mágico. O nascimento em Moscou, a morte da mãe por tuberculose, o assassinato do pai pelos servos em Daravoi. Eu mal conseguia respirar, à medida que as páginas se sucediam.

Eis o começo da minha perseguição implacável, pela obra e por tudo o que dizia respeito a Dostoiévski. Nos poucos momentos livres que o exercício da profissão permitia, lá estava eu atracado ao meu Dostoiévski. Os cadernos de anotações foram se sucedendo ao longo dos anos. Até chegar o momento em que a aventura abandonou os livros, as biografias, as incansáveis leituras de críticos e exegetas na obra do escritor, então me coloquei em marcha. Deixe-me começar por Paris.

02
Paris é uma cidade desagradável

Ninguém se hospeda no Cujas impunemente. É um hotelzinho barato, sem estrelas, um autêntico pardieiro, situado num prédio estreito de quatro ou cinco andares, encravado entre os pomposos edifícios da Sorbonne. Começo a busca por aí. É claro, cento e trinta anos depois, não há rastro de Dostoiévski por lá. No entanto, dois dias no Cujas são oportunos. Vou à Biblioteca Saint Geneviève, a cem metros do hotel, passo o dia pesquisando velhos manuscritos, artigos, livros, revistas, ensaios. Sento-me num café, um copo de Bordeaux e já estou de volta ao Cujas. Não vou me aventurar por lugares muito distantes. Ali há biblioteca, livrarias, a Rua Soufflout, a Igreja Saint-Étienne-du-Mont, Praça Sorbonne, o Luxemburgo, a Rua da Escola de Medicina e o Carrefour do Odéon, em pleno bulevar Saint Germain. Há o café Odéon. Tenho, portanto, meu mundinho circunscrito, de dimensões precisas, bem delineadas. Na curta temporada de Dostoiévski em Paris ele não saiu desse pequeno círculo. Não foi ao Louvre uma vez sequer, nem ao Jardim Botânico, não havia ainda a Torre Eiffel, mas passou uma tarde inteira numa visita patética aos grandes vultos da História da França, enterrados no Panthéon. Paris e os parisienses lhe ficaram na memória como aborrecimento. Vai reclamar disso nas Notas de inverno sobre impressões de verão. Foi ali, no seio do Quartier Latin, que ouviu o *não* definitivo da amante. Foi ali, nesse quadrilátero que se inicia atrás do Panthéon e termina na estátua de Danton no Odéon, que Dostoiévski sofreu a grande decepção de sua vida. À primeira vista, ou, se quiserem, à primeira leitura de *Notas de Inverno sobre Impressões do Verão*, tem-se a impressão de que nosso escritor é apenas rabugento. Numa carta a Strákhov, escreve: "Você me falou dos tipos presunçosos, indolentes e complacentes, que vicejam entre nós no *spa* de águas minerais [fora de Petersburgo]. Mas juro a você que aqueles que encontro aqui são igualmente malévolos. Os nossos são apenas patifes carnívoros e, na maior parte do tempo, sabem disso, mas os daqui estão totalmente convencidos de que é assim que deve ser. O francês é agradável, decente, polido, mas falso, e para ele dinheiro é tudo. Não há nele um pingo de ideal".

Mas rabugice não contempla Dostoiévski. Seu amor desmesurado pela Rússia, por achar que a Europa é decadente, um mundo em ruínas, uma cultura moribunda, muito antes da viagem para a Europa, era essa sua posição. Não é outra a razão pela qual ele execra Paris e os franceses, da mesma forma que abominará os ingleses e a Inglaterra.

Dostoiévski acreditava firmemente que a Rússia e o povo russo seriam os representantes legítimos de uma fonte nova de inspiração moral e social da qual deveria originar-se uma nova ordem mundial.

Não há como reconciliá-lo com Paris.

03
Não aceitar o existente como sendo o ideal

Mais um dia e estou em Londres, ainda viajando nos rastros do escritor. Talvez Londres tenha sido o único local da Europa a despertar algum entusiasmo em Dostoiévski. Podemos admitir que tal entusiasmo com a beleza estética refreasse a rigidez do escritor para com a Europa? Não é à toa que o capítulo referente a Londres, nas *Notas de Inverno*, tenha o nome do deus da carne execrado pelo Velho Testamento: Baal.

Dostoiévski conseguiu permanecer oito dias. O que viu em Londres que tanto o impressionou? É certo que se espantou com a Exposição Universal e com o Palácio de Cristal. É exatamente diante da exuberância do Palácio de Cristal que Dostoiévski distingue o "espírito profano da modernidade que assomava malévola, sobre Londres". O que sua imaginação vê aí é a assunção da Besta profetizada pelo Apocalipse. Nas *Notas de Inverno* vai dizer: "Não será esse realmente o ideal atingido? pensa-se. Não será o fim? Não será esse, de fato, o "rebanho único"? Não será preciso considerá-lo como a verdade absoluta, e calar para sempre? Tudo isso é tão solene, triunfante, altivo, que nos oprime o espírito. Olham-se essas centenas de milhares, esses milhões de pessoas que acorrem docilmente para cá de todo o globo terrestre, pessoas que vieram com um pensamento único, que se aglomeram plácida, obstinada e silenciosamente neste palácio colossal, e sente-se que aqui se realizou algo definitivo, que assim chegou ao término. Isso constitui não sei que cena bíblica, algo sobre a Babilônia, uma profecia do Apocalipse que se realiza aos nossos olhos. Sente-se necessidade de muita resistência espiritual e muita negação para não ceder, não se submeter à impressão, não se inclinar ante o fato e não deificar Baal, isto é, não aceitar o existente como sendo o ideal".

Conheceu Bakúnin na casa de Herzen, o socialista radical russo. É deste último a observação: "Dostoiévski esteve ontem em minha casa. É um homem ingênuo, um tanto confuso, mas extremamente simpático. Acredita com fervor no povo russo". Dostoiévski compartilhava algumas das ideias socialistas de Herzen, sobretudo no que diz respeito à aversão à sociedade ocidental e nas supostas inclinações socialistas do camponês russo, porém, por seu lado, o escritor não se entusiasmou por nenhum dos dois. Desejou sair para conhecer Londres. Quem o visse a perambular pelas ruas do bairro londrino de High Market não pensaria duas vezes: é um russo desocupado, um viajante, um curioso dos costumes do mundo, um monge ortodoxo de férias e sem os paramentos, um profeta. A barba negra é longa e se espalha pelo peito como um leque teimoso, os olhos cinzentos, vivos, acesos como se não quisessem perder o menor detalhe nessa balbúrdia, a pele de um vermelho quase transparente, um tanto irritada pela exposição permanente ao fraco sol europeu, o nariz comum, os claros cabelos louros na testa; por cima da sobrancelha esquerda, uma pequena cicatriz. Robusto, 1m68, o ex-primeiro-tenente da Escola de Engenharia de São Petersburgo, o ex-forçado vai explorar as ruas londrinas. Sigamos os passos dele.

High Market em 1981 ainda ostentava lembranças de 1863, quando Dostoiévski a visitou. Mas não exatamente igual. Vejo os edifícios, as lojas apinhadas e imagino tudo o que ele viu e vivenciou. Revisito essas mesmas ruas por onde ele perambulou. A noite é brumosa, as ruas estão iluminadas, há néon nas fachadas de todos os prédios. Diferente, é bem verdade, da iluminação a gás que ele viu e que o deixou encantado: "belíssimas luminárias a gás das quais não se tem a menor notícia na Rússia"; pessoas elegantes e enfatiotadas, alguns pouco miseráveis esfarrapados, bêbados, senhoras idosas com seus trajes elegantes, muitas mulheres jovens, mocinhas, crianças ainda. Dostoiévski permaneceu deslumbrado com o tipo de beleza feminina que viu desfilar. Para ele, não havia paralelo em lugar algum. As calçadas do High Market não são suficientes para tanta gente se acotovelando. Pessoas o abordam na rua, propagandistas de religião com um discurso inflamado, propondo a salvação. Toda uma fauna desfila por ali, sem constrangimento. Criaturas taciturnas e pensativas, penso.

Também me alojei numa pensão do High Market. Entro num café, e vejo uma linda menina de olhos claros, doce e terna. Tenho vontade de colocá-la no colo, com todo o respeito, como se fora um tio. Ela conversa com um inglês com aparência de executivo; estão ambos sentados num canto. Pode ser que tivessem marcado um encontro, mas ela não tem aparência de quem está habituada a frequentar esses lugares soturnos. De qualquer forma ele pode tê-la procurado ou a encontrado por acaso. Não há vestígio que ele seja um falante à exaustão. As frases são entrecortadas por olhares oblíquos em direção aos seios dela, parcialmente desnudos. A conversa é entremeada de longos silêncios. O olhar dela o contempla quase sem esperança. Pareceu-me triste e resignada. Seus traços são delicados e finos, mas há qualquer coisa de melancólico no seu belo olhar, qualquer coisa de sonhador e com certeza há sofrimento. Ocorreu-me que ela poderia sofrer de tuberculose. É um pensamento desvairado, mas era essa a doença da moda no Século XIX. Felizmente não estamos mais vivendo nessa época e afasto o pensamento quase como um solavanco. Tem ela alguma semelhança com a garota contemplada por Dostoiévski? É superior com relação àquela por ele descrita? Superior a essa multidão colorida de mulheres infelizes que circulam por High Market? No entanto, ela permanece lá, bebendo o gim que o rapaz lhe ofereceu. Enfim ela se levanta, toma nas suas as mãos do seu interlocutor. Ele a deixa e abandona o café e ela, com as faces rosadas por efeito do álcool, também sai, perdendo-se na multidão apinhada nas ruas de High Market. Em seguida, também abandono o café, ainda a tempo de distingui-la no meio da multidão. Ando a esmo, embora os gases tóxicos que escapam dos escapamentos dos carros me sufoquem quase me obrigando a desistir da caminhada. Na minha sobrecarregada imaginação vejo Dostoiévski a meu lado, à procura das mães que levam suas filhas menores para as oferecerem a criaturas inescrupulosas, por dinheiro. No entanto, nada disso está a acontecer. Já quase no final do século XX, Londres é outra cidade, muito diferente, talvez pior, do que aquela que Dostoiévski conheceu. Não há mais carruagens nas ruas nem o Palácio de Cristal que o deslumbrou. Há, sim, na Londres de 1980, com destaque, os escombros de uma explosão terrorista, ocorrida há pouco menos de uma semana. Do Palácio de Cristal, destruído por um incêndio em 1936, nenhum vestígio.

04
Relato de Pavel Issáiev, enteado de Dostoiévski.

"Meu nome é Pavel Issáiev. Nasci em Astrakan. Sou filho de Aleksandr Ivánovitch Issáiev e Maria Dmítrievna. Agora que meu padrastro morreu, posso falar dele e de minha família sem constrangimento, sem temor de cair na maledicência. Dostoiévski poderia ter feito mais do que fez. Poderia ter ganhado mais dinheiro do que qualquer escritor russo, contemporâneo seu. Mas ele era um sonhador. Talvez o maior dos que viveram em São Petersburgo, maior talvez do que Gógol, que morreu apenas porque decidiu viver um sonho. Dostoiévski julgava-se imune aos credores e muitas vezes se omitiu com relação às suas obrigações familiares. Não me recuso a falar sobre o abandono a que relegou minha mãe nos últimos anos da sua doença. Não é segredo para ninguém que tenha se refugiado na Europa com a amante, deixando-nos sufocados de dívidas, lutando com credores.

Acusam-me de ter vendido sua biblioteca durante o tempo em que esteve fora. Que mais poderia eu fazer? Minha mãe doente, precisando de assistência médica e remédios. O que vocês fariam? Deixariam sua mãe morrer à míngua enquanto na estante centena de livros valiosos se empoeiravam? Vendi-os e, se tal situação se repetisse, os venderia de novo, sem o menor remorso. Mamãe morrera há 3 anos e ele se casara em segundas núpcias com Anna Grigorievna Sinitkin. Jovem e astuta aventureira, ela se aproximou dele com a desculpa esfarrapada de estenografar *Um Jogador* para ser entregue a Stiélovski em apenas vinte e oito dias. Pudera! Quem poderia escrever um romance em tão pouco tempo? Dostoiévski, obvio! E Ana — esperta como era — podia colaborar para concretizar essa façanha. Não só podia como o fez. Ora, tal desempenho presisava ser recompensado. E o foi. Em pouco tempo, meu padrastro — não pode haver mais ninguém no mundo tão inocentemente ingênuo! — estava casado com ela. Vinte anos mais velho! Graças a Deus minha pobre mãe não viveu para presenciar esse desatino.

Mas me embaraço sempre por ser tão difícil falar de Dostoiévski sem emoção. No entanto, tento. Tenho-lhe muito respeito. Foi o meu verdadeiro pai, embora muitas vezes ouvisse de sua segunda mulher frases como esta: "que fique bem claro, Dostoiévski é apenas o seu padrasto, não há nenhum grau de parentesco entre vocês, ele tem sua própria família", a que eu naturalmente não pertencia.

Eu era um fedelho, mal entrado na adolescência, quando vi Dostoiévski chegar à minha casa pela primeira vez na Sibéria, trazido pelas próprias mãos de meu pai que, segundo soube, o conhecera na rua. Minha mãe nunca quis falar abertamente sobre o início de seu relacionamento com Dostoiévski. Nessa época, poucas pessoas nos visitavam. Meu pai bebia muito e muita vez chegou carregado por amigos ou vizinhos. É possível que tenha sido numa bebedeira dessas que conheceu Dostoiévski, que evitava beber na Sibéria, quer seja porque isso poderia lhe agravar a epilepsia ou por causa do rígido controle a que era submetido no quartel onde servia como soldado raso, depois de ter cumprido parte da pena na fortaleza de Omsk.

Meu pai morreu logo. E, quando morreu, Dostoiévski já era assíduo frequentador da nossa casa. Desconheço, como já disse, o início do seu relacionamento com minha mãe. Houve muitos comentários. Um dia ele esteve em casa e encontrou Vergunóv. Saíram ambos conversando. Minha mãe ficou muito nervosa nesse dia. Logo depois, Vergunóv voltou sozinho.

Estava cabisbaixo e parecia ter os olhos injetados de sangue, certamente porque chorara. Não sei o que aconteceu. Mas depois desse episódio, Vergunóv desapareceu de nossa casa. Dois meses depois, Dostoiévski estava casado com mamãe.

Sempre tive muita afeição por Dostoiévski. Ele me tratava como filho. Era atencioso comigo. Discutia minhas lições com paciência e, sobretudo, deu-me algumas regras sobre a melhor maneira de se escrever um texto, regras que guardo e aplico ainda hoje. Sou-lhe grato por ter me conseguido uma vaga de cadete na escola militar através de seu amigo, o barão Vrangel. Dostoiévski foi sempre uma criatura sentimental e meio taciturna. Quando minha mãe, exasperada pelo sofrimento que a doença lhe causava, tornava-se irritada e agressiva, ele era dócil como um cordeiro. Raras vezes o vi levantar a voz com mamãe e, se isso chegou a acontecer, foi porque ela havia passado dos limites. Nos últimos anos percebi que já não havia mais amor entre eles. Dostoiévski se trancava no seu escritório e escrevia horas e horas em silêncio.

Lembro-me da sua alegria quando lhe foi concedida autorização para deixar o exército e viajar; lembro-me também dos momentos de exaltação que viveu quando cruzamos a fronteira da Ásia com a Europa e partimos rumo a Tver. Chorava como uma criança. Na Sibéria, parece que todos o tinham em alta estima. Seu amigo mais assíduo era o barão Vrangel com quem dividiu um apartamento antes do casamento. Minha mãe também tinha muita consideração com esse fiel amigo de meu padrasto. Insinuava-se que se devia a ele o fato de minha mãe e Dostoiévski terem se casado. Como isso aconteceu, não tenho a mínima ideia. Como já disse, minha mãe era extremamente recatada sobre tudo o que dizia respeito à sua vida privada. Nem de brincadeira aceitava as provocações que Dostoésviki algumas vezes fazia.

Penso que no início do casamento Dostoiévski estava verdadeiramente apaixonado por mamãe. Mas isso só durou enquanto morávamos em Kuzniétski e depois em Semipalátinsk. Quando nos transferimos para Tver e, mais tarde, para São Petersburgo, as coisas mudaram muito entre eles. Talvez por causa da família de Dostoiévski, que nunca aceitou minha mãe. Talvez também porque Dostoiévski, tão logo regressou a Petersburgo, conhecera Polina Súslova, por quem se apaixonou. Poucas vezes vi essa mulher. Era muito bonita e todos diziam que era muito inteligente, mas de gênio difícil. Sabe-se hoje que não conseguiu ser fiel ao amante — são de conhecimento público esses fatos — e, ao que pude saber mais tarde, terminou por odiá-lo profundamente, embora Dostoiévski tivesse insistido inúmeras vezes com ela para se casarem. E ela jamais aceitou. Suponho que algo muito grave deva ter acontecido entre eles para que Dostoiévski desistisse dela e acabasse casando com Anna Grigorievna.

Durante todo o tempo em que permaneceu casado com mamãe, Dostoiévski foi sempre muito solícito. Talvez sentisse culpa em relação a PS. O fato é que depois que regressou sozinho da Europa e de ter perdido tudo que tinha nos cassinos de Hamburgo e Wiésbaden, voltou ainda mais solícito e amável. Passava horas e horas sentado ao lado da cama onde minha mãe viveu seus últimos dias. Com frequência eu o via afagar-lhe o rosto ou colocar uma toalha molhada na sua fronte quando ela ardia em febre. Às vezes eu tinha a impressão de que ele orava profundamente, tão grande era a imobilidade e concentração em que estava mergulhado, ali ao lado de mamãe agonizante.

Ele era muito religioso. Não passava um dia sequer sem visitar seus ícones prediletos. Ia muito à catedral de Santo Isaac, mas achava-a suntuosa demais. Sua igreja preferida era a de São Vladímir, onde às vezes passava uma tarde inteira em uma espécie de êxtase ou meditação. Muitas vezes fui chamá-lo na igreja quando minha mãe precisava de alguma coisa ou quando alguém vinha nos visitar. Então, ele emergia daquela espécie de delírio místico e me acompanhava até a nossa casa.

Quando ele começou a escrever *Os Irmãos Karamázov*, fez uma viagem com Solóviov para o mosteiro de Optino. Às vésperas da sua viagem, fui visitá-lo em sua casa. Estava muito otimista, embora tivesse tido convulsões no dia anterior. Percebi um ferimento na sua testa e um inchaço perto do olho direito. Então ele me contou que no dia anterior tivera uma crise enquanto escrevia e batera a cabeça numa quina da mesa. Falou com entusiasmo da sua viagem, dizendo que iria ter uma experiência muito importante para o livro que estava começando a escrever. Não permaneci ali por muito tempo. Sabia que Anna Grigorievna tinha verdadeiro horror à minha presença. Fiquei mais uns dez minutos conversando e me retirei. Ele nunca se esquecia de enviar recomendações a todos lá em casa. E, mais uma vez, foi bastante afável comigo e demonstrou alegria sincera com minha visita. Comportou-se da mesma maneira de quando ia nos visitar em casa. Daí porque não entendo como ele pôde ter agido daquela forma estranha nos seus últimos minutos de vida. De fato, perdeu a calma comigo, quando eu quis entrar no quarto e lhe dar o derradeiro adeus no seu leito de morte. Certamente delirava ou estava influenciado por Anna Grigorievna e Máikov, que também não gostava de mim. Foram os dois que me impediram de entrar no quarto e, quando o vi estendido no leito, ele arregalou os olhos moribundos e disse: *Não! Ele não!*

Nunca vou esquecer aquele momento. Foi a última vez que o vi com vida.

05
Dostoiévski, primeiras leituras.

Naquele mesmo quarto frio, anexo ao Hospital Marínski, o futuro escritor enfrenta o desafio da página em branco, e compõe um poema em homenagem à mãe, que tanto venera. A perturbação toma conta do seu pensamento em ondas sucessivas. A criança permanece ao lado da mãe, cuja face contempla com olhos admirados através da fraca luz da vela interposta entre eles e o Livro Sagrado. Diante desse quadro, as lembranças de um herói trágico e de sua família passam-me pela cabeça, interferindo nesse imaginário colóquio entre mãe e filho. Ocorrem-me os nomes tais como Édipo e Jocasta, principalmente; nomes certamente muito estranhos para a maioria, mas significativamente familiares para poucos, nomes de personagens que, como se descobriu, deram um revestimento simbólico a certos modelos de existência. Não foi por acaso que um bom número de estudiosos, mais tarde, procurou enquadrar nos modelos a que me refiro a vida desse pequenino herói, então já nos seus dezoito anos, quando seu despótico pai foi violentamente assassinado. Com esses fatos, em que parecem se entremear a realidade e a fantasia há um dos muitos acontecimentos que dolorosamente, pela vida afora, marcaram, desde a infância à vida adulta, a atormentada existência desse menino que está a conversar agora com a sua mãe. Claro, já morto, ele não mais tomaria conhecimento de coisa alguma. Claro fica também, pelo menos para mim, que se o tivessem deixado ter os seus ataques de epilepsia, as suas crises de tristeza e de melancolia, se o tivessem deixado em paz na prisão (ou se não tivesse ocorrido a prisão!) ou se o tivessem livrado da censura e dos credores, ou ainda se lhe permitissem apenas escrever seus livros, tudo poderia ter sido diferente. Mas, pergunto: teria escrito ele tudo o que escreveu se não houvesse passado por tudo o que passou? Talvez fora uma bênção dos céus livrá-lo das exigências materiais da existência, sim, uma bênção! Amenizar mais, um pouco, quem sabe, o que a vida lhe pediu na maioria das vezes por sua própria culpa. Mas certamente, se tal acontecesse, nunca teríamos a obra que ele nos deixou. E isso é apenas uma congectura. E tudo isso apesar do nosso reconhecimento quanto às dificuldades que teve para lidar com as exigências que o envolveram com relação à sua vida, tanto pessoal quanto socialmente. Sabemos que ele tentou (ah!, como desesperadamente tentou), à sua maneira, com as armas que trouxe para a vida, é certo, conciliar os vários papéis que foi assumindo na sua trajetória mundana, mas... Por isso, ando neste momento de um lado para outro tentando ajustar os acontecimentos de sua vida, apesar das dúvidas que me tomam. Como entenderão os meus possíveis leitores o que de negativo ou positivo falo sobre o meu Dostoiévski? De alma magnânima e, ao mesmo tempo, humano, profundamente humano e, como tal, irresponsável, piedoso, gênio, estroina, desprendido, jogador, generoso, amigo? Sempre, porém, qualquer que seja o viés, alguém em quem a individualidade estava sempre desaparecendo a favor da humanidade. Na obra do meu Dostoiévski, o que fica acima de tudo, quando pensamos em literatura, por outro lado, é que nela fundem-se, numa síntese prodigiosa, como não a encontramos na obra de nenhum outro romancista, duas das principais correntes do romance de todos os tempos, o psicológico que vai até o patológico e o metafísico que termina na loucura.

06
O romance epistolar no qual ninguém encontrou defeito

Gotas de suor brotam sobre a fronte do escritor. A respiração é calma. As narinas dilatam-se ritmadas. Não se pode dizer que está moribundo. Seus pensamentos permanecem claros, embora as lembranças afluam em ondas descontínuas. Imagens, apenas imagens o mantêm imóvel naquela posição. As mãos repousam sobre o peito, a cabeça descansa na almofada. À luz difusa e pálida que emana da janela, iluminando pobremente o amontoado de livros sobre a mesa, ele medita sem cessar. Vê-se diante de sua própria história, como se estivesse em frente a um espelho que refletisse o passado. Relembra então, com nostálgico contentamento e um riso derrisório, o entusiasmo que o dominava quando, febril de excitação, caminhava pelo trecho escuro da Rua Sadóvaia rumo a Fontanka e galgava os degraus do velho prédio de quatro andares onde morava. Vê-se abrindo a porta, esquentando o chá num pequeno fogareiro, colocando-o no samovar sobre a escrivaninha e se entregando com um ardor quase místico a escrever *Gente Pobre*. Quantos anos se passaram desde que anotou pela primeira vez as epígrafes das cartas que formam seu primeiro livro!

"Minha Querida Várinka".
"Meu Estimado Makar Aleksiévitch".

Março de 1845. Pode-se dizer que é o início da sua carreira literária, e o fervor que o domina é apenas o prenúncio de uma atividade frenética que empreenderá ao longo de toda sua atribulada vida artística. Inteira-se dos planos e detalhes previamente traçados (quantas vezes alterados!); relê-os, como uma espécie de esquentamento para o que virá a seguir: um autêntico *tour de force*, que só se esgotará no instante em que colocar o ponto final. Confirma inúmeras vezes em sua correspondência: "Qual teoria é, portanto a sua, meu amigo — escreve ao irmão Mikhail —, que um quadro deva ser pintado de uma única vez? Desde quando ficou persuadido disso? Acredite em mim que uma peça em versos de Púchkin, ligeira e elegante, de algumas linhas, parece justamente escrita de uma só vez porque foi longamente arranjada e refeita por ele."

Dostoiévski não acredita em inspiração, ou pelo menos não a admite como força propulsora e exclusiva para encetar e acabar uma obra. Aceita que a inspiração lhe dá o tema e que o resto é produto de laboriosa carpintaria. "Existem apenas momentos de inspiração que vêm de um único golpe, mas o resto é um trabalho penoso".

No início da sua carreira, é advertido pelo irmão por não escrever simples. Mikhail reprova-o "por se deixar levar pela inspiração". Dostoiévski responde-lhe: "Você confunde evidentemente inspiração, isto é: a criação primeira, instantânea do quadro ou do movimento da alma (o que acontece frequentemente), com o trabalho. Assim, por exemplo, eu escrevi uma cena rapidamente, tal qual ela me apareceu, e fiquei encantado; em seguida, durante meses, quase um ano, eu a trabalho... e, creia em mim, o resultado é bem melhor. Contanto que a inspiração venha. Naturalmente, sem inspiração, nada se pode fazer".

A respeito de *Gente Pobre*, seu primeiro livro, diz: "Estou com esperança. Termino um romance bastante original. Quase o terminei em novembro, mas em dezembro tive a ideia de refazê-lo inteiramente. Refiz e tornei a passar a limpo, mas em fevereiro, recomecei a corrigi-lo, a poli-lo, a acrescentar e a suprimir. Na metade de março estava pronto e eu estava satisfeito". Tudo parece indicar que finalmente seu romance verá a luz, que enfim estará satisfeito, mas eis que, em 4 de maio, numa nova carta ao irmão Mikhail, escreve: "Esse romance, do qual não consigo me desembaraçar, me deu tanto trabalho que, se eu soubesse, não o teria começado. Comecei de novo a corrigi-lo; e, juro, está melhor; mudei muita coisa. Mas agora está acabado e essas correções são as últimas. Jurei que não vou mexer mais nele".

Finalmente decide entregar seu romance à revista *Anais da Pátria*. "Se for publicado" acrescenta, "todo meu futuro literário, minha vida — tudo está assegurado. Eu sou um homem realizado". "Mas se eu não conseguir publicar meu romance, então, o Nevá".

A preocupação com a forma não deixa de atormentá-lo. Muitas vezes, porém, não conseguirá terminar um trabalho a seu gosto. Especialmente se já estiver em dívida com seus editores, ou com compromissos financeiros inadiáveis. "Quero que cada uma das minhas obras seja mesmo boa. Olhe Púchkin e Gógol. Eles não escreveram muito, mas terão suas estátuas. E prossegue: "Estou seriamente contente com meu romance. É uma coisa severa e harmoniosa. "Existem ainda horríveis defeitos". Escrever por dinheiro! O horror que isso inspira a Dostoiévski está evidenciado nas primeiras cartas ao irmão. O compromisso de entregar uma obra cujo pagamento já estava comprometido deixa-o desorientado. Numa carta a Máikov escreve: "(...) Você sabe o que significa ser forçado a compor? Não, graças a Deus, você não sabe. Segundo me parece, você jamais escreveu sob uma ordem, por metro, você não provou esse sofrimento infernal".

Dostoiévski passa quase toda a noite retocando as últimas páginas do seu primeiro romance. Sente que concluiu um trabalho de valor, "da importância de Eugénie Grandet", confessa a Mikhail.

Grigoróvitch está curioso. Seu colega de quarto não fala com ninguém, nada além do essencial, faz segredo absoluto do conteúdo daquelas laudas. Noite e dia, quase sem interrupção, ele reescreve sua novela. Há um momento em que chama o amigo e diz: "Sente aí e procure não me interromper". E lê para Grigoróvitch trechos de *Gente Pobre*. Grigoróvitch pressente que ali há algo de valor. Pega o manuscrito e leva-o a Nekrássov. Os dois passam a noite lendo a novela. De madrugada terminam a leitura e vão procurar o autor. Dostoiévski está pensativo, debruçado na janela do quarto. Acabara de chegar de um sarau. Não conseguira dormir; contempla a interminável noite branca de São Petersburgo. Está envolvido até o pescoço nas lembranças das discussões literárias a respeito de *Almas Mortas*. Seria capaz, um dia, de criar personagens tão autenticamente russos como Gógol? Está apenas começando, mas não deixa de imaginar que sua novela não faria corar de vergonha a um dos seus mestres: Gógol, autor de *O Capote*. Um pouco mais tarde, saberemos o que tão precocemente pensa Dostoiévski a respeito de si mesmo. "Comigo revelou-se uma nova corrente original (Bielínski e os outros), na qual procedo por análise e não por síntese, logo vou mais profundo; e que é analisando os átomos que eu procuro o todo, enquanto Gógol aborda diretamente o todo: é por isso que ele não vai tão profundo quanto eu". No entanto, agora é muito cedo para as reflexões que desembocaram no "logo vou mais profundo". Estamos ainda em 1845, Dostoiévski tem apenas 23 anos, mas sua confiança, seu conhecimento das próprias possibilidades já estão esboçados na carta a Mikhail, o irmão--confidente: "Meu trabalho é da importância do de Eugénie Grandet". Suas reflexões acabam interrompidas pela entrada abrupta dos dois amigos no seu apartamento. Grigoróvitch e Nekrássov estão exaltados. Passam mais de uma hora conversando. "Era uma noite branca, clara como o dia, voltei para casa, mas não me deitei, abri a janela e me sentei diante dela. Subitamente, a campainha tocou, o que me deixou muito espantado. Eis Grigoróvitch e Nekrássov que se lançam ao meu pescoço, me abraçam absolutamente entusiasmado e ambos à beira das lágrimas. 'Hoje mesmo, diz Nekrássov, vou levar sua novela a Bielínski. E você verá que homem é ele. Pois você vai conhecê-lo: que alma ele é! Agora durma, durma, nós vamos embora".

Nekrássov leva o manuscrito imediatamente a Bielínski, o grande crítico. "Um novo Gógol nasceu entre nós", dispara Nekrássov, brandindo o manuscrito. "Entre nós os Gógols nascem como cogumelos", retruca o cético Bielínski. Pega o manuscrito com certa relutância. Depois de lê-lo responde à expectativa de Nekrássov: "Traga-o imediatamente aqui"! Está traçado o destino muitas vezes entrevisto de Dostoiévski. Lá está ele, trêmulo, ao se aproximar da casa do mestre. É um Dostoiévski apavorado, quase um garoto, subindo os degraus que o conduzem à água-furtada onde mora Bielínski. O que vai ouvir o marcará para o resto da vida. "Mas você compreendeu mesmo o que escreveu aí? — Disse Bielínski, exaltado. "Você pôde escrever tudo isso com sua sensibilidade espontânea de artista, mas você se deu conta mesmo da terrível verdade que nos mostrou? Não é possível que um garoto de 20 anos como você já tenha compreendido tudo isso. Falando do personagem continua: "É uma tragédia! Você colocou o dedo na profundidade do drama. Com um único golpe, você trouxe à luz o essencial, (...) você, como artista, de uma só vez, nos fez ver em imagens, a essência do problema. Eis aí o segredo da criação, eis aí a verdade da arte! Eis aí a contribuição do artista à verdade! A verdade é revelada a você e anunciada como arte, ela lhe é concedida como um dom. Saiba apreciar esse dom. Permaneça fiel a ele e você será um grande escritor"!

Dostoiévski sai dali embriagado de contentamento. Fecha atrás de si uma porta, como que delimitando o momento exato em que outras portas se abrirão definitivamente no caminho que escolhera. "Parei diante da casa. Olhei o céu, os passantes e senti em todo meu ser que tinha chegado um instante solene na minha vida".

Em três dias, quatro talvez, subitamente, tinha a celebridade assegurada, a confirmação de um talento até esse momento somente espreitado. "Como, com 23 anos, não ficar com a cabeça girando".

É exatamente este sucesso no início da carreira — o que melhor poderia ter lhe ocorrido? -, que o encoraja mais tarde à resistência na prisão: "Este foi o minuto mais exultante de toda minha vida. Na prisão, ao rememorá-lo, me encheu de coragem".

07
Futuro radioso

Por breves instantes chega a temer o veredicto, mas está convencido de que escrever é seu destino. Poucos escritores que se tornaram célebres estiveram tão precocemente convictos da sua carreira. Dostoiévski sem dúvida o afirma. Uma espécie de iluminação transcendente já o advertira uma vez, tal qual um desses relâmpagos inexplicáveis que transitam com a velocidade de um cometa pela mente de alguns poetas, gênios ou malucos. Muito semelhante em Dostoiévski àqueles "minutos sublimes" de que nos falará mais tarde pela boca dos seus personagens epiléticos: Kirílov e o Príncipe Míchkin. Um desses lampejos mágicos que, à falta de melhor termo chamaremos intuição, lhe é anunciado uma vez, enquanto caminha sozinho pelas ruas de São Petersburgo, da mesma forma como fará Raskólnikov perambular pelos mesmos caminhos. "Ao me aproximar do Nevá, estremeci (...) estava a ponto de compreender alguma coisa, alguma coisa que até então eu tinha apenas entrevisto, sem que dela eu tivesse tomado consciência. Suponho então que foi exatamente naquele minuto que minha vida começou".

E continua a descrever suas experiências. "Todos vocês, continua ele, não podem nem ao menos suspeitar o que é a felicidade, o que nós, epiléticos, experimentamos um segundo antes da crise. Maomé afirma no Corão que viu o paraíso e que esteve lá. Todos estão convencidos de que ele é simplesmente mentiroso e charlatão. Mas não, ele não mente. Ele esteve realmente no paraíso durante uma crise epilética: ele tinha essa doença como eu. Não sei se essa felicidade dura horas, segundos ou meses, mas, creia em mim, eu não a trocaria por todas as alegrias que a vida pode dar".

"Durante alguns instantes experimentei uma harmonia completa em mim e no mundo, e esse sentimento é tão forte e tão suave que, por alguns instantes desse gozo, poder-se-ia dar dez anos de vida, talvez toda a vida".

Esses estados de exaltação vão acompanhá-lo para sempre. O príncipe Míchkin, herói de *O Idiota*, trará as marcas da sua doença: "(...) todas suas emoções, todas suas dúvidas, todas suas inquietudes se acalmavam ao mesmo tempo para se converter em soberana serenidade, feita de alegria luminosa, de harmonia e de esperança, (...), mas, esses momentos radiosos eram apenas o prelúdio do segundo decisivo (pois essa outra fase não durava mais que um segundo) que precedia imediatamente o ataque".

Em *Os Demônios*, Kirilov também carrega o mesmo estigma: "Há momentos, eles duram de cinco a seis segundos, em que você sente subitamente a presença da harmonia eterna (...). É uma imensa alegria. Se durassem mais de cinco segundos a alma não poderia suportar".

08
Primeiro relato de Máikov

São Petersburgo, 4 de janeiro de 1883.

Prezado senhor,

"Tanto quanto é possível ser penalizado por uma lembrança, devo admitir que o fosse ao receber sua solicitação. Refiro-me ao fato de que as notas que redigi a respeito de Fiódor Mikháilovitch Dostoiévski não tiveram a força suficiente de uma autêntica biografia. São notas esparsas, entremeadas de lembranças pessoais, comentários sobre suas relações com pessoas que desfrutaram do seu convívio, amigos, editores, familiares. Quando comecei a redigi-las, não tinha um propósito definido. Creio ter sido essa a fórmula que encontrei para resgatar na minha memória o amigo tão querido. Ele exerceu enorme influência sobre a minha pessoa, como de resto vai exercê-la sobre as próximas gerações. Quantas vezes me deixei guiar, aceitando com reconhecida admiração suas críticas e sugestões sobre meu ofício de poeta! Os anos se passaram e, de quando em quando, eu acrescentava uma observação, um episódio pitoresco, um comentário, sem saber, contudo, o fim que deveria dar a essas notas. No entanto, guardei-as carinhosamente, como uma espécie de homenagem pessoal àquele que foi o maior escritor que a minha geração conheceu. Compararam-no a Tolstói, Turguêniev e outros. O senhor conhecerá minha opinião a esse respeito. Emiti-a uma única vez, durante acirrada discussão com Bielínski. Como o senhor não desconhece discordar do ponto de vista de Bielínski, sobretudo quando se tratava de literatura e particularmente quando dizia respeito a Dostoiévski, exigiu de mim, naquele momento, uma razoável dose de coragem e, modestamente, devo dizer que o fiz. A coragem, fui buscá-la — o senhor terá todo o direito de sorrir — até mesmo numa certa intuição, mas sobretudo num profundo conhecimento que tinha do extraordinário artista que foi Dostoiévski. Talvez o longo convívio com ele, a volumosa correspondência, em que me detalhava suas crenças, esperanças, e ideias sobre seus grandes romances, seu processo criativo, tenham me transformado num observador estrategicamente privilegiado. Daí o remorso de não ter ainda dado à luz este meu manuscrito, que agora confio às suas mãos. Quanto a Bielínski, aludindo ainda a uma de suas questões, não posso — nenhum russo da minha geração poderá — ignorar o peso das suas opiniões. Eu diria mesmo que nenhum de nós esteve isento da sua influência. Em que pese sua extraordinária clarividência, na qual incluo o próprio "descobrimento" do talento de Dostoiévski, nos últimos anos apegou-se de tal forma ao ideal socialista, que nada que se afastasse dessa proposição era por ele levado a sério. O senhor lerá oportunamente nas minhas observações alguns detalhes sobre a polêmica que se travou entre eles. Não é certamente agora o momento adequado para me estender em demasia sobre essa tumultuada relação.

Estou convencido de que o senhor fará bom uso do farto material que lhe confio. A seriedade de propósitos que transparece de cada frase sua e as incansáveis pesquisas que vem desenvolvendo, credenciam-no para o desempenho da tarefa que se impôs. Muitas vezes fui instado por amigos e especialmente pela viúva, por quem tenho grande consideração e amizade, a escrever eu mesmo uma biografia de Dostoiévski, alegando sempre que a confiança que demonstrou depositar em mim, a qual modestamente admito, era partilhada por todos seus familiares, autorizava-me fazê-la. Incontáveis vezes reli a extensa correspondência que tenho em meu poder, acumulada durante os anos em que viveu na Europa e um sem número de cartas ainda do tempo de exílio em Semipalátinsk. Devo acrescentar que disponho de dados que poderiam dirimir inúmeras dúvidas, aclarar pontos obscuros da sua vida e, sobretudo me daria imensa satisfação prestar-lhe essa derradeira homenagem. Infelizmente não o fiz. A única biografia existente até o momento é a de Strákhov. Mas como confiar nela? Sobretudo depois que li a pavorosa carta que ele escreveu a Tolstói, a qual, segundo acredito, jamais será publicada. Como Strákhov, sem isenção de espírito, odiando mesmo Dostoiévski, invejando-o (não me permito pensar em outros termos) durante todo o tempo, não teve a grandeza de recusar essa atribuição que lhe confiou Katkov! Estou certo de que seu trabalho deverá contribuir para preencher essa imperdoável lacuna. No que diz respeito à correspondência, o senhor poderá tê-la brevemente em mãos, após a inauguração do museu Dostoiévski, que Anna Grigorievna está organizando em São Petersburgo. Já havia assumido com ela o compromisso de doar minhas cartas ao acervo. Quanto ao meu manuscrito, far-lhe-ei remessas periódicas. Muitas dessas notas foram tomadas no calor da emoção, logo após o enterro. Procurarei não as alterar no essencial, e o senhor saberá descontar excessos eventuais, entendendo que minha mente estava ainda tomada da estupefação que a morte prematura de Dostoiévski nos deixou. De propósito, não omiti nomes próprios, sendo essa a única exigência — a de preservá-los — que lhe faço, para utilizar minhas anotações da maneira que julgar necessário.

Cordialmente

Apollon Nicoláievitch Máikov.

09
Chegar à Índia

Como um demônio possessivo, entro no corpo de Dostoiévski e o vejo chegar de navio ao porto de Bengala. A velha trilha marítima dos ingleses. Durante a viagem me entendi com o capitão. Ele é um *gentleman.* Conhece um pouco de russo e fala francês muito bem. Disse-me que os nativos sabem inglês o suficiente para nos roubar. Dostoiévski poderia ter estudado inglês enquanto esteve na Sibéria, mas tinha outros interesses. Dez anos! Tempo mais do que suficiente para aprender hindi ou qualquer outra língua. Nem de longe poderia imaginar que viria parar aqui em 1863.

— O senhor terá dificuldades com os hábitos, mas, sobretudo com o clima — disse o capitão. Setembro é a época das monções, continua. Chove durante três meses. A maior parte do país fica submersa e até respirar se torna difícil, é como se estivéssemos dentro d'água. Não foi a melhor época que o senhor escolheu para visitar a Índia.

Animador, esse capitão. Mas viemos à Índia com o mesmo ímpeto com que Dostoiévski esteve na Sibéria. O que pode ser a Índia agora além de mais uma ex-colônia inglesa? Dostoiévski abandona o pudor e vai à procura de um homem santo, um monge, um celibatário que se alimenta de gafanhotos e toma um dedal de água por dia. Quero ver de perto para saber se existe, tocar o dedo na sua pele, permanecer vinte e quatro horas ao seu lado para comprovar se realmente não come, não bebe e pode levitar. Se ele se levantar do chão dois centímetros já me dou por satisfeito. Não é preciso voar. Dois centímetros do solo são mais do que preciso ver. Haverá cassinos por aqui? Como se divertem esses ingleses, afinal? Fora da sua empáfia costumeira nos salões de jogos, o que mais fazem, além de açoitar nativos e desprezar suas mulheres? No cais um intocável se aproxima propondo-nos carregar as bagagens. Devo aceitar ou chamo um intérprete? Eis a dúvida que o arrebata momentaneamente. O carregador insiste. Pega as malas, sacolas, pacotes. Os braços do escritor agarram a sacola de livros e cadernos de anotações. O carregador amontoa os pertences em cima do pedaço de trapo que traz sobre a cabeça e carrega os pacotes debaixo dos braços. Agarra uma das sacolas com os dentes. Dostoiévski tenta ajudá-lo, mas o indiano recusa. Na certa, teme que isso reduza sua gorjeta. Mas nosso russo não abre mão de carregar os poucos livros que trouxe na viagem. Dostoiévski encara o desafio do olhar subserviente e ao mesmo tempo chamejante do hindu. Mostra-lhe o nome do hotel num pedaço de papel e pronuncia em alto e bom som: Ho-tel A-gar-val, Hotel Agarval, Agarval Hotel! Agarval! *Yes, yes* — é a resposta, e sai trotando pelo cais, desviando-se de pacotes, rolos de cordas, pilhas de caixotes que presumo serem de fumo pelo cheiro agridoce que exalam.

10
Segundo relato de Máikov

"Cheguei a São Petersburgo no dia 25 de janeiro de 1881, três dias, portanto, antes da morte de Fiódor Mikháialovitch Dostoiévski, ocorrida na quarta feira, dia 28. Soube então, pelo Dr. Bretzel, que Fiódor apresentara uma pequena hemorragia pelo nariz no mesmo dia. Fui vê-lo de imediato. Para minha surpresa, encontrei-o alegre e descontraído. Aparentemente deu pouca importância ao sangramento. "Uma coisa à-toa", disse-me. Falou-me do número de fevereiro, do *Diário de um Escritor*, e que havia escolhido a contragosto um fragmento *de Eugène Oniéguine* para ler no dia 29, em homenagem ao aniversário de morte de Púchkin, pois estava absorvido na preparação do Diário. Por insistência de Miller, acabou aceitando o compromisso.

"No dia 26, segunda-feira, fui vê-lo depois do almoço. Contou-me que, na noite anterior, ao tentar agachar-se para pegar uma caneta, que caíra debaixo de uma estante, apresentou uma segunda hemorragia. Insisti que chamassem novamente Bretzel. Cerca de duas horas da tarde presenciei uma cena desagradável entre Dostoiévski e sua irmã Vera. Ela havia chegado de Moscou para pedir que Dostoiévski renunciasse à herança deixada pela tia Kumánina. Fiódor tinha enorme afeição pela irmã, mas, agora, ao se ver ameaçado de morte e com a possibilidade de deixar os filhos ainda pequenos, desamparados, tornou-se irredutível. Não abriu mão da herança a favor das irmãs. Vera desabou em prantos e Fiódor se retirou para o pequeno escritório onde eu o aguardava sentado numa poltrona, folheando um velho Evangelho que ele ganhara de Annenkova, na Sibéria. Poucas vezes o vi com ar tão transtornado. Teve um acesso de tosse, cobriu o rosto com uma toalha ocultando a boca, e, quando a retirou, estava coberta de sangue. Sua face estava lívida e seu ar cansado evidenciava uma triste resignação. "Vou morrer", disse-me. Procurei tranquilizá-lo enquanto o ajudava a acomodar-se no divã. Em seguida, fui chamar Anna Grigorievna. Prontifiquei-me a buscar Bretzel. Eram 4 horas da tarde. Na presença de Ana, Dostoiévski tomou um ar mais sereno e pediu-nos para não ficarmos alarmados. Chamou as crianças e começou a folhear um livro ilustrado das histórias de Karamzin. Depois, redigiu um pequeno bilhete que eu deveria levar a Lubimov, solicitando-lhe os 4.000 rublos restantes pela publicação dos Karamázov. "Essa deve ser minha última solicitação", disse, ironizando. Anna Grigorievna riu e observou que ele deveria pedir adiantamento pela sequência dos Karamázov. Às cinco e meia Bretzel apareceu. Durante o exame Dostoiévski teve nova hemorragia e perdeu a consciência. Ana e eu ajudamos o médico a deitá-lo no divã. Quinze minutos ou menos depois, ele voltou a si. Contemplou-nos longamente e pediu que mandássemos vir um padre.

O padre chegou em poucos minutos e fez as preces na presença dos filhos, Ana, Vera, Pavel Issáiev e eu mesmo. Assim que terminou o ofício religioso ele adormeceu, na mesma posição em que se encontrava deitado sobre a cama turca, as mãos cruzadas sobre o peito, a face muito pálida. Saí dali com o pressentimento de que não voltaria a vê-lo com vida. Ofereci meus préstimos a Anna Grigorievna, tendo inclusive me prontificado para passar ali a noite, o que ela recusou com energia. Procurei não insistir, pois o apartamento da Rua Kuznechny não oferecia acomodações suficientes, sobretudo devido à presença das duas irmãs Vera e Alexandra, naquele dia.

Na manhã do dia 27, logo após o desjejum, fui ver Dostoiévski. Cruzei o trecho da Perspectiva Niévski, vindo da Fontanka. Caminhei até a Praça Vladímiskaya e passei pela catedral de São Vladímir. Dobrei a esquina na Rua Kuznechny caminhando rente ao muro, tentando ocultar-me do vento gelado que vinha do Nevá. Anna Grigorievna conduziu-me em silêncio ao quarto de Dostoiévski. Depois me disse que ele passara a noite imóvel, na mesma posição em que o deixara no dia anterior. De manhã tomou leite, comeu algumas uvas e ressonava mansamente quando entrei. Insisti com Ana para ouvir a opinião de um especialista. Na noite anterior, Solóviev e eu conversáramos sobre a doença de Fiódor. Ele conhecia um especialista em vias respiratórias que morava na Fontanka, o professor Kochlakov. Falei a Anna Grigorievna e ela concordou que eu fosse chamá-lo. O médico só chegou ao anoitecer. O estado de fraqueza e prostração de Dostoiévski era evidente. Após examiná-lo cuidadosamente Kochlakov se mostrou preocupado e meditativo, mas nada disse. Dostoiévski nem ao menos abriu os olhos. Na saleta contígua, ele sentenciou: "O caso é muito mais grave do que pensou Bretzel. Não há nada a fazer, senão esperar". No entanto, Dostoiévski passou aquela noite tranquilo, não teve nenhuma outra hemorragia.

No dia seguinte, quarta feira, assim que despertou, reclamou da "longa noite". Por volta das 7 horas já estava sentado junto com Anna Grigorievna ao seu lado, na cama. Ele abriu lentamente os olhos, ainda impregnados duma chama ardente de vida e disse: "Vou morrer hoje". Como Ana o contestou, ele pediu que ela abrisse ao acaso o Evangelho. Anna Grigorievna leu: Mateus III, 14-15, na tradução russa: "Mas ele (João) o retinha dizendo: Sou eu que devo ser batizado por Ti, e Tu vens a mim. Mas Jesus respondeu-lhe: 'Não me retenhais agora, pois assim é preciso consumar toda a justiça'". "Não me retenhais. Eu não lhe disse", falou, pousando suavemente o olhar sobre nós. "Não me retenhais. Eis a confirmação. Isto quer dizer que vou morrer hoje". Em seguida mandou chamar os filhos e solicitou a Ana que lesse a passagem do filho pródigo. Enquanto Ana fazia a leitura, ele escutava, com os olhos fechados, absorvido por suas reflexões. Após a leitura, com os lábios trêmulos e voz sussurrante, disse: "Meus filhos, não esqueçam jamais o que acabaram de ouvir. Tenham absoluta confiança em Deus. Eu vos amo, mas meu amor não é nada ao lado do amor imenso de Deus por todos os homens, suas criaturas". Beijou os filhos um a um e deu-lhes a bênção. Duas horas mais tarde, nova hemorragia. Por volta do meio-dia, Pavel Issáiev, o enteado, quis a todo custo entrar no quarto, chamar um oficial de justiça e exigir do padrasto um testamento. Estava desesperado com a possibilidade de ficar sem herança. Anna Grigorievna, os médicos e eu mesmo conseguimos a custo demovê-lo dessa ideia insana que, pelo menos a mim, não chegou propriamente a surpreender. Conhecia-o bastante para sabê-lo capaz de tal indignidade. Às duas da tarde Dostoiévski abriu os olhos e com a voz muito fraca pediu a Anna Grigorievna que desse seu inseparável Evangelho ao filho Fiódor. Pousou os olhos tranquilos sobre mim, esboçou um débil gesto com a mão e entendi que se despedia. Segurei firme sua mão direita, fazendo ver-lhe que entendera seu gesto. Aguardamos ao seu lado até as 6 da tarde, quando ele apresentou novo sangramento e perdeu a consciência. Depois de remover as manchas de sangue dos seus lábios, Anna Grigorievna perguntou-me o que eu achava de ela abrir a porta do quarto para que as pessoas presentes assistissem ao final da sua agonia. Cuidamos para que todos entrassem em silêncio, um a um. Às oito e meia ele parou de respirar.

11
Aventura em Genebra

Moscou e São Petersburgo, Paris, Genebra, Basel. De Genebra a Basel uma hora de uma agradável viagem de trem; Kunstmuseum, onde está o Cristo Morto, de Holbein. *Subir quantas vezes julgar necessário a montanha Sainte Geneviève, atrás do Panthéon, para se sentir cansado e imaginar a sensação que seu herói sentira quando passava por ali. Entrar num restaurante, um botequim, pedir um prato de "tripé", uma dobradinha.* Trata-se de um pequeno intervalo na minha peregrinação. Dobradinha não é meu prato predileto. Estou finalmente em Genebra.

É uma viagem agradável, de Paris a Genebra no TGV. Não é exatamente o mesmo que experimentou Dostoiévski que chegou num trem comum, vindo da Alemanha e sem um tostão no bolso. Na estação, retiro do bolso uma anotação que fiz em Paris e peço ao motorista de táxi que me leve ao hotel mais próximo do endereço onde Dostoiévski morou. *Isto é meio insano*, penso. O delicado suíço coloca a bagagem no porta-malas do Mercedes. Fecha a porta, dá uma volta de dois minutos na praça em volta da estação e pára diante do hotel Jean-Jacques Rousseau. Isto é a Suíça. O motorista simplesmente atendeu meu pedido. Nenhuma surpresa. Pago uma taxa mínima e subo as escadas do hotel.

Hôtel Jean-Jacques Rousseau
13, rue Rousseau, 1201
Genève
Téléphone (022) 7315570

Na parte velha de Genebra erguem-se ainda hoje as torres bizantinas da catedral ortodoxa russa da cidade. A igreja, um monumento do século XIX, inaugurado em 1866, ocupa toda a pequena praça onde está situada. Cercada por uma grade metálica, com pontas de lanças, com um pequeno jardim, bem cuidado com ciprestes aparados, mantém, à esquerda da porta principal, uma luxuriante e multicolorida vegetação, crescendo até quase à altura das torres mais baixas. Ao todo são seis torres que podem ser vistas à distância. A igreja não difere de nenhuma catedral ortodoxa similar na Europa ou qualquer canto do mundo. Impecavelmente limpa, com suas cúpulas douradas e seu pequeno jardim com ciprestes e sebes. Ali fora velada Sônia Dostoievskaia. A primeira filha de Dostoiévski.

No início do inverno de 1982, uma segunda-feira, desembarquei na porta da igreja: câmera fotográfica à mão, pronto para documentar qualquer vestígio da passagem de Dostoiévski por ali. No entanto a igreja estava fechada. Ando em volta, olhando-a de frente, através do portão principal. Caminho até o canto esquerdo, depois ao portão da direita (que também se encontra bloqueado por espesso cadeado), tiro fotos das fachadas laterais, do fundo. A arquitetura é um misto de austeridade e bom gosto. Enquanto a contemplo — estou acordado ou continuo sonhando? Parece um delírio. Vejo Dostoiévski sentado, cabisbaixo e pensativo no modesto banco de madeira do jardim, lamentando a sorte da sua querida Sônia e a sua própria, nos ombros de Anna Grigorievna. É como se a morte da filha, ali naquela cidade tão distante de casa, o obrigasse a esta peregrinação pelas lembranças desagradáveis, muitas delas ainda recentes. E vêm-lhe à mente o assédio ininterrupto dos credores, as humilhações sofridas para pedir dinheiro emprestado a Turguêniev, a lembrança da presença irritante de Pavel Issáiev, a morte de Maria Dmítrievna, a perda de Polina Súslova. Não é nem mesmo poupado, nas suas lembranças, da infância longínqua, no Hospital Marínski em Moscou, da cena do fuzilamento, da viagem de trenó para a Sibéria, da *Casa dos Mortos* e as crises de epilepsia.

Sônia fora enterrada no pequeno cemitério de Plain Palais. Uma pesquisa nos arquivos do cemitério me informa que todos os túmulos de antes de 1954 foram demolidos para dar lugar às modificações da atual necrópole. Reconheço que se trata de uma busca mórbida. Mas não desisto. O zelador sugere que eu procure nos arquivos no centro da cidade. Dou-me por satisfeito. Intriga-me, porém, ainda uma dúvida. Devo me contentar com a simples visão da catedral russa e o pequeno e bem arrumado cemitério de Plain Palais? Ingrato destino de fetichista literário! Certamente, não. No dia seguinte deixo o hotel e vou ao endereço onde Dostoiévski morara. A poucas quadras onde estou, em frente ao lago, na margem esquerda, encontro a Rua Guilherme Tell. O prédio, como muitos dos que habitara o escritor russo, é de esquina, na Rua Berthelier n1. Faz o ângulo entre a Rua Guilherme Tell e a Rua Berthelier. É um edifício de cinco pavimentos totalmente reformado. No entanto, ao conferir uma foto da época, constato que as fachadas não coincidem. De início penso tratar-se de uma reforma muito ampla que modificara completamente a aparência do edifício. Talvez haja algum engano. Dirijo-me à Universidade. Subo as escadarias até deparar com a porta do

Centro Iconográfico da Velha Genebra. Aperto a campanhia e aguardo. Alguns segundos depois a porta se abre, surge um homenzinho calvo, nariz fino e vermelho, olhinhos perdidos no meio das órbitas, idade absolutamente indefinida. Em breves palavras explico que estou à procura de um prédio do século XIX. Menciono a data, 1867, e o endereço.

— Dessa época em diante, esta região da cidade passou por numerosas alterações. É possível que o prédio tenha sido demolido — responde o bibliotecário.

É uma decepção, mas não me dou por vencido. Retiro da pasta uma cópia fotográfica da antiga residência de Fiódor. O bibliotecário a pega nas mãos, remove os óculos por cima do nariz, chega o rosto bem próximo do papel e vejo nascer nos lábios do suíço um esboço de sorriso que é quase um grito de vitória. Recoloca os óculos, contempla-me piedosamente e diz:

— Esse prédio nunca existiu em Genebra!

Fico meio aturdido, quase paralisado. Estou incansavelmente atrás de reminiscências, tentando documentar-me, viajando de Paris para Genebra, à procura de um prédio que nunca existira! Michel Dehanne (é este o seu nome) chama seu assistente, mal disfarçando o contentamento e mostra o pobre documento. O assistente deixa o olhar resvalar entre o visitante e o papel colocado diante dos seus olhos e concorda com Dehanne com apenas um aceno de cabeça.

— Pois bem, digo, já me refazendo da decepção. — Quer dizer que esta legenda colocada embaixo "casa onde viveu Dostoiévski em Genebra, esquina da Rua Guilherme Tell e Berthelier", é falsa?

— Totalmente, responde Dehanne, enquanto seu assistente concorda, acenando com a cabeça. E podemos prová-lo, se o senhor dispuser de tempo. Vamos ao arquivo de fotografias e vou lhe mostrar qual o prédio que havia nesse lugar em 1867. A propósito, qual a finalidade da sua pesquisa?

Dou-lhe um resumo dos meus interesses; falo da viagem, da minha busca incansável. Isso parece deixar meu interlocutor vivamente interessado. Satisfeito com as explicações recebidas, ele começa a remover arquivos, toneladas de fotografias, acondicionadas em gavetas apropriadas, com anotações a lápis no verso, definindo local e época. Ao se deparar com a fotografia que corresponde à do citado endereço, quase tenho um choque. Reconheço esta casa, eu digo. Já a vira, estou certo disso. Apesar da rapidez com que repasso as lembranças na memória, em busca da explicação definitiva, não consigo chegar a nenhum ponto. Com a fotografia na mão tento me lembrar de onde conheço aquela casa, um mistério. Revolvo o amontoado de cópias na pasta e finalmente encontro a explicação. A casa aparece numa outra cópia com a legenda "casa onde viveu Dostoiévski em Dresden"! É isto! As legendas haviam sido trocadas na impressão da biografia.

Dehame e seu assistente se desdobram em gentilezas, mostrando fotos das diferentes paisagens que se expunham aos olhos de Dostoiévski, quando chegava à janela do seu apartamento e contemplava o lago — bem em frente fica a ilha Jean-Jacques Rousseau —; o que via, olhando para a esquerda, ou para a direita, ou ao chegar em casa vindo de um lado, ou do outro; as ruas vizinhas, com seus pequenos cafés; detalhes do interior desses apartamentos. O entusiasmo não me impede de perceber quanto os dois suíços se sentem realizados por contribuírem efetivamente com a pesquisa. Conto-lhes que todos os vestígios da passagem de Dostoiévski pela cidade desapareceram, da minha busca infrutífera no Cemitério Plain Palais, da inútil tentativa de encontrar a Rua de Môle, onde morava a parteira que assistira Anna Grigorievna na gravidez de Sônia. Em seguida, vejo mapas, planos, fotos, um verdadeiro mergulho na Genebra do Século XIX. A Rua de Môle, bem como as ruas vizinhas, fora demolida no início do século. Vejo as fotos, casa por casa; mais tarde vou percorrer o novo quarteirão, passo a passo, agora escorado nas novas informações. Vejo — como num sonho, só pode ser como num sonho — Anna Grigorievna chegar à modesta casa de madame Barraud, na Rue de Môle.

12
Aqui tudo lembra Rousseau

Dostoiévski e Anna Grigorievna, recém-chegados de Basel, batem à porta das irmãs Reymondin, no nº 1 da Rua Berthelier. Combinam preço, pagam adiantado por um mês e se acomodam no modesto quarto cuja janela dá para o cais e a reconfortante paisagem do lago. Da janela contemplam a ponte sobre o Reno e a Ilha Jean-Jacques Rousseau. "Tudo aqui lembra Rousseau", diz Dostoiévski à esposa. "Faz-me lembrar minhas leituras de *As Confissões*", continua. "Como pôde Rousseau falar tanto em educação e ter relegado os filhos a uma creche?" — pergunta-se em voz alta, enquanto contempla a esplêndida visão da ilha. Quatro dias passados em Genebra e Dostoiévski só dispõe de 18 francos! É preciso empenhar qualquer coisa. Um casaco de Ana, um par de brincos, um anel. Depois vai tentar a sorte na roleta. Quase furtivamente vai a Wisbaden.

"... fui jogar às oito horas e perdi tudo! Só me restam cinquenta centavos. Minha amiga! Que esta seja minha última, minha definitiva lição, sim, uma terrível lição"!

Tal o conteúdo das cartas de Dostoiévski à esposa, nesses duros tempos. Mais uma vez promete abandonar definitivamente o jogo. Mais uma vez trai sua promessa. No entanto, se perde em dinheiro, ganha em ideias. Não é a primeira vez que, ao se ver literalmente arrasado num cassino, tem uma ideia genial que vai concretizar na forma de um romance.

"...ontem, ela me perseguia furtivamente o espírito, e

apesar de tudo eu não me explicava ainda definitivamente essa ideia soberba que me veio de presente! Ela me veio às 9 horas aproximadamente, quando eu perdi, e me pus a andar pelas alamedas (exatamente da mesma maneira que me ocorreu em Wiesbaden, quando, depois de ter perdido no jogo, eu concebi a ideia de *Crime e Castigo* e decidi entrar em contato com Katkov). É o destino, ou Deus"!

É, portanto, durante o tempo que viveu na Suíça, que Dostoiévski concebe a ideia desses dois grandes romances, *Crime e Castigo* e *O Idiota*. Se não houvesse perdido na roleta não existiriam essas duas obras primas? É a pergunta que me faço, enquanto ando pelo cais Mont Blanc, tentando retomar as experiências vividas pelo romancista. Dostoiévski se atraca ao manuscrito de *O Idiota* com uma disposição desesperada. Em 23 dias escreve 98 páginas! Compara seu trabalho na composição desse livro com o jogo: "Arrisquei, como na roleta"! Agora só aguarda o final da gravidez de Ana, o nascimento do bebê, para regressar a São Petersburgo. Dostoiévski se reveza nos cafés da beira do cais, muitas vezes permanecendo horas e horas com apenas uma xícara de chá sobre a mesa. Perambula pelas redondezas. Para diante das vitrines de bijuterias, na casa Giron, na Rua Mont-Blanc, na Gourjon, no cais Mont-Blanc, na Rua do Mercado. Está obcecado com a ideia de recuperar para Ana as joias que ela empenhara e vendera para fazer dinheiro. Por isso, não se fatiga de olhar as vitrines. Quando não está escrevendo aproveita para ler Balzac e George Sand. Pouca coisa em Genebra lhe interessa. Sente-se aborrecido, cansado da cidade.

"Genebra não é grande coisa, escreve a Máikov. É um verdadeiro horror, esta cidade. É Caiena! E como é triste, aqui, como é sombrio! E como são presunçosos! Pois é um traço besta, típico deles: ser suficientes em tudo. Aqui tudo é vergonhoso, tudo é podre, tudo é caro. Eles são sempre sujos"!

Em 22 de fevereiro de 1868, às 5 horas da manhã nasce a filha de Dostoiévski, Sônia. Dostoiévski escreve a Máikov: "Essa pequena coisa de três meses, tão insignificante e parecida a uma migalha, já é uma figura e tem um caráter; ela começou a me reconhecer, a me amar, a me sorrir quando me aproximo dela; ela não chora, não franze a testa quando a abraço e cessa de chorar quando me inclino sobre ela".

Durante uma mudança brusca de tempo no mês de maio, Sônia começa a tossir. O médico chamado para ver a pequena Sônia lhes assegura tratar-se de um resfriado sem nenhuma importância. No dia 12 de maio de 1868 Dostoiévski vai ler seus jornais nos cafés a que está habituado. Ao voltar encontra Sônia morta. Dostoiévski nunca vai aceitar essa perda. Ainda em carta a Máikov desabafa: "... não sei e creio que você me lamenta sinceramente, mas eu jamais fui tão infeliz como nos últimos tempos. Há momentos que mal consigo suportar. Ela já me conhecia, e, no dia da sua morte, quando eu saí de casa para ir ler os jornais, sem poder sequer imaginar que ela não estaria viva, duas horas mais tarde, ela seguia meus movimentos com tal atenção, me olhava com olhar tão expressivo que eu a vejo ainda agora. Cada dia sua lembrança é ainda mais viva para mim. Eu não a esquecerei jamais, e jamais cessarei de sofrer".

A morte de Sônia marca o fim da estada dos Dostoiévski em Genebra. Se a cidade já lhe era desagradável antes, agora é absolutamente insuportável. Partem de barco para Vevey, onde Dostoiévski retoma seu romance, sem que isso possa lhe trazer o menor conforto. Logo estarão de novo viajando, desta vez para a Itália.

Seis anos mais tarde, Dostoiévski volta a Genebra para visitar o túmulo de Sônia. Por duas vezes esteve no Cemitério de Plain Palais, orando e chorando por Sônia. Corta alguns ramos de cipreste do cemitério e leva-os consigo como relíquia. Nunca mais voltará a Genebra.

13
Calcutá não é para amadores

Chegamos (eu, Dostoiévski e o carregador) ao Agarval Hotel. A umidade e o calor fazem com que Dostoiévski vá se despindo ao longo do trajeto. Abre os botões do paletó, afrouxa a gravata e remove o chapéu da cabeça. Enrola as mangas da camisa sobre os braços, e abre a camisa no peito. Arfa como um camelo. *Não demoro mais de cinco minutos nesta recepção ou tenho um ataque. Preciso de um banho.* Passaporte, assinaturas, chaves. O carregador pega todas as valises que havia depositado no chão e subimos as escadas que levam ao quarto. Ampla janela descortina uma paisagem irreal. No quarto há alguma coisa parecida com ventilador de teto. O carregador se vai fazendo eloquentes gestos de agradecimento e despedida. Dostoiévski entrega-lhe 10 rúpias. O homem desaparece no corredor, andando de costas e dizendo repetidas vezes a primeira palavra que aprendi em hindi: Namasté.

Dostoiévski vái ao banheiro e se desfaz das roupas empoeiradas, na esperança de tomar um banho. A torneira não é torneira, o chuveiro não aparenta nenhuma disposição para fazer o que deve, está emperrado. Duvido que tenham sido usados, um dia. Há outra torneira saindo da parede, na altura da canela. *Como tomar banho retirando água dessa torneira?* Aguça a atenção. Há um banquinho e uma caneca ao lado do vaso sanitário. O suor escorre em bicas pelo seu corpo nu. A barba umedeceu. Abre aquilo que devia transportar água. Saem um jorro de água amarelada cheio de resíduos escuros, insetos miúdos, depois clareia, ainda não completamente. Senta-se no banquinho, enche a caneca e despeja sobre a cabeça. Depois do banho adormece sobre a cama, nu, debaixo das modorrentas pás do ventilador de teto. Duas horas depois, desperta com a entrada silenciosa de um intocável no quarto. Trouxe frutas frescas e uma jarra com água potável. Deposita tudo sobre a mesinha de cabeceira e sai. Olha o relógio, são 4 horas da tarde. *Preciso sair logo desta cama, procurar meus contatos e ir embora, o quanto antes.* Vai em busca de um guru. Quer conhecê-lo pessoalmente. Quer vê-lo praticar as maravilhas que lhe foram descritas a respeito. O guru não mora muito distante do hotel. É essa a razão pela qual nos hospedamos aqui. No entanto, é necessário um contato para nos levar à cabana do guru. Será nosso guia, no pouco tempo em que permaneceremos em Calcutá. Borah, um homenzinho de no máximo 1m60, mirrado, pele seca e cinzenta e olhos negros e brilhantes. Fala inglês fluentemente com forte sotaque bengali. Irá nos acompanhar até o guru. Saímos. Borah gesticula o tempo todo. Explica: primeiro deverá ir com o visitante até a casa de uma sobrinha. Lá ficaremos sabendo quando o guru poderá nos receber. Nunca imaginei andar de riquixá com um pobre diabo me conduzindo no meio do trânsito infernal de Calcutá, e, além disso, sentindo algum prazer, algo indefinido, como estar dentro de um sonho. Subimos relutantes os degraus que dão acesso à boleia do riquixá. Borah quase nos empurra para dentro do veículo, rindo. Começa a aventura. Nos poucos segundos que se seguem (ainda não estou completamente à vontade, neste papel de demônio empoleirado) fomos literalmente carregados pela força impulsora inexplicável de um intocável. Chegamos a uma rua miserável, sem calçamento, ladeada por um corregozinho de águas paradas e malcheirosas. Tazmina, a sobrinha de Borah, mora numa casa de alvenaria no final da rua. Todos param para contemplar o estranho visitante e sua barba rala e grisalha. Tazmina nos aguarda na porta. Tazmina impressiona pela sua juventude e beleza. Sorri e mostra uma fileira de dentes impecáveis. Num inglês truncado, explica que o guru só pode nos receber na sexta-feira, é preciso aguardar três dias. Dostoiévski mal se contém na cadeira onde estamos sentados em volta de uma fogueira, à noite, no quintal da casa de Tazmina. *Não me resta alternativa, senão esperar. Esperarei a noite chegar.* As fogueiras foram acesas, a temperatura baixou. Enquanto isso, Dostoiévski respondeu inúmeras perguntas de curiosos, uma dúzia deles, que vieram da vizinhança para conhecê-lo, quase o apalpando, como se ele fosse uma raridade no zoológico. Crianças se aproximaram tanto, apontando a ruiva barba, que tive receio de vê-las se dependurarem no rosto como numa gangorra. Há momentos na vida de um homem que se parece com a morte iminente. Vivi essa sensação duas vezes na minha curta temporada em Calcutá. Ao andar do cais ao hotel seguindo o carregador, pensei não resisitir ao calor. O exótico da paisagem teve pouca força para despertar meu interesse diante do esforço físico sobre-humano que julgava fazer para caminhar e respirar os infinitos odores das ruelas. Mal pude crer na força daquelas canelas descarnadas que carregavam sobre a cabeça e debaixo dos braços as incontáveis valises, pelo menos dez vezes o peso daquela criatura aparentemente frágil e subnutrida. Agora, ao saber que se quisesse uma entrevista com o guru deveriamos permanecer mais quatro dias em Calcutá, Dostoiévski pensou que tudo havia sido inútil. Não acreditava em poder suportar tanto. Mas, a experiência que imaginara adquirir na Índia poderia ser vital para um romance que sonhava escrever e, sobretudo, talvez conseguisse a cura para sua epilepsia. E, como num sonho, imaginei o próprio Dostoiévski vivendo a mesma experiência. Um romance revolucionário. Então, faria o sacrifício. Fiódor, pensei, *se você agora não for definitivo, verdadeiro, radical; se deixar escapar essa experiência e não se atracar a ela como quem pega uma adaga e golpeia à sua volta, se, ao contrário, submergir no primeiro vapor e se esgueirar em direção aos climas europeus mais amenos e não resistir a essa adversidade, então, meu caro, você será literalmente extinto! Pode enterrar sua caneta e rasgar tudo o que escreveu até então, e voltar para sua gélida São Petersburgo, para o seu porão insalubre, para os salões da cafetinagem literária e se especializar em piadinhas para os burgueses se deliciarem. Fiódor pode enterrar o sonho!*

14
Minha finalidade é ser livre

Recém-chegado do sarau, talvez meditasse ainda na satisfação que há pouco mais de um ano obtivera ao ver impresso seu primeiro trabalho: concluíra a tradução de *Eugénie Grandet*. A presença de Balzac em São Petersburgo, em 1843, parece um comemorativo da sua tradução. E já o vemos exclamar: "Uma maravilha! Uma maravilha! Uma tradução incomparável"! Está convicto de o caminho a seguir. Entrega-se a uma nova tradução. Desta vez o alvo é outro dos "seus deuses": George Sand, *Derradeira Aldini*, e, somente ao terminá-lo, percebe que o livro já havia sido traduzido em 1837. Talvez seu pensamento recuasse um pouco mais distante no passado, quem sabe mesmo ao sarau de 1841, coincidindo com uma visita do irmão Mikhail a São Petersburgo, onde lera para uma plateia seleta de amigos, entre eles o médico Riesemkamp, as peças teatrais que escrevera: *Maria Stuart*, *Boris Godunov* e *O Judeu Yankel*. Nenhuma delas chegará até nós. E só sabemos da sua existência pelo testemunho de amigos. Desiste de traduzir o *Don Carlos*, de Schiller, delegando ao irmão Mikhail essa tarefa. É o sinal para um novo caminho. *Eugénie Grandet* e *Derradeira Aldini* marcam o começo, mas também o fim da sua atividade como tradutor. De agora em diante "minha finalidade é ser livre. Para isso estou disposto a sacrificar tudo". Diz isso apenas em relação às traduções que não o interessam mais? Certamente esse é um momento crucial na sua vida. Despede-se também da Escola de Engenharia e consequentemente do ordenado que lhe permita viver com relativa segurança. Doravante não terá nem um segundo de tranquilidade financeira. Estará sempre solicitando empréstimos, pedindo adiantamento a seus editores ou arriscando a sorte no jogo. De agora em diante estará em situação tão penosa como a dos seus mais desvalidos herois, geralmente os pequenos funcionários petersburguenses. Não hesitará nem mesmo em recorrer ao penhor. Seu próprio casaco de frio, um relógio de estimação e até as roupas da sua mulher estarão em algum momento retidos nas mãos de um usurário em troca de alguns rublos. Todavia o momento que vive nada faz supor esse terrível destino que o aguarda. Só pensa em se tornar escritor. Todo seu pensamento, toda sua energia, todo seu tempo será empregado para esse fim. Nada mais o interessa. "Minha finalidade é ser livre". Mas não é apenas um sonhador desvairado. Está consciente da sua nova situação. "Naturalmente, irmão, eu sei que estou numa situação infernal. Pedi minha demissão porque pedi; é impossível continuar. E enfim o essencial: queriam me designar para a província — diga-me, por favor, o que seria de mim sem São Petersburgo? Nada de bom. Agora sou livre! Mas que fazer neste momento, no minuto presente"?

A intuição parece ser o motor inconsciente que o impulsiona. Nada o fará desistir do destino que decidira traçar para si. Seus heróis não serão certamente os condecorados generais da corte. Muito menos cuidará de doentes, como o pai fazia no Hospital Marínski em Moscou, onde nasceu e viveu seus primeiros anos de infância. Na juventude, durante algum tempo, divide um quarto com seu jovem amigo médico, Riesemkamp. Costuma dar — quando o tem — seu parco dinheiro para algum miserável, dos muitos que frequentam a sala de espera do jovem médico. Em nenhum momento, entretanto, pensa em enveredar pela medicina. Seu interesse é o ser humano numa dimensão que transcende o conhecimento da anatomia e da fisiologia. São as mazelas da alma, suas alegrias, seus mistérios e culpas que atraem sua atenção.

É nesse labirinto insondável que vai mergulhar seu pensamento. Nos romances que escreverá daí em diante, muitos serão loucos, como ele próprio se pretendia em alguns momentos: "Tenho um projeto: ficar louco"! — escreve a Mikhail, ainda com 17 anos — mas também tão lúcidos como ele mesmo se acreditava ser; os nomes de seus heróis podem ser detectados de relance sobre a estante: Balzac, Victor Hugo, Eugène Sue, Walter Scott, George Sand e, naturalmente, os russos: Púchkin, Liérmontov, Gógol. De agora em diante, todo seu empenho é se tornar um deles. No fundo, já sabe que é um deles. No entanto, é com uma ansiedade quase mórbida que aguarda o veredicto de Nekrássov.

15
Visita a Basel

Desço na estação. Com passo decisivo, ando pela avenida em frente. Vejo uma moça elegante, com capa e sombrinha. Faz um tempo frio. Há um vento gelado soprando do Reno. Pergunto onde fica o museu. É logo ali. Da porta de entrada vejo o rio caudaloso e agitado passando sob a ponte, mas isso não me desperta nenhuma curiosidade extra. Em dois minutos estou sentado diante do quadro de Holbein. A sala tem dimensões modestas, mas reservaram-na exclusivamente para o quadro *O Cristo Morto*. É tudo o que preciso. Eis o motivo da minha visita. Relanceio o olhar em volta, um tanto quanto ressabiado. Ninguém por perto. Não resisto a me comparar com mal disfarçado larápio. Ousaria tirar uma lasquinha na pintura do quadro e guardá-la como lembrança? Minha aparência suspeita pode induzir tal reflexão, mas não tenho a mínima intenção de cometer tão grande delito. Quero apenas sentar-me no banco estofado em frente ao quadro — será que Dostoiévski também se sentou ali? É a pergunta que insistemente me faço. Passo intermináveis minutos a contemplar cada detalhe desse quadro. Ao mesmo tempo, relembro o episódio com Dostoiévski diante dessa comovente obra de arte. "Diante dum quadro desses um homem pode perder a fé", disse Dostoiévski. Trata-se de uma história conhecida. Já a li inúmeras vezes. Conheço o quadro de reproduções. Já havia analisado detalhes. O modelo, de tamanho natural, repousa sobre um lençol, num realismo chocante. Holbein inspirou-se num judeu que se afogou no Reno. As mãos, as mãos são impressionantes, cadáver em decomposição, a face, sofrimento indizível. Um homem que morre afogado deve sofrer uma agonia dessas. Igual talvez a quem morra crucificado, é humano demais. Holbein entendeu tudo, Dostoiévski também, sai dali para começar a escrever *O Idiota*. É o começo. É difícil se libertar de Holbein e do *Cristo Morto*. Vai se lembrar dele para sempre. Vai colocá-lo na parede da sala de Rogójin, o rival de Míchkin, vai colocá-lo na boca de Míchkin, logo nos primeiros capítulos de *O Idiota*, tentando falar sobre o quadro, vai descrevê-lo em detalhes. Contemplar esse quadro, para mim, foi uma espécie de libertação. Quem poderia imaginar que a simples visão desse quadro pudesse provocar uma revolução de tais dimensões em Dostoiévski? Das 9 horas até as 15 horas fiquei ali, atracado ao pequeno banco, o olhar pendurado no quadro, observando a obra de Holbein. Não se fala aqui de emoções. Visitantes se retiraram, tão logo sentiram o clima que decerto irradiei, ao permanecer longo tempo sentado, em frente ao quadro, perdido em pensamentos, mudo com lágrimas inexplicáveis despencando silenciosamente dos meus olhos. Ai, meu Deus, também eu vivenciando na pele a Síndrome de Stendhal! Trata-se de um mistério a ser desvendado. Saí dali ainda meio atordoado. A emoção que senti vai muito além do prazer estético. Alma penada em busca de uma lenda, algo totalmente inexplicável para o senso comum. A visão do quadro me emocionou, além da conta. Síndrome de Stendhal, de quem se emociona dessa forma diante de uma obra de arte de grande beleza. Ocorreu o mesmo com Dostoiévski. Uma vez paralisado de emoção, escandalizando os visitantes do museu, os quais foram literalmente expulsos da sala — ninguém se atreve a ficar parado diante de um quadro desses enquanto um alucinado está ali sentado, em êxtase, olhos lacrimejando. Todos se retiram, respeitosamente, sem entender o que está acontecendo. Terminado a tarefa que eu mesmo me impus, saio dali convicto de ter cumprido uma missão. Sinto-me, de certa forma, realizado e estou com fome. Vou ao primeiro restaurante que aparece. Aponto com o dedo o cardápio e a bebida. Escolho um vinho do Reno, quero dar vazão aos sentimentos e relaxar. A garçonete, uma alemã disposta a não entender uma palavra sequer de francês, traz a comida e uma garrafa de vinho impossível de ser ingerida, corresponde a um litro. Receio ficar embriagado; tento me explicar, a garçonete não entende nada. Desisto, antes que ela traga outra garrafa como essa. Duas lindas mulheres na mesa ao lado presenciam meu desespero. E dizem: "não se assuste com a quantidade de vinho, quando acabar, peça outra, igual". Fazem troças com meu olhar estúpido. Vou saborear cada gota e só depois partir. No final, milagrosamente sóbrio, imagino ter cumprido a missão. A missão a Basel terminou.

16
Agora sou um deles

Podemos ver nosso herói, perambulando pelo nevoeiro do amanhecer, numa dessas memoráveis noites brancas de São Petersburgo, ultrapassar a Fontanka, percorrer parte da Rua Sadóvaia, caminhar até a Perspectiva Névski, comprar tabaco num café, ajeitar a gola do pesado capote e prosseguir andando, os pensamentos à deriva. Bielínski! O grande Bielínski. Então agora sou um deles! Quase explode de contentamento. Quer gritar. Desabafar. Deixar fluir o gosto dessa primeira vitória. Todas as portas agora se abrirão para mim. Nekrássov, Bielínski e o próprio Turguêniev! Quem diria! Agora me sento ao seu lado. Ele agita meu livro no ar e diz: "Eis aí um grande escritor"! Nada o faria mais feliz. Chega às portas do consultório de Riesemkamp e só então se dá conta do imenso trajeto percorrido. Já passa das nove horas. Tem novo encontro com Nekrássov. Desta vez vai tratar, diretamente, da publicação de *Gente Pobre*.

O romance *Gente Pobre* foi publicado no almanaque editado por Nekrássov, Coletânea Petersburguense. O entusiasmo de Bielínski é decisivo para o sucesso do jovem escritor. Dostoiévski sai do anonimato para os salões da aristocracia, as reuniões literárias e o devaneio. Muitos anos depois, ao escrever *Humilhados e Ofendidos*, deixará registradas suas impressões sobre seu primeiro romance na palavra de Ivan, seu *alter ego*: "Enfim, meu romance apareceu. Muito antes de sua publicação já se havia falado dele no mundo literário. B... se alegrara como uma criança ao ler o manuscrito".

Por solicitação de Nekrássov para publicar um texto num almanaque humorístico ele cria *Um Romance em Nove Cartas*, escrito numa única noite. Não é obra de impacto, como *Gente Pobre*, mas atrai a atenção de Turguêniev que lhe propõe uma leitura em sua casa. Tudo indica que está absolutamente seguro. Seu entusiasmo não tem limites. Bielínski diz, escreve ele: "...que posso me atracar aos mais variados temas".

Não cessa de trabalhar. O ritmo é alucinante. Não sabemos onde vai buscar energia e tempo, sobretudo tempo, para a intensa atividade criativa, como também para os prazeres da vida. É certo que não os negligenciava. "As Minuches, as Claruches, as Marianas e outras embelezam infinitamente, mas custa um dinheiro louco. Outro dia Turguêniev e Bielínski repreenderam minha vida desregrada. Eles não sabem mais como me provar seu amor. Todos, sem exceção, estão apaixonados por mim". E acrescenta: "Minhas dívidas estão no mesmo ponto".

Dostoiévski passa a ser o assunto do momento. É apresentado a Turguêniev. Está encantado. Um dos seus heróis vivos. "Já no primeiro momento ele se ligou a mim de tal forma, de tal amizade que Bielínski o explica pelo fato de Turguêniev estar apaixonado por mim".

O jovem escritor está literalmente embriagado de felicidade. Bielínski vem visitá-lo com frequência. "Esse urso selvagem". Dostoiévski trabalha no seu novo livro. Bielínski lhe envia um bilhete. "Dostoiévski (...) venha à minha casa, eu lhe peço. O empregado que leva o bilhete pode mostrar o caminho. Você verá todos os nossos e, quanto ao dono da casa, ele ficará contente de vê-lo, logo não se faça de selvagem. V. Bielínski".

17
O cavaleiro da triste figura

Dostoiévski é apresentado a uma beldade russa, Seniavina, numa festa na casa do conde Vielgórski, no início de 1846. Encontra lá toda a intelectualidade. A inteligência russa se curva os seus pés. Efêmera ilusão. Tão fugaz quanto uma despedida. Ao cumprimentar a anfitriã tem uma perda de consciência. É a ameaça de um ataque, dos muitos que o atormentarão pela vida afora. O desmaio não durou um minuto. Mas é um desastre. Recupera-se e os pensamentos estão lentos, a cabeça pesada, um torpor que não pode dominar acaba afastando-o da recepção. É o bastante para a montagem de um circo. Turguêniev e Nekrássov publicam no Almanaque Petersburguês uma estrofe, uma ironia, cujo fim é ridicularizar o novo escritor. Chamam-no de *Cavaleiro da Triste Figura*. O espadachim rompido, o monumento desabado. Serão necessários mais de 20 anos para que Dostoiévski perdoe Nekrássov e jamais se reconciliará com Turguêniev, imortalizando-o satiricamente num retrato cruel, num de seus mais famosos romances, *Os Demônios*. Turguêniev será transformado no prepotente Karmasinov.

O sucesso também é um peso. Um fardo nada fácil de carregar. As primeiras manifestações de hostilidade não demoraram a aparecer. Seus detratores são seus próprios amigos, colegas de profissão. É certo que por essa época podemos vê-lo ainda entusiasta, confiante ao extremo. Narcisista à arrogância, "tinha apenas 22 anos", dirá mais tarde, justificando muitas das suas atitudes. Certo. Mas 22 anos não são 12, dirão seus biógrafos menos dispostos a contemporizar. As pessoas reconhecem seu talento e estão dispostas a aplaudi-lo, mas não sua arrogância. As piadas nos salões começam a surgir. Alguém se encarrega de divulgar "uma infâmia", como ele a classifica mais tarde. Segundo a intriga, Dostoiévski teria exigido de Kraiévski que seu texto aparecesse com destaque na revista, envolvido por uma ourela. A versão é essa. A versão prevalece. Dostoiévski vai acumular tantos desafetos quantos admiradores. Esse gênio arrebatado, taciturno, por vezes apático, por vezes agressivo, efusivo, falante, fará carreira sim — mais tarde o veremos. Mas agora enfrenta as feras no seu próprio território. Jamais terá sucesso nos embates verbais. O jeito é passar tudo para o papel. Em cada atrito, disputa, querela, torna-se rubro, gaguejante, inseguro, a mão não ocupa um lugar no espaço delimitado pela sua visão, costuma esfregá-las uma na outra, passa a mão direita pela nuca, repetidas vezes, depois quer colocá-las no bolso do casaco, mas elas lhe fazem falta na mímica indispensável para amparar sua verve frágil. Avdotia Panáieva (uma das suas paixões repentinas) registra em suas memórias: "Cair nos dentes de nossos literatos era uma catástrofe; e Dostoiévski, por sua suscetibilidade, se prestava a isso e também por seu tom desdenhoso, compreendendo que era, por seu talento, muito superior. Eles se punham a troçar dele; irritando seu amor próprio por alfinetadas nas suas conversas. Turguêniev era mestre nesse jogo, ele se divertia colocando Fiódor nessas situações, levando-o depois ao último grau de exasperação (...)".

18
Carta a Máikov

Calcutá, 23 de setembro de 1863.

Meu caro e bom amigo Apollon Nikolaievitch,

Enfim, posso lhe escrever algumas linhas. Daria tudo para saber o que você anda pensando a meu respeito. "Que maluco esse Fédia, se meter num vapor rumo a Calcutá, sem ter nem mesmo a certeza de poder chegar lá, ou de voltar"!

Se for isso o que você pensou, meu caro Apollon Nikolaievitch, o fizeste bem. Só agora me dou conta da extensão da minha aventura. Vrangel relutou muito em acreditar que eu estivesse realmente disposto e interessado em conhecer a Índia. Nem ele e nem você poderia imaginar o desassossego que tomou conta de mim depois da doença de Maria Dmítrievna e as sucessivas recusas de Pólia em ficar comigo. O que me restava fazer na Rússia? Eu não conseguia progredir no meu romance, a possibilidade de ganhar algum dinheiro se esvaía entre os meus dedos. É muito difícil, meu caro amigo, sobreviver da pena, com os credores latindo dia e noite na sua porta como uma matilha desesperada. Por isso fugi para a Índia, antes de ir me encontrar com Polina na Europa. Queimo os meus últimos rublos nessa viagem. E não se surpreenda se minha situação ficar igual ou pior do que a de um desses milhares de miseráveis que vivem aqui sem um tostão sequer. Em Calcutá faz um calor insuportável. A umidade é sufocante e respira-se como se estivesse debaixo de um espesso manto de água. Chove torrencialmente, sem parar. Estamos metidos num atoleiro de dimensões continentais, parece que todo o golfo de Bengala desaguou aqui na porta do meu hotel.

Hoje passei quatro horas na casa da sobrinha do meu guia. Ela é bela e se chama Tazmina. Foi o único momento de descontração que vivi aqui nas primeiras 24 horas de Índia. No único dia em que parou de chover, o céu se abriu como por encanto e surgiu um sol vermelho, espalhando luz sobre a terra molhada. No centro desse espantoso fenômeno estava a bela Tazmina. Ela é maravilhosa, é apenas isso o que posso lhe dizer. Ouvi-la falar num inglês tatibitate em volta de uma fogueira sob um céu azul envolvido por um manto de estrelas, escutando o pipilar dos grilos, coaxarem os sapos indianos, tudo isso aconteceu enquanto eu estava sentado num tosco banquinho de madeira e teve o dom de transportar-me para as longínquas estepes siberianas e me fez recordar os primeiros momentos de liberdade que tive na Sibéria, em casa de Anenkova. Amanhã vou visitar o guru que Vrangel me recomendou. Quem sabe arranjo com ele um destino menos cruel para o resto dos meus dias. Quem sabe ele me livra da minha epilepsia. Fui informado de que ele pode curar dores e doenças, como impotência, loucura, surdez, mudez, cegueira, oftalmia, perda de sangue, epilepsia (principalmente), aleijão, ferimentos, picadas de cobras. Pode ainda mudar o sexo das crianças, fazer com que objetos inanimados se movam como se tivessem vida e vontade, fazer crescer a barba dos jovens, e vice-versa, devolver a juventude a velhos decrépitos, ressuscitar os mortos etc, etc, etc. Se ele não me acrescentar nada de novo além da pasmaceira mística e crédula que tenho visto e ouvido por aqui, então devo partir imediatamente. Meu guia, Borah, insiste que eu vá ao Kerala, do outro lado do continente. Serão mais 15 ou 20 dias de barco. Ele promete que ali é o lar dos grandes gurus, bruxos ou feiticeiros. Mas primeiro, vou conhecer o guru. Estou preparado para acompanhá-lo até mesmo no jejum, se for necessário. Sobre isso falaremos depois. Dê um forte abraço nos manos André e Mikhail. Diga-

-lhes que eu prefiro *Právda* para o nome da revista, porém a decisão final vai ficar por conta da censura (*Époka* não me parece mortal) e que faremos sucesso com o romance que estou a preparar e, finalmente, que nossas dívidas chegarão a bom termo, um dia. Abraça-o com amizade, o seu

F.M. Dostoiévski.

19
Diário de Anna Grigorievna

PRIMEIRO CADERNO

"Este caderno foi comprado no dia 11 de abril de 1867, antes da nossa partida para o estrangeiro, com a finalidade de anotar todas as aventuras que poderiam nos ocorrer no caminho."

Hoje foi um dia particularmente especial. Excitante. Várias pessoas (amigos e familiares) nos acompanharam até a estação. O trem partiu. No caminho, poucas novidades. Na primeira parada fomos tomar chá. Fédia não conseguiu tomar uma xícara de chá inteira, pois estava muito quente. Em Luga comemos mal. A comida estava péssima. Na maior parte do tempo caí numa perigosa melancolia — segundo a própria expressão de Fédia. Dormi quase a noite inteira enquanto Fédia não pregou os olhos um minuto sequer. Chegamos a Vilna às duas horas. Barsov nos esperava na porta do hotel. Após os cumprimentos ele nos levou para conhecer o hotel. Os quartos estavam insuportavelmente sujos. Fédia já estava desistindo — queria mudar de hotel — quando achamos um quarto razoável e nos instalamos. O pessoal do hotel é imbecil e sombrio. Apertar a campainha é um trabalho inglório: ninguém atende. Dois serviçais do hotel são zarolhos. Fédia disse que com certeza eles ganham menos que os outros.

Depois do jantar fomos visitar a cidade. Encontramos uma verdadeira multidão de judeus pelas ruas, para desconforto de Fédia que precisa fazer esforço para suportá-los, embora não seja muito claro sobre esse assunto, mas percebo-o nitidamente.

Os fiacres por aqui são baratos. Cansados, depois de andar bastante, alugamos um por dez kopekes e o cocheiro nos mostrou toda a cidade. Vimos: igreja russa de São Nicolau (a construção não está terminada); igreja católica de São João; capela da Praça São Jorge. Voltamos para o hotel. Eu estava morta de cansaço e dormi logo. Antes de me deitar Fédia teve a ideia de escorar a porta do quarto com nossa bagagem. Tinha medo de que nos roubassem de manhã, enquanto dormíamos. Às duas horas da manhã acordei com Fédia tendo uma crise que durou quinze minutos. Logo voltou a si. Em seguida dormiu profundamente. De manhã já estávamos quase de partida quando um judeu nos abordou na estação tentando vender um ícone. Nem é preciso dizer o estado de irritação de Fédia. Compramos dois bilhetes para Berlim a vinte e seis rublos e trinta e cinco. Na estação Eidkunen, Fédia pediu uma cerveja. Em nossa cabina estava sentado um judeu. De início nos falou em alemão. Como respondemos com evasivas, ele falou em russo. Às sete horas chegamos a Berlim. Um alemão se aproximou e nos propôs alugarmos um quarto no Hotel União. Os ladrões por aqui devem ser numerosos, pois há avisos por toda parte advertindo-nos para ter cuidado com as bolsas. Pegamos um fiacre e fomos para o hotel. Fédia, como de costume, reclamava do tempo, do hotel e dos alemães. Até me aborrecer. O quarto estava gelado. Pedimos à camareira para aquecê-lo, senão ficaríamos congelados. Dormi como uma pedra e nem me dei conta quando Fédia se deitou ao meu lado e enfiou a mão entre as minhas coxas para me dizer boa noite.

Apesar da chuva fina e fria, pela manhã decidimos passear um pouco e conhecer a cidade. Trocamos dinheiro no *bureau de change*. Nem bem começamos a caminhar ele criticou minhas luvas dizendo que eram feias e fora de moda. Perdi a paciência e lhe disse que se ele achava que eu estava malvestida seria melhor irmos cada um para o seu lado. Disse e me virei bruscamente para o lado oposto. Ele me chamou várias vezes. Tive a impressão de que ele iria correr atrás de mim. Mas ele prosseguiu seu caminho sem olhar para trás. Fiquei extremamente aborrecida e convencida de que Fédia não teve o menor tato comigo. Andei rapidamente por algumas ruas — quase correndo — mas pouco a pouco me acalmei e compreendi que Fédia na verdade não quis me ofender e que exagerei em me sentir ofendida. Pobre Fédia! Continuei andando, rápido debaixo da chuva. Os alemães decerto estavam imaginando "o que faz essa garota andando na chuva e sem guarda-chuva"? Na medida em que me recompus fui entrando em pânico. Tratei de voltar logo ao hotel. Fédia ainda não havia chegado. Meu Deus! Que teria acontecido com ele? E se teve uma crise, não me perdoarei.

Quase me desesperei ao perceber que ele havia estado no quarto. Uma valise estava aberta e os documentos não estavam na carteira. Pensei que Fédia viera buscar nossos documentos para levá-los à embaixada e fazer nosso divórcio. Que desespero! Jurei para mim mesma que se isso me acontecesse jamais voltaria a por os pés na Rússia. Iria para uma pequena vila qualquer da Europa chorar a minha desgraça. À medida que eu me punha a pensar assim, comecei a chorar. Duas horas se passaram nesse desespero. A cada minuto eu olhava pela janela, na esperança de vê-lo retornar. Depois de algum tempo ele voltou, para minha alegria. Abracei-o aliviada. Fédia ficou surpreso ao ver o meu rosto coberto de lágrimas e riu quando lhe contei toda a história. Na verdade, viera buscar dinheiro para comprar um capote. Graças a Deus estávamos reconciliados. Fédia ainda saiu para ler os jornais e fui dar uma volta pela Friedrichstrasse. Demorei muito no meu passeio, distraída, olhando as vitrines. Quando voltei ao hotel já eram seis horas. Fédia estava de novo irritado com minha demora. Temia perder o trem para Dresden. Discutimos um pouco e o convenci a viajarmos na manhã do dia seguinte. Não iria fazer a menor diferença. Assim teríamos mais tempo de arrumar a bagagem e não haveria correria. Saímos às sete da manhã e chegamos a Dresden na hora do almoço. Era quase meio-dia. Pegamos um coche e pedimos para nos levar ao Stadt Berlin, o hotel que Yanovski nos recomendou. Colocamos nossa bagagem no quarto, tomamos um chá ralo e frio e partimos para o museu. Pagamos o ingresso e Fédia praticamente me arrastou pelos corredores até parar diante da Madona de Holbein. Não achei grande coisa. Na outra extremidade do museu está a Madona de Rafael. Fédia tem um carinho especial com esse quadro e, na saída, comprou uma reprodução. Eu prefiro a Madona de São Sixto que é uma beleza. Esse quadro me impressionou de tal maneira que eu não quis ver mais nada, embora Fédia tenha reparado que O Menino nos braços da Virgem não tinha cara de criança, com o que concordei. Em compensação, São Sixto está perfeito no seu papel de velho contemplando a Virgem com veneração.

Às vezes tenho receio do julgamento que eu própria faço sobre Fédia. É verdade que algumas vezes suas reações me metem medo. Sobretudo quando é agressivo. Quando levanta a voz e se dirige a mim como a um subalterno, quero desaparecer. Nessas horas renego-me a mim mesma. É quase como se eu deixasse de existir. De repente, vem a mim uma espécie de ímpeto para reagir. E o que faço? No máximo deixo de falar com ele por alguns instantes. Quando me excedo — e o tenho feito com frequência — saio andando sem rumo e me ponho a meditar. Que seria de Fédia sem mim? Não quero parecer pretensiosa, como se eu fosse a solução para tudo o que acontece com ele. Longe de mim tal desatino. Tenho ciúme dele? Devo admitir que sim. Nunca engoli essa história de PS. E a carta? Por que ela lhe teria escrito uma carta às vésperas da nossa viagem? Não posso crer que desconhecia nossa condição de casados. E respeitaria, se soubesse? Duvido. Fédia ainda se interessa por ela, para dizer o mínimo. Tenho pressentimentos. Sei muito bem avaliar quando um homem está envolvido. Por mais difícil que seja para mim reconhecer isso, Fédia nunca foi capaz de esquecê-la completamente. Algo dentro de mim me diz isso. Que fazer meu Deus?

Nossa situação financeira piora a cada minuto. Hoje Fédia foi hipotecar nossas alianças e os casacos com o usurário. Só decidiu-se porque eu o encorajei. Sem sentimentalismo piegas. Ele quis descambar. Quase fez um melodrama. Mas não permiti. Sei que essa situação é passageira. Fédia fará muito sucesso com seu novo livro e aí nossas dívidas estarão arranjadas. Tenho muita fé. No fundo vai dar tudo certo. Por isso não me importei de hipotecar as alianças. Fédia acabou saindo de bom humor. Discutimos um pouco por causa da hipoteca. Ele não queria. No final saiu dando risada. Eu lhe disse: "vá e não volte mais"! Em pouco tempo ele estava de volta trazendo baguetes e uma barra de chocolate para mim, pois sabe que adoro chocolate. Disse que só voltou para trazê--los e que está ansioso para continuar o artigo sobre Bielínski, mas deve voltar para ler os jornais russos no café. Antes de sair de novo examinou minha garganta. Ele pensa que tenho uma ferida e insistiu para eu ir consultar um médico. Que absurdo! E onde vamos arrumar dinheiro? Depois que ele saiu, tomei mais uma xícara de chá e quis dar uma volta pelas redondezas. Faço isso quase todas as manhãs, enquanto Fédia dorme. Ele prefere escrever à noite, longe dos ruídos. Às vezes passa a noite inteira escrevendo. De manhã dorme. Na rua vi os cartazes sobre o Congresso da Paz. O Congresso vai durar quatro dias. Haverá uma passeata sobre o lago e, depois, um jantar íntimo oferecido por Victor Hugo. Quando voltei, Fédia já tinha chegado e estava mergulhado no trabalho. Não descansa enquanto não acabar esse artigo sobre Bielínski. Contei a ele que um homem me achou parecida com uma alemã. Ele me reprovou porque eu não protestei contra isso, pois lhe pareceu ofensivo. Imagine uma alemã! — disse. Às cinco horas Fédia teve um ataque enquanto escrevia. Não chegou a cair, mas sua cabeça pendeu sobre a mesa. Ficou com um pequeno hematoma na fronte. Não consegui tirá-lo da cadeira. Coloquei minha cadeira perto da sua amparando-o até passar o ataque. Não foi muito forte, mas fazia um barulho muito assustador na garganta. Quando melhorou corri até à cozinha e pedi à senhoria um pouco de sal para fazer uma compressa. Ela ficou preocupada e se ofereceu para ajudar. Eu lhe disse que não era nada, que Fédia tivera um pequeno desmaio e já estava bom, repousando. Consegui deitá-lo na cama e coloquei a compressa de sal sobre a sua fronte. Ele adormeceu em seguida. Dormiu profundamente, até às 8 horas. Depois de cobri-lo com os lençóis peguei de novo *Eugenie Grandet* para ler. Já estava quase no fim. Que livro impressionante!

Fédia dormiu o resto da tarde e a noite inteira. Não quis despertá-lo para o jantar. Tomei uma sopa rapidamente e depois comi o resto do chocolate. Tive insônia esta noite pensando em Fédia. Como sofre com esses ataques, meu Deus! De manhã acordei com a firme decisão de procurar um médico para examinar Fédia. Os ataques estão muito frequentes. Não consigo me acostumar com eles, embora ele sempre procure me tranquilizar. Tenho anotado num papel o endereço do médico recomendado por Ogariov, o Dr. Mayor, Praça Molard nº 4. Tão logo ele desperte iremos ver o médico.

Fédia acordou por volta das 10 horas. Estava de mau humor e de maneira nenhuma aceitou ir ao médico, dizendo que estava bem, que não havia sido nada demais e que, se tivéssemos que gastar dinheiro com médico, era preferível que fosse para olhar a minha garganta. Eu não discuti muito tempo. Tenho muita pena dele. Sei que sofre com os ataques. Não quis irritá-lo. Depois que ele comeu alguma coisa, fomos juntos ao correio. Estamos ansiosos para receber correspondência. Até agora não tivemos nenhuma notícia de São Petersburgo. No correio, para minha alegria, havia uma carta de mamãe para mim. Pobre mamãe! Tão ingênua. Ela disse que poderá nos encontrar assim que tivermos decidido onde estabelecer-nos. Fédia pensa que devemos ir para Genebra. Ficou irritado porque mamãe não mencionou nada da nossa situação financeira. Ele acha que ela tem obrigação de ajudar-nos. Voltamos para o almoço e Fédia não conseguiu conter a irritação com a senhoria. A cada dia servem-nos menos comida e Fédia não se conforma com o cinismo deles.

20
Momento indiano

Nosso herói querendo dançar, não teoriza, vai direto a um bate-coxa. De preferência num bairro popular, não distante de onde mora. Ali, onde quantidades oceânicas de vodka são consumidas. Em pouco tempo perde o controle das pernas, mas não cai. Dança, faz galanteios às numerosas donzelas e, se puder, sai agarrado a uma Mariana, Clarisse, Irina. Também não regateia quando a palavra é viajar. Empata tudo que tem no usurário da esquina, pega o dinheiro, um bilhete de segunda se não houver de terceira, e embarca no primeiro vapor que atracar com destino à Índia. Não importa os apelos dos amigos; os riscos; sua própria doença, que não teve nenhuma solução com os médicos russos e europeus. Quem sabe consiga na Índia uma cura pelo menos temporária? Só o tempo de acabar esse romance que está a ponto de deixá-lo ensandecido? Pois bem, à Índia então. De lá vamos vê-lo às voltas com um guru. Uma criatura do outro mundo, com noventa por cento de chance de ser um farsante. Mas ele vai, o nosso Richard Burton, o famoso cônsul inglês em Santos, aventureiro, explorador, tradutor das Mil e Uma Noites, não há quem o possa impedir e a analogia não parece exagerada.

No dia combinado, Tazmina nos acompanha (meu demônio continua por aqui) numa carroça até a cabana do guru. Dostoiévski vai sentado ao lado dela, sentindo seu perfume exótico, deleitando-se com o simples roçar do sari sobre o seu braço.

Que esse guru seja um charlatão, não tem a menor importância, essa pequena viagem ao lado de Tazmina já valeu a pena.

Borah, segurando as rédeas do cavalo, relanceia o olhar sobre o patrão. Não é que o velho bode russo está encantado com a moça! Sim, deve estar. Mas se comporta com discrição. Ela lembra uma pessoa conhecida. Não sabe ao certo. Talvez a própria Maria Dmítrievna quando a conheceu na Sibéria. A lembrança da esposa moribunda vem à tona como o ruído de um bate-estaca. Seco, violento, sem nenhuma reverberação. Tazmina não ignora a súbita mudança de humor do estrangeiro. Quer interpelá-lo. Mas a eterna submissão da mulher indiana a impede. Foram séculos de dominação machista na Índia. E, não se esqueçam, estamos em pleno século XIX. Na própria Rússia apenas começam a serem esboçadas as primeiras reações das mulheres à velha hegemonia dos homens. Polina Súslova é o exemplo que lhe ocorre. *Cuidado, falastrão, não deixe se levar pelo ar de candura da gueixa indiana!* Há o abismo cultural à sua volta. Mulheres: Dmítrievna, Súslova, Panáieva, Mme. Schubert, Tazmina, a indiana. A mais bela mulher que viu na Índia, haverá de confessar depois. É melhor cuidar-se direito. Ela também que se cuide. Ele é apenas um *vouyeur* em busca de personagens para seu romance.

21
Terceiro relato de Máikov

"Passei a noite do dia 28 em claro, ajudando no que me foi possível. Participei da lavagem do corpo, depois o vestimos com uma túnica branca, e o colocamos sobre uma mesa recoberta por um lençol dourado, enquanto aguardávamos a confecção do caixão. Só com extrema dificuldade, consegui abeirar-me do corpo, solenemente exposto entre as imensas velas dos castiçais, à frente dos ícones. A proximidade do defunto na sala, a presença dos enormes castiçais, os ícones, tudo isso me dava uma espécie de intimidade desconcertante com a morte do amigo. Enquanto aguardávamos o lento caminhar da fila, eu observava as pessoas taciturnas, nas suas roupas pesadas, desfilarem em silêncio, reverenciando o morto. Os castiçais acesos reverberavam sua luminosidade vacilante, colocando espectros na parede. O fumo que se desprendia dos incensos inundava o ar, criando uma atmosfera lúgubre e inquietante, e o Coral de São Vladímir, que havia se instalado a um canto, entoava uma cantoria melancólica, espalhando tristeza no ambiente. Dostoiévski apresentava o mesmo ar severo dos últimos tempos. Os olhos suavemente fechados eram a única referência de tranquilidade naquela face rude. O nariz saliente despontava, encimando os bigodes levemente irregulares, não permitindo a visualização completa da linha seca dos lábios. A imensa barba se derramava sobre o peito, parcialmente rencoberta por flores, as mãos nodosas entrelaçavam-se num pequeno ícone. Fiódor tinha o ar solene de um monge ortodoxo".

"Finalmente consegui sentar-me ao lado de Anna Grigorievna. Ela me contou que no enterro de Nekrássov, Dostoiévski lhe disse: "Muito em breve seguirei Nekrássov"; "Quero ser enterrado no mesmo cemitério que ele! Não quero dormir meu último sono em Volkovo, ao lado dos outros escritores russos. Eles me detestaram durante toda a minha vida. Quero descansar ao lado de Nekrássov, que foi sempre um grande amigo, o primeiro a perceber que eu tinha talento e um dos poucos que não me esqueceram durante o tempo da Sibéria. Anna Grigorievna, tentando dissuadi-lo da ideia, ironizou:

— Esse mosteiro é tão lúgubre e deserto! Prefiro enterrá-lo no mosteiro Alexandre Niévski.

— Creio que lá só se enterram generais de infantaria e cavalaria.

— Mas você não é um general da literatura? Tem todo o direito de ser enterrado ao lado deles.

— Eles fazem isso somente para o Czar.

— Eles o farão também por você! Você terá magníficos funerais, como ninguém jamais viu em São Petersburgo.

"Em seguida, pediu-me que procurasse seu irmão Ivan e o trouxesse até ela. Depois solicitou a Ivan que fosse ao mosteiro de Novodiévitche comprar um túmulo para Dostoiévski, o mais próximo possível do monumento de Nekrássov. Entregou ao seu irmão todo o dinheiro que possuía em casa a fim de pagar o túmulo e a missa fúnebre. No entanto, Ivan não conseguiu o intento. As freiras do mosteiro foram irredutíveis ao cobrar um preço muito elevado pelo túmulo, bem além das posses de Anna Grigorievna. O desejo do célebre escritor não comoveu as religiosas. "Nós, religiosas, não pertencemos ao mundo e as celebridades não têm nenhum valor aos nossos olhos. Nós temos os preços fixos para os túmulos de nosso cemitério e não podemos mudar para ninguém.

Na tarde do mesmo dia os monges do Mosteiro Alexandre Niévski oferecem o cemitério para o enterro. Ana recebeu a oferta com alívio. Os monges lhe prometeram celebrar a missa fúnebre com grande solenidade, na maior igreja do mosteiro. E Anna Grigorievna se lembrou com tristeza de haver dito a Dostoiévski: 'Vou enterrá-lo no mosteiro Alexandre Niévski'.

"O cortejo fúnebre saiu do apartamento da Rua Kuznechny na manhã do dia 31. Foi uma verdadeira exéquia nacional, organizada nos mínimos detalhes por Grigoróvitch. Estiveram presentes: alunos de liceus, escolas técnicas, faculdade de medicina, escola de música, estudantes da Universidade, artistas, atores, diretores de prisão, a delegação da Sociedade Eslava, vinda de Moscou, Coral de São Vladímir, Coral da Catedral de Santo Isaac e ainda o Coral da Universidade. Dezenas de corais distribuíam-se entre os grupos. Inúmeras coroas, enviadas por diversas delegações, foram colocadas sobre estacas dominando o cortejo. Em seguida vinha o corpo, sobre um tablado, envolvido por uma imensa guirlanda enlaçando a família, os amigos próximos e os escritores amigos. Enfim seguia uma multidão imensa, cinquenta, talvez sessenta mil pessoas. O cortejo levou em torno de 3 horas para chegar ao mosteiro. Na capela, onde o caixão foi depositado, centenas de jovens velaram a noite toda. Terminado o cortejo decidi ir até minha casa, tomar um banho e descansar um pouco. À noite, voltei à Capela onde estava depositado o corpo. Passei parte da noite velando, junto com os estudantes. Eles rezavam de joelhos, chorando e soluçando".

"No dia do enterro, o primeiro domingo de fevereiro, logo de manhã, uma fila enorme invadiu o tranquilo mosteiro. Ao ver a fila engrossar a cada momento, encher os jardins e os cemitérios, subir sobre os monumentos e sobre as grades, os monges tiveram medo e pediram ajuda à polícia, que fechou imediatamente a grande porta. Os que chegaram mais tarde tiveram que permanecer do lado de fora, na praça que se estende em frente ao mosteiro, e ali ficaram, até o final do enterro, esperando entrar de um jeito ou de outro, no recinto onde, pelo menos se escutavam os cantos fúnebres do Coral de São Vladímir. Por volta das nove horas da manhã, Anna Grigorievna e os filhos chegaram à grande porta e ficaram surpresos de encontrá-la fechada. Um oficial da polícia disparou: 'Aqui não entra mais ninguém'! 'Como, não entra mais ninguém'? — respondeu Ana, indignada — 'Eu sou a viúva de Dostoiévski, e me esperam na Igreja para começar a missa'. 'A senhora é a sexta viúva de Dostoiévski que pediu para entrar. Pare de mentiras! Eu não deixarei entrar ninguém'! Presenciando a cena a poucos metros dali, corri em auxílio de Anna Grigorievna, segurando-a pelo braço e a conduzi até o caixão. Assim que Ana acomodou-se com as crianças, a missa começou. Os arcebispos celebraram e pronunciaram as orações fúnebres com uma pompa inigualável".

22
Dostoiévski ator

Dostoiévski vai à casa da Condessa Tolstói em busca do texto da peça: *A morte de Ivan, o terrível*, escrita por seu marido, na qual ele, Fiódor, aceitara desempenhar o papel de monge. Estava alegre como uma criança com o papel que iria representar. Num relance lembra a velha ladainha do pai, insinuando-lhe carreira religiosa. Queria pelo menos um seguidor nesse campo, à semelhança de um longíquo ancestral. Mas Doistoiévski recua com energia. Não leva o menor jeito para a carreira eclesiástica. Prefere — ainda assim com indiferença — engenharia militar. Mas vai ficar pouco tempo nessa carreira. No entanto, não ficará definitivamente afastado da religião. Suas profundas angústias de natureza religiosa irão espalhar-se pela sua obra. Seu estarrecimento diante do *Cristo morto* de Holbein, que viu exposto num museu de Basel; a estupefação diante daquela imagem tão desprovida de divindade, tão sofredora, tão humana, fez com que dissesse: 'Diante de tal obra um homem pode perder a fé'. Segundo o relato de Anna Grigorievna, ao deparar com o quadro, Dostoiévski estremeceu e ficou estático, como que paralisado diante dele; e ela, temendo a aproximação de uma crise, tratou de conduzi-lo pelo braço para fora do museu.

23
Tazmina

A poucos metros da cabana do guru há um cavalo morto na beira da estrada. Um vigoroso exército de moscas zune fazendo um barulho macabro sobre o cadáver. O cheiro fétido quase impede a respiração. Borah acelera a carroça açoitando o cavalo. Na minha imaginação Dostoiévski permanece embevecido ao lado de Tazmina. Quer demonstrar naturalidade e cortesias ocidentais. Retira do bolso da calça um lenço branco onde estão bordadas as letras do seu nome: F.M.D. Oferece a Tazmina que recusa com delicadeza num gesto de mão. Ele cobre o nariz com o lenço, Tazmina usa uma das pontas do sari. Quem pode suportar esse cheiro desgraçado e continuar vivo? Com alívio se afastam do animal morto. Estão em frente à cabana do guru. Tazmina se apressa, afasta a cortina de pano e entra na tenda. Dostoiévski aguarda impaciente. Teme não conseguir entender-se com o guru. Pergunta a Borah se ele fala inglês. Borah diz que sim com um aceno de cabeça. Tazmina aparece e convida-o para entrar. O guru vai recebê-lo para uma demonstração.

O que acontece a seguir poderia despertar entusiasmo em qualquer cidadão, russo, norueguês ou americano, menos em Dostoiévski que ainda permanece desconfiado. O santo conhece as intenções do russo. Sabe que é um escritor conhecido em seu país. Tazmina se encarregou de lhe fazer uma breve apresentação. O guru está disposto a quebrar a resistência do russo. Poderia lhe dizer sobre suas vidas anteriores, reencarnações e falar-lhe do seu Karma. No entanto, Dostoiévski agradece essa primeira parte. Não crê um milímetro sequer em outras vidas e lembra-se de ter ridicularizado as mesas falantes em pelo menos dois artigos no *Diário de Um Escritor*.

As mesas falantes e os espíritos que se comunicam através delas estavam em moda na Rússia. Agradece desvencilhando-se. Prefere outra coisa. O guru silenciosamente aponta para um pequeno mamão maduro num prato. Olha Dostoiévski com olhar de guru, cheio de outras intenções. *Então, sua cabeça dura vai provar-lhe o quanto pode valer a força da mente. Talvez isto lhe sirva de lição*. E, num inglês impecável:

— Você deve permanecer calado e imóvel todo o tempo. Aconteça o que acontecer aqui, não deve mexer uma palha. Não toque no meu corpo em nenhum momento. O processo pode levar horas, mas você não deve fazer absolutamente nada, apenas aguardar. Está disposto a isso, filho?

— Sim, sim — gaguejou Dostoiévski.

O guru pega em seguida o mamão no prato, enfia os dedos na sua polpa e arranca um bolinho de sementes pretas. Coloca-as na palma da mão e dá-lhe um lento e longo sopro com os lábios. Um sopro que parece ter saído das profundezas do seu ser. *Não vai me tapear, estou atento*, penso. Depois de soprar as sementes o guru cospe na própria mão, pega um pedaço de terra no chão da cabana, mistura com as sementes e o cuspe, enrola e coloca tudo num pequeno buraco que cavou no chão, entre as pernas. Lentamente assume posição de lótus e acena para que ele faça o mesmo. Fecha os olhos e começa a meditar.

Dostoiévski observa a tudo com atenção. Faz um esforço mental para não parecer cético. Vê uma mosca arrastar-se sobre a roupa encardida do guru. A mosca caminha pela manga até a altura do ombro e cai como se estivesse intoxicada e fraca. Começa de novo a longa subida, desta vez a queda é direta ao solo. Cai de costas, adeja as asas e começa nova escalada pelos dedos do guru. *Vai piscar e desconcentrar-se*. Tem receio de que o guru possa advinhar-lhe o pensamento. Quer mudar o curso desse pensamento tortuoso e não consegue, contempla o teto da cabana e vê uma gaiola feita de juncos com a portinhola entreaberta e nenhum pássaro no seu interior. É um símbolo? Procura concentrar-se em alguma coisa familiar. A Avenida Niévski em São Petersburgo, por exemplo. Nada na vida é linear, previsível. Vem uma coisa, depois outra, e a vida se arrasta incerta. Dá-se um tropeção aqui, outro acolá. Depois dorme, cochila, toma *Kvas* no campo e depois vodka. Pode-se pegar uma mosca meio paralítica como essa e colocá-la numa janela gelada de São Petersburgo no inverno. O que fará essa mosca na janela gelada, hein! Na certa endurece as pernas e cai estrebuchando-se, *depois posso pegá-la pelas asas e aproximá-la da lareira, jogá-la no fogo e ouvir um pequeno, quase inaudível estalido cript e ela já não mais existe.* Mas a mosca indiana é persistente, no calor, no calor, quero ver no inverno, o inverno russo! Agora ele vai dormir. É só nisso que pensa: dormir, dormir, dormir. Dormir e talvez sonhar, sonhar que ainda arrasta os grilhões preso às canelas pelas imensas planícies indianas até encontrar um palácio onde o guru, do alto do seu trono, comanda a execução do condenado. Fuzilar! E pode ouvir o pipocar dos primeiros tiros, e ouvir o baque surdo do seu corpo caindo ao chão, bem na beira da sepultura cavada ali para esse fim. Depois um silêncio pesado, como se a terra se abrisse numa enorme fenda e ele pairasse no ar, suspenso sobre o buraco, em levitação, enquanto uma mosca indiana nojenta passeia pela sua face hirta, imobilizada pela morte.

24
Dostoiévski sabe que chegou sua hora

Uma corrente de ar gelado penetra pela janela entreaberta do modesto apartamento no nº 5 da Rua Kuznechny, em São Petersburgo. Um homem está deitado, imóvel, como se já estivesse morto. Anna Grigorievna entreabre a cortina e o vê na mesma posição que o deixara na véspera, antes de chamar o médico. Na parede, uma reprodução da Madona, de Rafael. O que o detém ali, parado? Nada. Ou melhor, nada que tenha relação direta com a situação que está vivendo. Nada que diga respeito à solicitude maternal de Anna Grigorievna, que desliza silenciosa pelos cômodos da casa, ou com a montanha de livros desarrumados sobre a escrivaninha, ou até mesmo com o desalento e a certeza de que essa prostração é o prenúncio de um fim que se avizinha. Afrouxa a tenaz que lhe comprime a memória e tenta ordenar as lembranças que o assediam em ondas. Certamente não são evocações que obedecem a uma ordem preestabelecida. Não há uma sequência cronológica. Há sim, uma espécie de imposição, que rompe a barreira dos anos. Desde que tivera a primeira hemorragia, ao se deitar, fora envolvido por uma estranha sensação, um cansaço, uma espécie de torpor, como se respirar lhe custasse tanto esforço como uma longa caminhada. Desde aquele momento, em que vê Anna Grigorievna e os filhos se desesperar, pede-lhes que mantenham a calma, que aquilo não é nada, que só precisa descansar um pouco. Isso foi na Quarta-feira, 25 de janeiro de 1881. Recostado no divã do escritório, com a cabeça apoiada sobre uma almofada, deixa-se invadir por essa sensação tão nova, como se a alma pudesse agora fluir mansamente do seu corpo e, com uma lucidez que já experimentara outras vezes, em outras circunstâncias — talvez até mais dolorosas que essa, pois àquela outra seguia-se uma perda completa da consciência, jogando-o muitas vezes de encontro ao solo, a uma quina de mesa, ou estatelava-o de corpo inteiro no chão, às vezes com ferimentos graves que deixavam cicatrizes no seu rosto — impunha-se intermináveis elucubrações. Seria esse o preço por aqueles segundos de lucidez suprema? Seria seu tributo a essa intimidade com o profano, a divindade, como costuma dizer? Fora talvez aquinhoado com o maravilhoso dom de penetrar por alguns segundos o mistério das coisas e, como na velha fábula, fora também punido por ter ousado tanto? Ah! Quantas vezes foi preciso confessar que daria toda sua vida por aquele prazer imponderável e fugaz! Quanta cicatriz não inscreveria no seu corpo para podê-lo viver! Mas não era o mesmo, agora? Certamente está diante de outra prova: a derradeira? A definitiva? Haveria então outras ainda? Mais uma, quem sabe outra, e mais outra? Não foram bastantes as anteriores, provas de uma vida inteira? Teria se acovardado em algum momento? Recuara diante de alguma delas? E se assim o fora? Talvez tivesse então perdido a crença. Quanta vez dissera: "Todo o meu trabalho é uma procura constante de Deus". A mesma dúvida que o corroera durante toda a vida, ainda o perseguia agora nesse momento que antevia como derradeiro. "Se Deus não existe então tudo é permitido". Com que esforço conseguira gravar suas dúvidas, impressas para sempre no diálogo Chatov/Stavróguin:

— Você acredita em Deus?

— Acredito na Rússia... Acredito em sua ortodoxia... Acredito no corpo de Cristo... Acredito que o novo advento terá lugar na Rússia... Acredito...

— E em Deus?

— Eu... eu acreditarei em Deus".

Nesse momento lembra-se também de Petrachévski. Longínquas lembranças cujos acontecimentos dirigiram toda sua trajetória dali em diante. O moribundo retoma passo a passo estes instantes cruciais. Vê-se, jovem ainda, e mais Durov,

Palm, Iastrjembski, Spiéchnev e os outros perfilados diante das valas que lhes serviriam de sepultura. Intermináveis minutos em que aguardam, numa angustiante espera, o estampido de um disparo que os remeteria ao nada. Porventura fraquejara? Por que não fizera como Petrachévski? O barulhento Petrachévski, na casa de quem tantas vezes estivera, onde, naqueles longínquos anos da juventude, lera inflamado, a carta de Bielínski a Gógol. Como tinham sido ingênuos aqueles anos! Então não havia procurado aliciar até mesmo Máikov? Não lhe dissera convicto que a solução era a revolução total? Quão caros lhe saíram àqueles arroubos de juventude! Aquela crença ensandecida na utopia! Mas é Petrachévski, o revolucionário profissional, que lhe ocupa esses instantes preciosos na lembrança. Onde andará Petrachévski? — pergunta-se. Que destemor! Petrachévski amarrado ao poste do fuzilamento. Petrachévski gritando a todo pulmão: "Não quero o capuz na cabeça! Não aceito a venda nos olhos! Quero encarar a morte de frente! Quero cuspir na cara desses calhordas!" Fora ali que fraquejara? — continua se interrogando. Ali, onde o companheiro de infortúnio demonstrara tanta força? Não soubera ser mártir? Ou desacreditara desta ilusória revolução que iria tirar-lhe a vida? Ora, Petrachévski era apenas um fanfarrão, um deslumbrado profissional da conspiração, da utopia de Fourier. Petrachévski esperava talvez se transformar em mártir. Por isso não temia. Aquilo para ele era a glória, a coroação suprema e imprevista do seu ideal. Morrer fuzilado por uma ideia! Morrer e inscrever-se na posteridade como mártir. Mas o que pensar da morte em plena juventude, quando os clarões da glória literária mal se esboçaram no horizonte, com os aplausos iniciais, porém contundentes, que recebera de Nekrássov e Bielínski? O grande Bielínski! O guia, o mentor dos jovens escritores russos, para quem escrever "era um dom sublime" e de quem ouvira: "saiba conservar esse dom e será um grande escritor". Não podia admitir que tivesse aí mesmo àquela hora fraquejado. Não invocara o Cristo? A visão do monge oferecendo-lhe a cruz para ser beijada e se despedir assim da vida não o transportara para a dura realidade daquele momento? E não o fizera aproximar-se ainda mais do Cristo? Não fora ali que as lembranças da infância surgiram em torrentes incontidas na sua memória? Como agora mesmo está acontecendo? E não invocara seu Deus? E não lhe entregara docilmente a alma? "Tu ma deste e agora a tomas". Não o dissera, nos seus minutos finais? Não! Em nenhum momento vacilara. Não se acovardara. Nem sequer houvera tibieza nas suas crenças. Apenas a evocação de lembranças queridas. A figura do amado irmão Mikhail; dos sobrinhos; do internato em Chermak; da sombria infância no Hospital Marínski, em Moscou; as temporadas em Daravói e Tcheremóchnia; das primeiras leituras do livro de Jó; das histórias de Karamzin; dos romances de Walter Scott, George Sand, Victor Hugo, Púchkin.

É véspera de Natal. Morreria no dia em que se comemora o nascimento do Cristo. O "seu Cristo"! Aquele por quem confessará: "Se Cristo não está com a verdade, então prefiro ficar com Cristo". Não foi naquele momento memorável, de infinita angústia e ansiedade que fraquejara. Tivera medo, como não? Mas não se desesperara. Haveria outra vida? Essa é a estranha pergunta que fará diante do corpo de Maria Dmítrievna. "Macha repousa sobre a mesa. Voltarei a vê-la um dia"? Quantos estiveram assim, na juventude, na plenitude das suas forças, no auge do seu ímpeto criador, tão próximo e tão lúcido, encarando a morte na boca de um fuzil, condenado por participar de uma reunião onde se discutia o futuro da Rússia, onde o fourierismo utópico era ardorosamente defendido pela retórica incotornável de Petrachévski, onde a leitura da carta de Bielínski a Gógol era considerada delito altamente subversivo, e o projeto de abrir uma gráfica clandestina um risco calculado? Mas não. Não estava destinado a morrer tão cedo. Haveria ainda uma longa, interminável trajetória. Teria, portanto, seu calvário. Aprenderia a morrer e a renascer inúmeras vezes, na carne talhada pelos ventos da Sibéria, nas feridas ardentes dos grilhões sobre as pernas, nas crises epilépticas que o remeteriam a Deus ou ao silêncio absoluto do nada, nas lúgubres enfermarias de Omsk, na solidão dos alojamentos comuns, que o faria passar quatro anos sem ficar só por um único segundo. Haveria pior espécie de solidão? Onde a companhia de outros seres humanos torna-se insuportável? E que lições não tiraria daquele desterro! E quanto se bendiria por ter sido submetido a tal sacrifício! Nada, comparado aos anos de internato em Shermak. Nada, comparado à obrigatoriedade das lições de francês dadas por tal Suchard, ou nas odiosas aulas de latim que o próprio pai, o rancoroso Dr. Mikhail Dostoiévski, insistia em ministrar-lhe pessoalmente. Mas conhecerá seu povo. Viverá seu dia-a-dia com as personagens dos seus futuros romances: assassinos, mujiques, loucos, parricidas, infanticidas, violadores, párias sociais. Dividirá com eles seu pão, sua intimidade, suas mágoas, angústias e esperanças. E não deixará de ser hostilizado na prisão por sua origem nobre. Não se espantem; muitas vezes um cão será melhor companhia do que os próprios companheiros de cárcere. O único consolo virá do único livro permitido: o Evangelho. Não será aí, na prisão de Omsk, que desenvolverá sua crença no sofrimento como caminho para chegar a Deus? Mais tarde o veremos assinalar:

"Construa você mesmo um palácio. Encha-o de mármore, de quadros, de ouro, de pássaros do paraíso, de jardins suspensos, de toda sorte de coisas... e entre nele. Talvez você não saia nunca mais. Tudo pode ser encontrado lá! Mas subitamente... nada: seu palácio é cercado por uma paliçada. E dizem a você: "Tudo aqui é seu, aproveite tudo da maneira que lhe aprouver! Mas nem "um só passo fora daqui"! Não tenha dúvida de que no mesmo instante você vai querer deixar seu paraíso e saltar o muro. Todo esse luxo, todo esse prazer não representa nada, pois só farão redobrar seus sofrimentos... Sim, uma única coisa está faltando: o ar livre, a liberdade! a querida liberdade"!

25
Terceiro relato de Máikov

"Não cheguei a ver Turguêniev misturado à multidão de quase sessenta mil pessoas que se apinhavam na Perspectiva Niévski. Stiélovski, o editor, me cumprimentou, polidamente com um aceno de cabeça — de longe. Felizmente, não me aproximei dele o suficiente para ouvir os falsos elogios que certamente faria a Dostoiévski. Não creio que Anna Grigorievna o tenha visto. É possível que ela o tivesse expulsado, sem a menor cerimônia, como já o fizera outras vezes com os inúmeros credores que assediaram Dostoiévski por quase toda sua vida. A atitude de Stiélovski, em relação a Dostoiévski, faria enrubescer o mais descarado larápio. Dostoiévski ditou *Um Jogador* a Anna Grigorievna em 28 dias. Ela mal teve tempo de traduzir as laudas estenografadas, para entregá-las a Stiélovski. Astuciosamente, ele se refugiou na província, com o maligno propósito de não receber o manuscrito, para obrigar Dostoiévski a descumprir a cláusula do contrato e, assim, perder os direitos sobre toda sua obra até então produzida. Mas Dostoiévski teve a ideia de entregar os originais numa delegacia de polícia e pegar um recibo, frustrando a tentativa de rapinagem de Stiélovski.

Pavel Issáiev dava voltas em torno do caixão a grandes passadas. Penso que minha antipatia com esse jovem presunçoso vem do fato de sabê-lo contumaz e descarado explorador de Dostoiévski. Desde o primeiro momento em que o vi, despertou-me viva desconfiança, apesar de reconhecê-lo com certa capacidade de cativar as pessoas à primeira vista, sobretudo se empenhado nesse objetivo, como tão bem sabia fazer quando se tratava de quem ele pretendia tirar algum proveito. Nessas horas sabia ser falso e inteligente como uma raposa. Afetava certo ar de abandono, de naturalidade cordial e vivaz, imprimindo um inequívoco brilho no olhar, que o tornava cativante para os incautos. O próprio Dostoiévski, cheio de reservas, descreveu-me essa faceta do rapaz. Dostoiévski, apesar de tudo, tinha-lhe grande estima, tendo jurado a Maria Dmítrievna jamais deixá-lo desamparado. Algumas vezes Dostoiévski se rebelou contra o ostracismo dele. Em Genebra, ao saber que ele recusara trabalho oferecido pela mãe de Anna Grigorievna, argumentando que não precisava submeter-se ao constrangimento de aceitar a oferta, uma vez que Dostoiévski era obrigado a sustentá-lo até completar 21 anos, Fiódor ficara transtornado. Nunca foi segredo para ninguém que Pavel Issáiev era um tormento para o casal, desde os primeiros tempos de casados, ou talvez mesmo à época de solteiros, quando Dostoiévski ditava *Um Jogador* a Anna Grigorievna e morava no pequeno apartamento da Rua dos Marceneiros 13, na casa do Sr. Alonkine. Pavel via Anna Grigorievna como intrusa, uma ameaça ao monopólio afetivo que julgava deter junto ao padrasto. Com o passar do tempo, Ana soube se desvencilhar, não sem antes sofrer sérios dissabores. Pavel, ao menor motivo, ameaçava a pobre Anna Grigorievna: represálias, mexericos, invencionices que tinham por fim indispô-la com Fiódor. Quantas vezes Dostoiévski, aborrecido, ao ser interrompido no seu trabalho, com o coração e mente voltada para sua ficção, chamava a atenção de Anna Grigorievna, solicitando-lhe que não aborrecesse Pavel, que fosse compreensiva com o "pobre Pavel", que perdera a mãe e só tinha a ele! Anna Grigorievna, perplexa diante da ingenuidade do marido, jurava desmistificar o malandro. Por nada deste mundo o deixaria manietar o padrasto, como até então o fizera.

Em 1860 Pavel me procurou em casa, no começo do outono. Veio com a arrogância que mal conseguia dissimular na minha presença. Dostoiévski havia me encarregado de lhe entregar pequenas parcelas de dinheiro. Pavel viera buscar 15 rublos, dizendo ser a taxa de inscrição para um curso de estenografia de direito romano. Fiz ver a ele que, para seguir tal curso, era indispensável o conhecimento das ciências e das civilizações antigas, além do conhecimento do latim. Pacha ajuntou que era exímio conhecedor do latim e de quase tudo que dizia respeito às antigas civilizações. Mentia descaradamente, com uma naturalidade que quase me tirava do sério. Mas eu estava disposto a zelar pelo parco dinheiro de Dostoiévski e, de resto, havia recebido orientações bem precisas quanto ao destino da pequena quantia sob minha responsabilidade. Pavel não só insistia em levar todo o dinheiro, como passou a ser ostensivamente grosseiro, querendo arrancar-me, a qualquer custo, o endereço do casal em Genebra, o que recusei terminantemente, obedecendo a ordens expressas de Anna Grigorievna. Com certeza, de posse do endereço, daria um jeito de infernizar ainda mais a vida de Dostoiévski, pedindo-lhe dinheiro, cada vez mais dinheiro, e preocupá-lo com as notícias de São Petersburgo.

"Dois dias depois, ele voltou a me procurar. Dessa vez, mais dócil e, pelo visto, completamente esquecido do curso que faria na Universidade. Descrevi-o com franqueza, numa carta a Anna Grigorievna, dizendo-lhe que era cabeçudo teimoso e preguiçoso e que eu concordava plenamente com suas opiniões sobre Pavel. Quando tomei conhecimento de que Pavel recusara duas propostas de trabalho, uma, de um juiz de paz e outra num importante cargo nos escritórios da estação de trens de Lagore, não me contive e escrevi a Dostoiévski: 'Talvez ele aceitasse um emprego de ministro, mas um modesto cargo de 12 rublos não lhe convém'. Na carta-resposta Anna Grigorievna ainda me corrigiu: 'O emprego que recusou era de 25 rublos! Ele ainda está refletindo se aceita-o ou não'. Dostoiévski ficou tomado de tamanha indignação com a recusa de Pavel, que explodiu: 'patife, pária, inútil, vadio'! Foi preciso a intervenção de Ana para acalmá-lo".

"Durante o enterro Pavel passava à frente de Anna Grigorievna, ignorando-a propositadamente, no cumprimento de um ou outro visitante. Estava vestido com um capote novo impecável, como se tivesse se preparado minuciosamente para a cerimônia. No entanto, cheguei a vê-lo com lágrimas nos olhos e não pude saber o verdadeiro motivo do seu choro. É até mesmo possível que chorasse com pena de si próprio, e não pela morte do padrasto, como muitos quiseram acreditar. Não pude deixar de perceber o olhar de indignação de Anna Grigorievna ao vê-lo alisar a fronte do morto e murmurar com um lenço na boca: 'Pobre paizinho, já não estás entre nós'. Provavelmente Pavel não reconhecia nenhuma dívida de gratidão com Fiódor. O próprio Dostoiévski confessou-me um dia, com a face mergulhada num profundo sofrimento, que Pavel, alegando necessidade de dinheiro, vendera toda sua biblioteca, enquanto ele se encontrava no estrangeiro, não respeitando nem mesmo os inúmeros volumes com dedicatórias pessoais e algumas preciosidades".

26
Visita a um guru em Calcutá

O herói permanece a pensar. Mas o que pode pensar um homem desses? Ele pode pensar o diabo, e tem de pensar (sua cabeça é um torvelinho).

Dessa forma, o escritor Fiódor Mikhailovitch Dostoiévski faz um balanço e o que vê?

É o autor de *Gente Pobre* — um sucesso. *Um Romance em Nove Cartas* — uma decepção, mas elogiado por Turguêniev. *A Aldeia de Stepanchinkovo* — um fracasso. *O Duplo* — um choque para Bielínski, mas apenas para ele. *Humilhados e Ofendidos* — maldisfarçada autobiografia. *Recordações da Casa dos Mortos* — sucesso incomum. Deve à leitura pública desse livro a conquista da exuberante Polina Súslova, hoje sua amante que o aguarda em Paris (por quanto tempo, ainda? Polina, a impetuosa, a sensual, já está cansada das longas esperas. Dostoiévski está perdido no planeta. Quem sabe em Wiésbaden, Hamburgo ou até mesmo na Índia. Pobre Polina, outros virão para consolá-la). Uma trajetória e tanto para um homem de 43 anos, dez dos quais passou trancafiado na Sibéria. Ele entra no mês de agosto numa espécie de torpor que nem a vodka jamais lhe impôs. Está sentado diante de um guru indiano que se diz capaz de reconhecer o passado dessas e de outras vidas, consegue prever o futuro e fazer nascer um mamoeiro com apenas a força do pensamento. Nosso russo de longas barbas entrou nessa letargia que o levou ao sonho. Acorda dentro do sonho e está vivo. Não me mataram, os desgraçados, não conseguiram, não tiveram a mínima sorte comigo, os animais, mas do jeito que estou também não está bom, flutuando sobre essa cratera. Alguém na certa vai me escutar, por isso grito. Seria melhor se tivessem me aniquilado, melhor do que ficar pendurado nessa cisterna; então só me resta gritar e grito: ai! Desperta com o próprio grito. Mas o grito não é intenso o suficiente para fazer o guru mexer um cílio. Sente cheiro de incenso, fumaça perfumada, ópio? Ópio? Pode ser! Seria isso a causa do meu sono? O guru continua impassível na sua posição de lótus. Há uma fileira de gotas de suor na testa dele. O semblante é o mesmo. Nem percebe que adormeci e tive um pesadelo. Há quanto tempo estamos aqui? Pode ter passado dez minutos ou uma hora, não faz diferença. É nesse momento que o guru começa a tremer. De início, é apenas um tremor ligeiro no queixo, segue-se uma espécie de arrepio, agora os braços também tremem. Aparentemente ele faz um pequeno esforço para conter a mandíbula e evitar um absurdo matraquear de dentes. Então o escritor pensa: ou esse sujeito está bêbado, é idiota ou pensa que eu sou idiota. Ele quer o quê? Chantagear? Vai me provar o quê? Vai pedir algo em troca? A duras penas consegue suportar a decepção e o ridículo nos quais está metido. À sua frente desenrola-se uma cena imprevista. O guru está coberto de suor, treme como se estivesse com maleita, revira os olhos, joga a cabeça para trás, estrebucha, dá um grito e cai, batendo as costas no chão. Agarra a cabeça com as mãos, parece que vai arrancá-la do pescoço. Dostoiévski permanece quieto no seu canto. Prometeu não mover uma palha. É uma dura experiência. Precisa se conter. Mas o que afinal acontece? Trata-se de uma convulsão, sem dúvida. De fora da tenda na certa ouviram os ruídos. Ninguém aparece na porta. E se o homem morrer aqui comigo, eu paralisado como um idiota? Mas consegue se controlar. Em poucos minutos o guru se acalma. As convulsões arrefecem, está empapado de suor. Lentamente ele se recompõe, passa o braço pela testa e senta-se na mesma posição de antes. Parece ainda meditar. Nisso se consumiu um tempo que não pode ser medido. Talvez algumas horas. O guru aparentemente perdeu alguns quilos com a gincana mental. Abre os olhos e leva a mão ao local onde antes havia metido as sementes de mamão com cuspe. O escritor nem ao menos se lembrava desse detalhe que marcou o início daquele ritual. Os olhos do escritor seguem a mão do guru. Lá está. No lugar das sementes há um viçoso, bem verde caule de mamoeiro, recém-nascido da terra e da saliva do guru.

27
Não haverá inocentes

"Se a única forma de libertar os servos é a revolução, façamos a revolução"! Isso é Dostoiévski. O ano é 1848, na casa de Petrachévski. O que parecia impossível sair da boca desse pacifista mal ajustado acaba cristalizado num brado entusiástico dirigido a uma atônita plateia. O futuro "profeta da revolução russa", o celebrado autor do "primeiro romance social russo", na palavra de Bielínski referindo-se a *Gente Pobre*, parece trair em seu íntimo uma timidez revolucionária que só mais tarde, muitos anos depois, iremos conhecer, sobretudo através das suas inconciliáveis dúvidas de ordem moral e religiosa. Esse revolucionário, que oscila como um pêndulo entre um socialismo utópico e um cristianismo nascente, quer os servos libertos, símbolo de uma Rússia feudal que arrasta ainda suas dolorosas mazelas pelo sagrado chão eslavo. Dostoiévski não está sozinho. Junto dele uma plêiade de revolucionários amadores, curiosos, falastrões, espias de todos os matizes. Dostoiévski se associa a essa malta turbulenta com sua convicção relutante. Estaria somente à procura de personagens para suas futuras histórias? Os fatos provarão o contrário. Assim como há os que se assustam com os arroubos de Dostoiévski, ele próprio precisa se esforçar para crer em seus pares. Escuta-os com atenção. Muito além do seu interesse literário. Anota essas falas como anotará os diálogos dos seus companheiros de prisão na Sibéria? Aí há cômicos e tagarelas, ingênuos e destemidos, corruptos e espiões. Belo batalhão revolucionário! Sobre um deles, escreve: "Alguns o olharam com escárnio, outros o julgaram uma nova reencarnação de D. Quixote, e sua espada de pau é organizar a propaganda que difundiria as benesses da revolução para os quatro cantos da imensa Rússia". Dostoiévski também não acredita em fouréirismo como meta e doutrina revolucionária. "O Fouriérismo é uma teoria pacífica, encanta a alma pela sua elegância, seduz o coração pelo amor". E prossegue: "Não existe teoria social mais ridícula, menos popular, mais vaiada que o fourierismo no Ocidente, uma utopia perfeitamente irrealizável". Nenhum outro local poderia abrigar tanta sandice.

Petrachévski, o anfitrião, pondera com reservas: a palavra de ordem é prudência. E tem o hábito de falar e sobrepor o dedo indicador em barra sobre os lábios, pedindo silêncio. A ideia de propagar o fouererismo e as ingênuas ideias revolucionárias do pequeno grupo passa a ser a obsessão de todos. Pelo menos no início, Dostoiévski não estará livre do contágio. Participa de um grupo surgido nas sextas-feiras de Petrachévski. O líder é Spiéchnev. Nada de Petrachévski, esse "idiota, encenador, bufão e tagarela" como Dostoiévski o classifica, "um homem com muito mais inteligência do que sensatez", escreverá mais tarde na prisão. "Ninguém conta com Petrachévski para coisa alguma", diz a Máikov, o amigo que lhe será fiel durante toda a vida.

Dostoiévski sonha com a literatura e é justamente o que irá evocar na prisão para justificar sua presença nas sextas-feiras de Petrachévski. "De que afinal sou acusado"? — escreve da Fortaleza Pedro e Paulo, "de ter lido em público a carta que Bielínski escreveu a Gógol"? "A carta é uma peça literária sem a menor sombra de dúvida", escreve. Que mal haveria nisso, que ameaças continha ao poder vigente? Mas a polícia não é ingênua a esse ponto. Suas elaboradas explicações não convencem. Logo o veremos, ao receber a setença pelo crime que cometeu.

Spiéchnev, o líder. Em *Os Demônios* vai se transformar em Nicolau Stavróguin: "belo, astuto, rico, exuberante, atraindo irresistivelmente as mulheres".

Dostoiévski alia-se às ideias de Spiéchnev sem restrições. "Você não aceita a autoridade. Você não aceita Spiéchnev", diz ao recriminar o amigo Máikov, tentando convencê-lo a ser um dos escolhidos para formar o grupo de Spiéchnev. Com ele libertarão os servos, disseminarão a revolução entre os humilhados e ofendidos, terão a redenção e a consumação da sagrada mãezinha russa, finalmente reconciliada com seu destino de guia espiritual da humanidade. Muito cedo passará da idolatria à desconfiança, ao temor. "Agora tenho meu Mefistófeles", confessa. A que se refere? Na verdade, Dostoiévski se sente atrelado a um empréstimo de 500 rublos com Spiéchnev, os quais não tem como pagar. É isso o bastante para transformá-lo em um Mefistófeles? Não! As convicções de Dostoiévski já se encontram abaladas. Intui que está metido numa grande enrascada, numa aventura que poderá levá-lo ao inferno. Como se livrar dele e da sua nefasta influência? Apenas o pagamento da dívida o livrará da poderosa influência de Spiéchnev? Dostoiévski sabe que não. Sente-se perdido, desamparado. Spiéchnev não é homem de desistir facilmente. Emprestar dinheiro a Dostoiévski é uma boa maneira de mantê-lo atrelado aos seus objetivos. O resultado é um Dostoiévski agitado, às vezes melancólico, taciturno, macambúzio e desesperado. Mais tarde confessará à segunda esposa: "Se não fosse o providencial incidente da prisão, eu teria ficado louco".

28
O milagre do guru

Os olhos do guru estão cheios de umidade. Sua face, cinza-pálido, de onde parece que o sangue se esvaiu, resplandece com uma espécie de alegria mística e complacente. Eis aí a prova. A prova definitiva, pobre mortal! Eis que carrega nas suas ímpias mãos o resultado do esforço de milhares e milhares de horas de mantras sagrados. Eis o que todo o ensinamento ocidental não lhe permitirá jamais realizar, nem ao menos pensar. Eis o mistério dos nossos anos de ensinamento, a nossa glória e a glória dos nossos antepassados!

O escritor está reconhecido pelo esforço do guru. Ninguém pode saber se está mais crédulo com essa demonstração. Pede ao guru para levar consigo o mamoeiro. O guru cava a terra em volta com uma colher de pau, põe o torrão com o caule dentro de uma xícara e a oferece ao visitante. Não disse uma palavra sequer, aliás, apenas Namasté. As mãos postas em oração, flete a cabeça. É a ordem para que o incrédulo visitante se retire. Mostra o caule para Borah e Tazmina que o aguardam na carroça. Ninguém parece muito entusiasmado. Todos estão muito cansados. A novidade para eles não passa de uma trivialidade. Dostoiévski, mal sai da cabana, decide ir ao Kerala.

29
Xamanismo indiano

É ao Kerala que o escritor quer ir agora. Borah o convenceu. Por que o Kerala? Porque é a terra da magia e da bruxaria. Só isso. No fundo, porém, ele alimenta uma esperança difusa de se curar da epilepsia por métodos não convencionais. Estes já os esgotara na Europa. Estamos em Calcutá. É preciso descer toda a costa do subcontinente indiano pelo golfo de Bengala, contornar o extremo sul da Índia, passar pelo estreito do Ceilão até atingir o Kerala.

— Quinze dias, não menos — disse o capitão. — Sairemos ao amanhecer.

Não há a menor dúvida de que ele embarca nessa viagem. Tem apenas o tempo de rabiscar uma carta para Polina Súslova, comunicando-lhe sua nova decisão.

Nos primeiros doze dias de viagem ele escreveu dia e noite na sua cabina. Cartas, longas cartas, a Súslova, uma estranha carta dirigida à mulher moribunda, Maria Dmítrievna, chamando-a de mãezinha (depois de morta ela vai inspirar as "Meditações diante do corpo de Maria Dmítrievna"), outra carta a Máikov, a Pavel, consolando-o pela doença da mãe, ao irmão André. Depois começa uma espécie de diário. O diário da Índia.

Chegar ao Kerala. Uma paisagem tão surpreendente quanto monótona. Dezenas de quilômetros de praia de areia alva. Milhares de nativos no cais. O Kerala é a terra do encantamento, num duplo sentido. Encanta o viajante pela beleza e é aqui onde se realizam os maiores malefícios, as possessões, os exorcismos, os encantamentos enfim. O ritmo da vida corre morno. A vida rural é de uma monotonia e tranquilidade irreais. Afastado de tudo, com quase nenhuma comunicação por terra com outros sítios, os navios aportam nas praias de areias claras e trazem as novidades. Uma festa à chegada de cada barco. Num deles se encontra Dostoiévski. A coisa parece que vai acontecendo por si. Pensava que não era possível ir à Índia. Quando despertou, estava em Calcutá. No mesmo instante quer voltar. Em busca de um mundo menos caótico como é a Índia. Mas Calcutá lhe parece pouco. Um guru que faz crescer um mamoeiro com cuspe e muita concentração não significa grande coisa. Ele quer mais, o arrojado. O obstinado quer mais. Ele já não está metido no negócio? Então vai até o fim. De noite trabalhou e bebeu chá. A noite inteira. O café não lhe faz bem, por isso se encharcou de chá. Excelente chá, por sinal. Muito melhor do que o que toma em São Petersburgo. Nada mal. No mar há uma brisa permanente soprando do golfo. Nenhuma queixa para quem escreve um romance, embalado nas ondas do Oceano Índico. Agora quer ver com os próprios olhos o que há nesse Kerala. Os únicos materiais de exportação do Kerala são: magia e bruxaria. Por isso mesmo os ingleses são menos vorazes por aqui. Mas nada mais apetitoso para Dostoiévski. Estamos no antigo reino de Cochin e Travancore. Borah, o excelente guia, o acompanha como fiel escudeiro. Para a viagem ao Kerala, Borah preparou-se com todo tipo de amuleto. Ele parece exímio conhecedor dos costumes. Explica: não há uma só família livre dos efeitos da bruxaria. Em cada uma delas há pelo menos um membro capaz de exercê-la com particular eficiência. E, algo novo para o visitante, os povos de outras regiões, os europeus, por exemplo, por não pertencer à tradição familiar, estão de certa forma, protegidos, imunes às bruxarias. O que não deixa de ser um alívio. Aqui, para se ter poder sobrenatural, é preciso ter pedigree ou então ter legitimidade divina. Dostoiévski não possui uma coisa nem outra. Na aula de Borah aprende-se: o poder conseguido pelos feiticeiros vem da prática dos mantras, que são fórmulas verbais, ou simplesmente fônicas em que a realização proferida, ou murmurada, ou puramente mental, é efetiva. Sua maestria está no coração dos discípulos iniciáticos — tantrismo — permitindo aquisição de poderes extraordinários (*siddhi*) e realização espiritual.

Dois viajantes provenientes de Calcutá, um bengali e outro russo são recebidos na casa de Gopal. Gopal é um *mantravadi*, ou seja, um especialista em mantras. Pode ser considerado um exorcista, um mágico, um feiticeiro. Pertence a uma família Nayar — antiga casta de guerreiros do Kerala que detinham o poder de vida e morte sobre as castas inferiores. O pai de Gopal, funcionário do *Forest Department* (o mesmo departamento onde trabalhou o pai de Borah), morreu a alguns anos de uma forma de câncer. Pouco antes da sua morte, ele gozava de boa saúde. Um belo dia resolveu consultar um astrólogo, iniciativa muito comum no Kerala. O astrólogo lhe previu o fim próximo. Alguns dias antes da data fatídica, uma coruja pousou sobre o seu leito; sinal inequívoco de que a previsão estava correta. A família ficou convencida de que seus colegas, invejosos do seu sucesso, provocaram a sua morte com o auxílio de um bruxo. Gopal inconformado com a morte súbita e inesperada do pai, não estava convencido dos malefícios provocados por invejosos. Foram instadas inúmeras vezes pelos familiares a exercer seu poder de vingança, mas recusou-se. Procurou um sábio de conhecimento superior ao seu, um brâmane que consultou ao acaso um texto sagrado em sânscrito:

> *purva-janma-krtam papam*
> *vyadhi-rupena jayate*
>
> (A falta cometida numa vida anterior
> volta sob a forma de doença nesta vida.)

Assim, inspirado no carma, Gopal tentava convencer a família sobre a razão da morte prematura. Mas ainda não havia tido nenhum sucesso.

30
Pequeno dicionário de bruxaria do Kerala

1. Cólera (*kopam*) de um deus ou uma deusa, *deva*.
2. Cólera da divindade de linhagem — distinta do caso precedente — que pode infligir um tormento, *badha* (designação particularmente empregada no contexto de aflições por possessão).
3. Cólera de serpentes (*sarppan*): as serpentes exercem uma ação oculta que pode se traduzir em pesadelos, esterilidade das mulheres, doenças da pele ou dos olhos. Trata-se de um *badha*, tormento, ou de um *dosam*.
4. Cólera dos antepassados (*pitr*) inclui o pai: vivos ou mortos, seu malefício se manifesta sob forma de cólera ou de maldição (*sapam*).
5. Cólera do Mestre (*guru*): é preciso temer a maldição, estando ele, vivo ou morto.
6. Cólera dos brâmanes: mesma constatação. Gopal explica que é difícil encontrar um brâmane atual provido de um poder espiritual capaz de produzir uma maldição.
7. Ação dos planetas: eles podem ter seu efeito maléfico próprio.
8. Cólera ou ação dos maus mortos (*preta*): muitas vezes atormentam suas vítimas com possessões (*badha*).
9. Mal olhado, *drsti*, o qual inflige um *dosam* ou um *badha*: influência de diversas entidades invisíveis que podem obsediar suas vítimas. *Karimkannu*, olho negro, olho que calcina que desseca.
10. Envenenamento (*kaivisam*): substâncias carregadas de

mantras que destroem, ou submetem à vontade do bruxo, aqueles que, intencionalmente visados, as absorvem ou simplesmente as tocam.

11. Ação de um inimigo (*satru*): o inimigo encomenda a um feiticeiro que, através de atos apropriados, agrida e persiga sua vítima, infligindo-lhe tormentos (*badha*), transtornos (*dosam*). Outros termos para esse tipo de agressão oculta: *abhicaram* (magia, bruxaria), *ksudrakarmmam* (vilania), *maranam* (assassinato), *marrumaranam* (homicídio velhaco).

31
Trabalhos forçados na Sibéria

Estamos na Praça Semianovski. É o vigésimo segundo dia do décimo segundo mês de 1848. Sete horas da manhã. Alguns já se encontram encapusados e amarrados aos postes de execução.

"Dostoiévski... condenado à morte", é o que ouve atônito. Todo seu passado lhe vem de chofre ao pensamento nesses minutos finais. Cenas da infância, o Hospital Marínski onde nascera em Moscou, às férias escolares em Daravói, os folguedos do campo, a juventude, o internato em Thermack, a escola de engenharia, a mãe moribunda no leito de morte, o desaparecimento violento do pai, as lembranças do irmão Mikhail. Todos os seus livros..., seus autores prediletos parecem observá-lo do alto da sua estante. Recorda-se de Victor Hugo, de *Os Miseráveis*! *O último dia de um condenado*! "Agora estou encarcerado. Meu corpo preso aos ferros, numa masmorra, meu espírito preso numa ideia. Uma horrível, sangrante, implacável ideia! Só tenho um único pensamento, uma única convicção, uma só certeza: condenado à morte"! Um a um, os condenados veem desfilarem diante de si os últimos minutos de suas vidas. Dostoiévski reluta ainda em acreditar. Nada disso pode ser verdadeiro, pensa. Seu pensamento redemoinha. Enlouquecerá? Como dali a alguns minutos ocorrerá com Grigoriev? Um padre se aproxima para ministrar-lhe os últimos sacramentos. Pronto. É mesmo o fim. Não chegariam a tanto; trazer um padre para auxiliar na encenação! Dostoiévski convence-se finalmente de que tudo é verdadeiro, de que não se trata de uma farsa e muito menos de um sonho. Preocupa-se em viver esses últimos minutos com a máxima intensidade de que é capaz. Mas o que poderá fazer? Rezar? Implorar a clemência de Deus para essa monstruosa injustiça? Não! Antes regozija-se com a injustiça. Serão sacrificados no altar dos mártires. "O caso por que nos tinham julgados, os pensamentos, as aspirações que tínhamos tomado a peito não nos suscitavam qualquer sentimento de arrependimento; mas parecia-nos que o nosso suplício nos purificaria, de certo modo, e que muitos dos nossos pecados nos seriam perdoados graças a ele". Os três primeiros são amarrados aos postes. Os carrascos baixam-lhes os capuzes sobre as cabeças, apesar dos protestos de Petrachévski. Dostoiévski sente-se como que flutuando no espaço. Dentro de cinco minutos será sua vez. Tudo estará terminado. Seus olhos contemplam o campanário da Igreja. Fixa o olhar e tenta pensar nesses últimos minutos que lhe restam. "E se eu não morresse? E se a vida me fosse preservada? Que eternidade! E toda essa eternidade ao meu dispor! Ah! Então eu transformaria cada minuto num século, não perderia um só desses minutos inumeráveis, estaria atento a cada um dos meus instantes para não gastar nenhum levianamente"! Mas não se ouvem os tiros. Subitamente os guardas desamarram os condenados. O auditor lê: "Tendo os culpados merecido a pena de morte, nos precisos termos da Lei, são indultados pela clemência infinita de Sua Majestade o Imperador". A farsa está terminada. "... eu estava, pois, no segundo grupo, e não me restava mais do que um minuto de vida (...) mas eis que soa o toque de recolher; aqueles que estavam amarrados aos postes foram conduzidos para o nosso lado, e nos leram que o imperador havia nos concedido o perdão". O perdão. Uma imensa alegria toma conta de Dostoiévski. Salvo! Viver! É só nisso que pensa. Mais tarde dirá à sua mulher: "Não me lembro de nenhum outro dia tão feliz como aquele em toda a minha vida". Seus companheiros estão eufóricos. Palm cai de joelhos e dá graças ao Imperador. Grigoriev tem os olhos esbugalhados, a boca muda, os dentes matraqueando. Jamais voltará à sua antiga lucidez. Enlouqueceu completamente.

32
Não gastar nenhum minuto levianamente

É isso o que prometera a si mesmo. É isso o que aprenderá na Sibéria. Por isso agora se pergunta: que faço a mim mesmo aqui em Kerala? Certo, há muitas histórias, todas elas surpreendentes.

Fiódor Dostoiévski já trocou de endereço duas vezes depois que saiu de São Petersburgo. Agora está em Kerala, indócil porque acha que está perdendo tempo e nem se dá conta de que veio para fazer uma revolução, que médicos russos e europeus não conseguiram, veio para esfregar a barba vermelha no solo sagrado da Índia. Aprender com gurus, guias, bruxos, mágicos ou feiticeiros. Aprender, inspirar-se e, quem sabe, conseguir se livrar dos ataques. Uma chance que poucos tiveram. Por isso não me contive e falei: continue Gopal, por favor. Estou interessado na sua história. Pretendo aproveitá-la para um livro, se você assim me permitir.

Pereça o dia em que nasci, e a noite em que se disse: Foi concebido um homem.

Admiro tal sentença e ela me distrai. *Maldito o dia em que nasci!*

Escureçam-se as estrelas do seu crepúsculo; que espere a luz, e não venha; e não veja as pestanas dos olhos da alva. Luz! É o que quero. Quero ver a luz no fim do túnel siberiano. Quero viver. Sobreviver!

E por que os peitos, para que mamasse? Porque se dá luz ao miserável, e vida aos amargurados. Os amargurados que esperam a morte, e ela não vem. Porque antes do meu pão vem o meu suspiro; e os meus gemidos se derramam como água. Contei, contei, contei: 35 carros de pedra, sem parar um segundo, sem parar nem para respirar e vou. Porque o que eu temia me veio; e o que receava me aconteceu. Paro. Paro agora e espero. Uma chibatada? Nunca estive descansado, nem sosseguei, nem repousei, mas veio sobre mim a perturbação e caí sobre o chão frio da Sibéria e dormi na minha salvadora convulsão. O hálito de Deus se apiedou de mim e roçou a minha face. Fiquei três dias na enfermaria.

33
Presentes indispensáveis

Chegam a Tobolsk. Janeiro de 1850. Dezoito dias de viagem num trenó, sob um frio de 40 graus negativos! Nessa primeira parada recebe apoio, solidariedade e calor humano das mulheres dos dezembristas. "Elas nos enviaram víveres e vestimentas". Recebe o Evangelho de presente. Dentro dele duas notas dobradas: 10 rublos, que lhe serão de extrema utilidade na prisão. O Evangelho será sua única fonte de leitura nos próximos anos. Tobolsk é um bom exemplo do que o espera no seu destino final, Omsk. Não obstante o frio, a fome e o cansaço da viagem, terão de consolar Iestrajembski que, desesperado, está à beira do suicídio. É o próprio Iestrajembski que relembra mais tarde esses primeiros momentos. "Convencido de que não havia mais nada a esperar para mim, resolvi colocar fim nos meus dias... A conversa amigável e prestativa de Dostoiévski me salvou do desespero: ele despertou em mim a energia".

34
"Sofrer e chorar ainda é viver" (Raskólnikov)

Depois de uma semana de descanso, são conduzidos a Omsk. Chegam depois de três dias de viagem. A monotonia que tanto aborrecia Dostoiévski em São Petersburgo parece encontrar agora seu oposto. Sua liberdade, seus passos, sua comida, seu trabalho forçado, seu banho, seus menores movimentos estarão, de agora em diante, vigiados por um major bêbado que não cessa de ameaçá-los. "No mesmo dia em que chegamos, ele nos chamou de idiotas, Durov e eu, por causa do motivo de nossa condenação, jurou que à primeira infração nos dará castigo corporal. Seu sofrimento de ordem moral e as privações o empurram cada vez mais para a religiosidade. Sua fidelidade ao czar permanecerá imutável. Seu conturbado humanismo socialista e sua ânsia de justiça social não serão esmaecidos. A prisão, humilhações, privações, a Sibéria, enfim, não será motivo para torná-lo rancoroso. Inicia, desde o primeiro momento, nas insalubres masmorras da Casa dos Mortos, tão logo esteja longe das vistas do major Krivtsov, a leitura disciplinada do Evangelho. O cristianismo vai fincando raízes cada vez mais poderosas no seu íntimo. Seu sofrimento é nada, comparado ao do próprio Cristo. Seus pés enregelados, suas mãos endurecidas pelo frio no trabalho forçado ao ar livre, estão como que acariciadas, perto das tormentas e das chagas de Cristo. Almeja assim uma espécie de santificação no sofrimento? Ou imagina, secretamente, nos mais recônditos escaninhos da sua alma, um místico poder sobre si mesmo, uma superação do próprio eu, baseado no sofrimento? Estranhas palavras vão colocar na boca do Staretz Zóssima: "Por que isso de sentir-se ofendido é muitas vezes agradável, não é verdade?" Agarra-se a este sofrimento-que-leva-à-salvação com inusitado fervor. É seu último reduto, a última casamata ainda não tombada. Para trás ficaram os amigos, parentes, a maioria dos quais talvez jamais voltasse a ver. Longe ficaram os familiares, seus livros preferidos, suas anotações e uma carreira promissora de escritor. Talvez nunca mais encontre o tão amado irmão Mikhail. Tudo pertence a um passado que lhe parece longínquo. É como se a sua vida até aquela hora não tivesse passado de um sonho. Agora tem a prisão, os mujiques como companheiros, condenados sem esperança alguma, parricidas, infanticidas, estroinas de todos os tipos. O que vislumbra na longínqua Sibéria nos raros momentos em que sua visão se desvia desta podridão humana, "um amontoado de homens feito ratos", é a vastidão sem fim das planícies. O essencial agora é sobreviver à prisão, ao exílio. Assim como não poderá desprezar a sopa infecta e malcheirosa que o aquecerá nas noites glaciais, depois de um estafante dia de trabalhos forçados, não desprezará também o Evangelho. "Sofrer e chorar, ainda é viver", dirá Raskólnikov na prisão. Quanto lhe doera então o rompimento com Bielínski! E não fora este o motivo principal? Não se afastara do convívio com o amigo unicamente porque não o suportava referir-se à figura do Cristo como "um liberal progressista"? Ainda na praça Seminóvski, prestes a ser fuzilado, não se despedira de Spiéchnev com essa exclamação: "*Nous serons avec le Christ*"! Porque invocara ali o Cristo, se Ele não tivesse nenhuma importância no seu pensamento? Apenas um ato isolado, de desespero? Muitos anos depois haverá de escrever um livro notável, instigante, para dizer o mínimo, *Crime e Castigo*. E nos deixará ali, no seu epílogo, a pista da sua conversão. O mergulho de Raskólnikov-Dostoiévski aos pés de Sônia será o símbolo do seu próprio renascimento. "De repente, sem que o prisioneiro soubesse por que, uma força invisível lançou-o aos pés da moça. Ele se põe a chorar abraçando seus joelhos (...) no mesmo instante, ela compreendeu tudo". Raskólnikov ainda relutará em pegar o Evangelho que Sônia lhe trouxera, mas no seu pensamento já não haverá mais dúvidas: "Sua fé não pode deixar de ser a minha, agora, e seus sentimentos, suas tendências, não nos serão comuns?" Seus revezes, suas decepções e todo o aprendizado enfim, que adquirirá no degredo, vai imprimir uma mudança radical no seu pensamento. O socialismo que o acalentara em São Petersburgo, o racionalismo, deixará gradativamente de existir. É Vrangel quem irá nos alertar, alguns anos mais tarde escreve: "Ele procurava deixar claro que uma revolução na Rússia era prematura, que nem poderia se cogitar disso, levando-se em conta a ignorância do povo, e que era simplesmente ridículo falar de uma constituição russa baseada no modelo ocidental... Durante o exílio em Omsk, um incidente despertará nele lembranças remotas, permitindo-lhe reforçar suas convicções e situá-lo melhor diante do que acreditava ser o "povo russo", na sua nova condição de exilado e prisioneiro. O incidente está registrado em *Crime e Castigo*: "No degredo, encontravam-se igualmente condenados políticos poloneses exilados na Sibéria. Eles consideravam os presos por delitos comuns como brutos ignorantes e sentiam profundo desprezo por eles, mas Raskólnikov não podia partilhar esse ponto de vista; ele percebia claramente que, sob muitos aspectos, esses brutos eram bem mais inteligentes que os poloneses. Havia ainda russos, um oficial e dois ex-seminaristas, que também desdenhavam essa plebe; o seu erro não escapava mais a Raskólnikov". No conto *O Mujique Marei*, Dostoiévski reforçará suas impressões sobre os rudes camponeses russos. No *Diário de Um Escritor* conta que, ao ouvir um prisioneiro polonês referir-se a eles com desprezo: "Odeio esses canalhas", relembra um episódio da infância, em que, assustado, com uma voz que o advertia da presença de um lobo, é socorrido no seu pânico por um velho mujique, que o tranquiliza. Mais tarde, ao presenciar o desprezo que o prisioneiro polonês, "o desgraçado", tinha pelos camponeses russos, conclui: "Não tinha ele a lembrança de um mujique Marei, e tudo que podia dizer dessa gente era: 'Odeio esses velhacos!'. Sim, os poloneses deviam sofrer muito mais que nós!" Dostoiévski manterá a dúvida, mas sua opção será o Cristo. "Se Cristo não estiver com a verdade então eu ficarei com Cristo". Cristo, o czar e a Rússia! Quantas acusações, quantos dissabores não lhe teriam sido poupados, não fosse essa crença ilimitada! A imortalidade da alma, para onde encaminhava inexoravelmente a sua fé, conclusão natural do seu cristianismo, será também motivo de suas preocupações metafísicas. Diante do corpo da primeira mulher deixará registrado: "Voltarei a vê-la um dia?" Kirílov, em *Os Demônios*, o fará mais explícito: "Se a fé na imortalidade da alma é tão necessária ao ser humano que sem ela chega ao ponto de se matar, é porque ela é o estado normal da humanidade. Visto que isso acontece, a imortalidade da alma existe sem dúvida nenhuma". Nem toda a experiência acumulada durante essa vida atribulada pôs termo à sua eterna interrogação. "Karamázov, escreverá já no seu último ano de vida, é verdade o que diz a religião, que ressuscitaremos dentre os mortos, que nos reveremos uns aos outros?" "Claro, responde Aliocha, nós nos reveremos e nos contaremos de novo alegremente tudo o que se passou". E, parodiando Bakúnin, acentuará em *Os Demônios*: "O sofrimento é condição essencial da felicidade, pois somente o sofrimento nos leva à consciência". Será este seu credo, daí em diante.

35
Sucesso e bebedeira

Motivos de sofrimento: carregar pedras sem finalidade alguma; carne entre os dentes; fome e frio; perder um filho; hemorroidas e pimenta indiana; perder os últimos tostões numa mesa de jogo e ter de pedir dinheiro emprestado ao seu pior inimigo; ser rejeitado pela mulher amada; descobrir que está sendo traído; tentar escrever um romance com data marcada e não conseguir.

Tenho fé. Hei de me renovar pelo sofrimento. Mas, por mais que me esforce, não consigo aceitar os milhares de divindades indianas, reverenciá-las, meditar com elas, orar por elas. Fora de discussão.

Nosso herói está cheio de dúvidas. Girou metade do planeta pensando encontrar em algum lugar o que pode estar dentro dele mesmo. Envergonha-se da própria situação. Envergonha-se de estar aqui, diante de Borah que o acompanha e já o conhece bastante, tendo inclusive notado seus olhares oblíquos para a pequena Tazmina em Calcutá, uma criança. Envergonha-se de um porre em São Petersburgo quando saiu cambaleando de uma reunião na casa de Bielínski, onde quase abjurou sua própria crença e por pouco não abraçou o socialismo. Na rua, aos tropeções, Boa noite, meu Bom Pastor, sou o trabalhador da pena, um pobre diabo tentando sobreviver da escrita. Tentei ser oficial da armada, tentei ser um engenheiro, atualmente não sou uma coisa nem outra. Não tenho um tostão no bolso, nem mesmo posso chamar um cocheiro para me transportar até minha casa. Posso ganhar uma chibatada e ninguém se importará. Posso cair agora na sarjeta e nem os cães se ocuparão de mim. Olhe, quero fazer uma pergunta.

Como é que eu me livro dessa dor de cabeça? Acho que vou sofrer do fígado para o resto dos meus dias. Dou um arroto e depois quero vomitar, expelir seria mais literário, mas já falei. Desculpe-me, o senhor não concorda comigo? O que o senhor pode fazer por mim? Um cristão tem que se apiedar de outro. Sei que não vou ganhar o céu, mas o inferno também não me interessa. Pergunte a Bielínski se não sou um homem de bem. Pergunte a Riesenkamp se lhe devo alguma coisa. Pergunte à minha senhoria se não estou em dia com o aluguel. Não almejo o paraíso, apenas bebi um pouco além da conta: eis o nosso homem. Um jovem, uma criatura decente, capaz de se embriagar com dois copos de vodka. Mas capaz também de se embebedar com a lisonja. Aquilo que é torto não se pode endireitar; aquilo que falta não pode ser calculado. Vaidade, tudo é vaidade. Portanto goza o prazer; mas eis que também isso é vaidade. Vaidade de vaidades. É tudo vaidade! Se eu pudesse voltar atrás não teria bebido tanto. E a Avenida Niévski gira o Nevá não está onde devia. Não me converto ao socialismo de Bielínski nem que para isso eu tenha de esvaziar o Nevá com balde. Divirto-me, é certo, hahaha. Há a lua e um poste, um poste e a lua, belo quadro, espero que entendam desse bailado e conto até três, um, dois, três. Nada de novo sob o manto azul do céu de São Petersburgo. Aqui estou eu, um homem com náuseas, perdão, Senhor Pastor, tenho sono. Preciso chegar logo ao meu destino.

36
A casa dos mortos

No início de 1854 ele sai da prisão. De volta à luz. O que vamos fazer? Estou livre. A liberdade acaba de acontecer. Preciso logo começar a escrever. Boa a vida aqui fora, embora ainda se trate do exílio, Semipalátinsk, os confins da Sibéria. Está com 32 anos, a vida inteira pela frente. Em Omsk ficaram os sonhos da juventude. Mas tem uma cabeça arejada, cheia de projetos. O primeiro passo é instalar-se, ainda em Omsk, na casa dos Ivánov. Uma carta a Mikhail: "Antes de tudo, deixe-me perguntar-lhe em nome de Deus por que você ainda não me escreveu uma única linha? Quantas vezes, na minha prisão, na minha solidão, senti verdadeiro desespero pensando que talvez você já não existisse mais: e eu refletia durante noites inteiras na sorte dos seus filhos, e maldizia o destino que não me permitia vir ajudá-los".

A *Casa dos Mortos* ainda é uma ferida mal curada. Tem pesadelos noturnos na casa dos Ivanov. Repletos de gritos, gemidos, barulho de correntes. É preciso, o quanto antes, escrever sobre estes últimos quatro anos. "Como lhe exprimir tudo que tenho na minha cabeça? Fazer-lhe compreender minha vida, as convicções que adquiri minhas ocupações durante esse tempo, não é possível. Eis ao menos a essência dessa verdade: você a terá inteira, se você souber ler. Eu lhe devo esta narrativa, vou, portanto, começar a reunir minhas recordações". Sente-se agradecido aos Ivánov. Durante todo o tempo de prisão a família Ivanov contribuiu para amenizar suas agruras. Deram-lhe dinheiro e comida, mas, sobretudo, solidariedade. "Ivanov foi para mim um verdadeiro irmão". Em liberdade vai de imediato a casa dessa família. Aloja-se aí com a paz interior de quem se livrou das correntes. Na saída da fortaleza tenta se despedir dos que ficaram. Contempla longamente as estacas de madeira que cercam a prisão. "Muitas mãos calosas e duras se estenderam para mim. Mas os que me apertaram as mãos como camaradas não foram muitos. Os outros compreendiam que, daí a momentos, eu me ia tornar um homem diferente... alguns me viraram as costas e obstinaram-se em não corresponder aos meus cumprimentos. Alguns, até, lançaram-me olhares de ódio". Escreve longas cartas ao irmão, aos amigos. Quer se desfazer a todo custo dessas *Recordações*. Não se cansa de repeti-las, detalhes, cada experiência vivida, cada minuto vai ser rememorado nessa catarse que, no entanto, não vai libertá-lo desse sofrimento. Isso vai ficar entranhado na pele igual à marca que se faz no gado. "Passei estes quatro anos atrás de um muro, saindo somente para ir ao trabalho. O trabalho era duro! Acontecia-me de trabalhar já esgotado, durante o mau tempo, sob a chuva, no barro ou ainda durante o frio intolerável do inverno. Uma vez fiquei quatro horas executando um trabalho suplementar: o mercúrio desceu a 40 graus. Fiquei com um pé gelado".

"Frio, fome, imundície, percevejos, baratas sobrenadando na sopa"; homens amontoados num tugúrio, sufocante no verão, gelado no inverno, chão recoberto de sujeira, janelas grossas de imundície, paredes gretadas que deixam passar um vento gelado que os impede de ler ou dormir, fumaça irrespirável que vem de uma fornalha para aquecê-los no inverno, que turva a vista, ardem-lhes os olhos, odores nauseabundos, o diabo e o próprio inferno nessas lembranças. A doença, os ataques de epilepsia vão cair sobre ele como um flagelo. É um aprendizado, esse sofrimento. "Passei mais de um dia no hospital. Tive crises de epilepsia". A doença, a solidão, a imundície, a humilhação, tudo isso dá para suportar. Tortura verdadeira é a privação de leituras, a proibição de ler e escrever. "A todos esses dissabores, ajunte-se a quase completa privação de livros". Difícil engolir sem desespero duas coisas: a falta de um caderno de anotações e a solidão. A condição de oriundo da nobreza é um complicador. É um pária, não há nenhuma dúvida a este respeito. Foi conduzido ali como qualquer um dos condenados. Mas isso não é suficiente para igualá-lo aos outros detentos. É visto com desprezo, desconfiança, ódio. "Logo na primeira noite percebi que implicaram com a minha cara, analisando de viés". Vai levar um bom tempo para ser tratado como um deles. "Aquela ralé implica com gente bem-nascida". E zombam, por exemplo: 'Antes cá o Piotr levava horas dando laço na gravata, lá em Moscou; agora leva horas trançando o garrote em que há de ser enforcado, ah! ah! ah..." "Dois anos levei ali no presídio para que tal birra se desvanecesse...".

37
O verdadeiro povo russo

As convicções, a velha crença nos camponeses, nos mujiques cai por terra, nesses primeiros momentos de encontro com o "verdadeiro povo russo". A prisão, o degredo. Tudo aconteceu por ter desejado a libertação dos servos. É verdade, e isso é um nó na sua cabeça. Propusera com ênfase a revolução se ela fosse necessária à liberdade, ao fim da servidão. E agora? Agora se defronta com suas fantasias, enfrenta o povo russo idealizado no dia-a-dia. E o que vê? Suas convicções estão abaladas. E isto é apenas o começo. Vai mudar o pensamento. Vai refletir sobre isso até cansar. Só lhe resta agora se aproximar dos prisioneiros políticos, uma vez que os camponeses o repudiam com nojo, nem de longe conseguindo atinar com seu delito, o que no fundo lhes parecia tolice.

"Jamais só! E isso quatro anos, quatro anos! Palavra!" Solidão obrigatória, falta de leituras, sofrimento. São ingredientes para as definitivas modificações no seu íntimo. Nada do que acreditava antes vai ficar intacto. Seu pensamento sofre uma transmutação. "O que sucedeu com minha alma e minhas crenças, meu espírito e meu coração, durante estes quatro anos, eu não lhe direi, isso seria muito longo". Durante todo o tempo vai se queixar da solidão e do isolamento que a família lhe impôs nos silêncios de cartas que jamais chegaram. A falta de notícias é mais uma gota (amarga) acrescida ao seu isolamento. "Eu já lhe disse que o seu silêncio me atormentou bastante", escreve ao irmão. A sede de leituras o levará a constantes súplicas a este irmão, cuja noção de fidelidade e humanismo parece seriamente adulterada. "(...) não tenho livros.

Se você puder, envie-me as revistas deste ano, por exemplo, os *Anais da Pátria*. Envie imediatamente".

Quer se reintegrar ao mundo; tem sede de novos conhecimentos, vontade de recuperar o tempo perdido. Quer partilhar com a família, os amigos, seu entusiasmo em estar de novo em liberdade. Mas quer também se ilustrar, estudar, anotar em seu diário os importantes momentos do seu dia-a-dia e redigir suas recordações. Quer comunicar a todos sua descoberta do homem russo, do verdadeiro povo russo. "São pessoas simples, me dirão para incentivarem-me. Mas um homem simples é muito mais temível que um homem complicado".

Entre os forçados, entre os bandidos, descobre homens verdadeiros, profundos, poderosos, belos. Ensina a ler a um dos detentos. E é reconhecido por isso. A outro lhe dá um pouco de dinheiro proveniente da sua própria migalha. Orgulha-se de estar entre eles. Perto deles são os enfatiotados intelectuais de São Petersburgo que constituem os verdadeiros párias, os parasitas. *Que povo extraordinário! Não perdi meu tempo. Se não estudei a Rússia só pela lembrança sei como é o povo russo, muitos poucos o conhecem como eu.*

Escreve em todos os minutos da sua recém conquistada liberdade: cartas, diários, anotações esparsas, recordações, meditações, ideias, projetos. Falta-lhe, porém o nutriente dessas ideias: livros! Onde arranjá-los na provinciana Semipalátinsk? Quer ler o Corão, Kant (Critica da Razão Pura), Hegel, sobretudo sua História da Filosofia. Seu futuro depende dessas leituras, afirma. Que futuro é este que já não lhe parece tão longínquo, tão inacessível como nos tempos da fortaleza? Que vastidão de mundo e de projetos e de vida enfim, não se lhe desenham na imaginação? Nada mais é impossível. Quem sabe até mesmo uma redução da pena. Sobrevivera a toda espécie de sofrimento. Está vivo, dono do seu nariz, da sua consciência A saúde está reforçada, os músculos enrijecidos no trabalho forçado, mais resistentes às intempéries físicas e as morais. Agora tudo é válido! Fará qualquer coisa para voltar imediatamente ao convívio com o mundo civilizado, a São Petersburgo, aos amigos, à vida. E escreve: "Pergunte a pessoas bem informadas onde poderei publicar meus livros e o que é preciso fazer; ajude-me a viver, eu te suplico! Conto contigo!" O silêncio do irmão é o que recebe em troca dessas súplicas desesperadas. E isso ainda vai amargurá-lo um bom tempo. Insiste com o irmão: "Envie-me... não jornais, mas historiadores europeus. Economistas. Pais da Igreja. Os antigos tanto quanto possível: Heródoto, Tucídides, Tácito, Plínio, Flávius, Plutarco, Diodoro, traduzidos em francês. Depois o Corão e um dicionário alemão. Pelo pouco que você possa fazer, eu lhe serei reconhecido".

38
Pesadelo

Levante-se, espírito fraco e imundo, e ponha-se de pé no caminho. Dostoiévski sai de cada uma dessas histórias como se tivesse levado um tranco. Vai à casa de Gopal para repousar. Joga-se na cama e constata: tudo isso é loucura, crendice, mitologia, superstição, acreditar nisso é irracionalidade, é a morte intelectual, fico nisso e estou acabado, liquidado! Gopal, Tazmina, Borah, Ana e seu irmão feiticeiro... Coisa diabólica a vida, não? Diabólicos feiticeiros hindus! Conheci isso outras vezes, na Rússia, em São Petersburgo, a vidente me anunciando tudo: sucesso, fracasso, vida e morte, prisão e libertação, tudo, não é? E eu pensava: o mundo é expectativa e calma, contemplação e aprendizado, fé e descrença, existe certa ordem no universo, mas o homem deturpa a ordem natural das coisas, extrapola o impensado, os homens são apenas homens, terríveis, às vezes monstruosos, maléficos, previsíveis. Ora, isso foi um momento de paz, muita paz, de insuspeita clarividência.

Vocês deveriam ter visto Dostoiévski ter pesadelos nesta noite em que ouviu as histórias de Gopal. O homem saiu do sério, revirou-se na cama de um lado para o outro, a noite inteira. Sua cabeça perdeu qualquer coisa. Ele pensava que era sabedoria, racionalização, perdeu toda a lógica que em algum momento se julgou capaz de possuir, o pretensioso. Agora se vê com uma incredulidade crescente, mas tem medo. Se pudesse, o temeroso pegaria um amuleto e se safaria daqui o quanto antes. Adeus *cattan* e *kutticattan*.

Um maluco, paralítico, numa carroça engraçada para à porta da casa de Gopal para conduzir os viajantes até o cais. Venha cá, venha cá, vou lhe mostrar uma coisa e Borah abre o cesto de vime onde serpentes se aninham. Uma insanidade. Dostoiévski sente náuseas. Enrola-se ele próprio no banco da carroça, longe das cobras. Não tira os olhos do cesto. Mais adiante, já quase chegando ao cais, entrega-se a um verdadeiro desespero. Vê o cesto com serpentes e uma deusa parcamente vestida com um sari de ouro, uma grande prostituta hindu, mulher de mil faces, ali sentada, vigilante do cesto de serpentes. Ela lhe faz gestos sensuais, sedutora a prostituta, o umbigo enfeitado com um imenso rubi, os olhos parecem de ametista, ou seja, lá que pedra for com essa cor amarelo-esverdeado, chamejante e diabólica, desconhecida para Dostoiévski. Um torpor, já o conhece de outros lugares, um torpor toma conta dele. Parece que o cérebro amoleceu. Abre a boca num bocejo. Se tivesse um termômetro poderia ler: 42 graus centígrados à sombra. Depois vê dezenas de vaginas se abrirem e fecharem sobre o corpo sagrado da deusa hindu. Conclui: É hora de partir. É o fim da viagem. E, assim, se despede da Índia.

39
Últimos dias na fortaleza de Omsk

Vai embora, não deixa saudades em ninguém. Não vai sentir falta de nada. Leva consigo as anotações. Vão se transformar em mais um romance. É só esperar.

O que anda pensando o presidiário nos últimos dias na Fortaleza de Omsk? Ideias, projetos se embaralham na mente dele. Há também as questões de fé. Quando pode experimenta registrar as inenarráveis histórias de seus companheiros de cela, suas falas, seus trejeitos, sua humanidade transbordante, sua ingenuidade e crueldade. Mas essa cabeça conturbada está cheia também das lembranças da juventude em São Petersburgo, de seu tempo de escritor iniciante. Dois nomes: Púchkin e Victor Hugo! *Os últimos dias de um condenado*! Mais uma vez se lembra desse livro. Hoje é outro dia crucial da sua vida. Seu pensamento, como num caleidoscópio, mistura realidade e sonho. As lembranças foram inscritas como cicatrizes no seu corpo. Isso é uma imagem forte. Ele sabe disso e não discorda. Jamais se libertará delas. Suas anotações para as futuras *Recordações da Casa dos Mortos* estão cuidadosamente ocultas, sempre com a conivência de amigos que faz na prisão. Resistem às buscas sucessivas. O major lhe pergunta se ele faz anotações. É claro, responde. E onde estão? Pergunta o major. *Arquivadas na minha cabeça*. Na verdade, há uma ensebada caderneta contrabandeada para dentro do presídio. Ali estão registrados os diálogos de cada um dos prisioneiros. É um farto material de trabalho. Vai servir-lhe de auxílio, mais tarde. Agora quer se afastar da Fortaleza; recomeçar vida nova. Em breve estará em Semipalátinsk, como soldado raso. Metade da sua pena já foi cumprida. Imagina um uniforme decente, uma cama limpa e, o mais importante, papel e lápis! Finalmente poderá ter uma vela acesa só para seu uso, uma lamparina, um quarto. Não quer almejar muito e está certo. As primeiras expectativas estão longe de serem concretizadas. Semipalatinsk é uma vila de três quarteirões separados por terrenos vagos, arenosos. Um subúrbio cossaco. A parte mais agradável, mais limpa e mais confortável da vila. Uma praça, jardins; alguns edifícios abrigam o comandante do regimento, estado maior, escola militar, o hospital. Cada homem em sua própria casa, onde se aloja com a família. O quarto é espaçoso, mas o teto é baixo, envolvido na penumbra. Paredes rebocadas com greda, decoradas com gravuras em madeira. Atrás de um forno russo, o leito. Uma mesa de cabeceira. Um caixote de madeira serve de cômoda. Uma cortina de algodão. Tudo negro de fumaça de velas. É difícil compreender que nestas condições, passava noites inteiras escrevendo. Outra particularidade pouco agradável: baratas correm em procissão sobre a mesa, ao longo das paredes e sobre o leito. No verão, batalhões de pulgas.

40
Carta a Fon Vizin

"Em momentos como esse se tem, tal qual 'erva ressequida', sede de fé. E ela pode ser encontrada, em suma porque na infelicidade a verdade se aclara. Eu diria que sou um filho deste século, criança quanto à incredulidade e à dúvida até hoje e mesmo (eu o sei) até o túmulo. Quanto sofrimento assustador me custou e me custa ainda hoje esta sede de fé, que é na minha alma tanto mais forte quanto mais há argumentos contrários. E, entretanto, Deus me envia por vezes instantes onde estou absolutamente tranquilo: neles amo e sinto que os outros me amam, e é nestes momentos que compus um Credo no qual tudo para mim é claro e santo. Esse Credo é simples, ei-lo: crer que não existe nada de mais belo, mais profundo, mais simpático, mais razoável, mais viril e mais perfeito que o Cristo, e não somente não existe nada, mas — digo a mim mesmo com um amor enciumado — não pode existir nada. E muito mais: se me fosse provado que a verdade não está com o Cristo e que Ele estava realmente fora da verdade, que a verdade esteja fora do Cristo, eu ficaria antes de tudo com o Cristo do que com a verdade".

41
O demônio da fortaleza

Onde o rancor? Onde o ódio que tantas vezes via em seus companheiros de infortúnio? Mas vê no major Krivtsov, o próprio demônio. Eis Krivtsóv imortalizado. "... era um patife como poucos, bárbaro, maníaco, briguento, alcoólatra, numa palavra, tudo que se pode imaginar de mais vil". No entanto, não é um rancoroso. Às vezes procura desculpas para justificar selvageria, brutalidade: "Tive que viver durante dois anos sob a tirania dessa autoridade. Esse homem terrível exercia domínio absoluto sobre aqueles duzentos e tantos presidiários. (...) desapiedado e atrabiliário. Mal-encarado, ruim, até de noite irrompia às vezes pela prisão adentro e bastava deparar com um detento dormindo sobre o lado esquerdo ou com a cara para baixo, para mandar castigá-lo na manhã seguinte. 'Isto é para que te lembres que tens que dormir virado para o lado direito!' O presídio o odiava e temia como a uma peste. Tinha uma cara avermelhada, turva, de sujeito mau. Seu grande amor era apenas o seu cão".

42
Anotações da Sibéria

1. Você não quis dar ouvidos a papai e mamãe; ouça agora o rufar do tambor!
2. Ia pela estrada e apaguei um viajante. Tudo o que ele tinha era uma cebola. Está vendo, você me mandou descolar uma grana, matei um homem e tudo isso por uma cebola. — Idiota! Uma cebola, ao que dizem, vale um copeque. Ora, cem homens, cem cebolas, e já se tem um rublo.
3. Bom dia. Você continua vivo... E eu, que até tinha comemorado em sua memória... Duas dúzias de pedras que atirei nos cães.
4. O diabo gastou três pares de meias antes de conseguir reuni-los... Que público esquisito!
5. Na minha terra não se dá moleza pra ninguém, ninguém tem medo.
6. Eu, me roubar! Nem pense nisso. Sou capaz, isso sim, de roubar os outros.
7. Que a peste de Bender te carregue! Que o carvão da Sibéria te aqueça! Que o sabre do turco te encontre! Já provaste disso tudo? Então, que tudo continue.
8. Conosco, nada para ser levado. Procure um ricaço: e peça-lhe com jeitinho.
9. Passei pela rua verde.
10. Então, recebi duzentos... — Rublos? — Não, meu caro, pães.
11. Condenado, filho de condenado! Filho de deportado! Forçado reforçado.

12. Quem mandou fazer isso? — Alguém que não tem medo de nós.
13. Como se tivessem provado uma sopa insossa, eles viram as costas e vão embora.
14. Eu lhes forneci insultos para um milhar de anos.
15. Enfim, foi assim. E ele me puxa a orelha: Escreve! Penso: por que ele está me puxando a orelha? Ele queria saber se eu era um escrevinhador.
16. Não é o essencial, o importante.
17. Por que essa algazarra? Em liberdade, você não conseguiu viver?... Veio aqui buscar um pedaço de pão e vendeu a pele... Vocês estão contentes de ter conseguido aqui pão branco... Você veio aqui para ganhar dinheiro... Olhem para ele, minha gente, cuidem dele. Uma pilastra! Um monumento! Telescópio da desgraça!
18. Sou major, meu caro, graças a Deus.
19. Não quero saber de porta. Tratem de demolir a parede!
20. Na desgraça dos outros, posso me meter: da minha, não entendo nada.
21. Não me venha com aquela história do diabo na mala.
22. Valentão diante de cordeiros, cordeiro diante do valentão.
23. Ora, você se parece com todas as feras.
24. Pobre coitado, você é temente a Deus? A morte não demora.
25. Você vai morrer hoje; amanhã sou eu.
26. Um homem desses não precisa de pai[2*].

[2*] As anotações da Sibéria foram traduzidas do francês por Estela dos Santos Abreu.

43
Quarto relato de Máikov

"Poucos escritores conseguiram reconhecimento e ao mesmo tempo despertaram tanta indignação e reprovação quanto Dostoiévski. No entanto, não era hábito seu queixar-se dos infortúnios. Em minha opinião, só o peso das suas crises epilépticas, tão frequentes, já seria motivo suficiente para desorientar um homem comum. Quando sua pequena Sônia morreu em Genebra, ele se lamentou amargamente numa carta para mim. Pela primeira vez queixava-se da sorte: a infância de órfão; as zombarias dos colegas escritores; a prisão na Sibéria; o casamento infeliz com Maria Dmítrievna; a perda de Polina Súslova; e agora, quando teve a alegria de ter uma filha (a pequena Sônia, da qual fui o padrinho), estava morta, menos de quatro meses depois! Embora não tenha dados comprobatórios de tudo o que se falou e se fala a seu respeito, rogo ao senhor que tenha isso em mente: a maledicência foi sempre matéria ofertada em abundância nos meios literários, como de resto ocorre a quem quer que consiga emergir a cabeça da esmagadora massa de anônimos das nossas letras. Sabemos todos que o confinamento na Sibéria foi uma jogada de Nicolau I. A leitura da carta de Bielínski a Gógol, na reunião de Petrachévski, não poderia jamais constituir delito passível de punição com trabalhos forçados, e, muito menos, de condenação à morte. Retomo algumas anotações em meus arquivos para reler trechos da carta.

A relação entre Dostoiévski e Bielínski, como já me antecipei (insisto, na tentativa de ser o mais completo possível nas questões que o senhor me colocou), nem sempre foram amistosas. Dostoiévski admirava-o com seu gênio polêmico e seu profundo conhecimento da literatura russa. Como todos sabem, Dostoiévski devia ao próprio Bielínski o seu reconhecimento como escritor. No entanto, Bielínski não suportava, depois de certo tempo, as convicções cristãs de Dostoiévski. Dostoiévski, penso, fizera uma tentativa de reconciliação, escrevendo um longo artigo sobre Bielínski. Vária vez me fez referência a esse artigo em correspondências. "Tenho tido mais trabalho e sofrimento para escrever o ensaio sobre Bielínski do que tive para criar qualquer um dos meus personagens". Lamentavelmente o artigo jamais viu a luz.

Se por um lado estavam de acordo no plano social, estavam longe de se aproximar no terreno religioso. O que pretendia Bielínski? Julgava que Dostoiévski (como Gógol), com seu talento, deveria servir à causa do povo, e não descambar para o romantismo ou até mesmo para o fantástico. Não passava despercebido a ninguém o terrível mal-estar que tomava conta de Dostoiévski quando Bielínski se referia à figura do Cristo como um "progressista liberal". Bielínski, sem se dar conta, tocava na ferida impiedosamente. Dostoiévski, diante de tais afirmativas, virava a cabeça para o lado e ficava à beira das lágrimas. Pois era exatamente este Cristo pleno de divindade, ao qual ele devotaria mais tarde contundentes afirmativas, que Bielínski tentava por todos os meios vilipendiar a questão da fé. A leitura de *O Duplo*, que assisti na casa de Bielínski, desencadeou uma surpreendente repulsa por parte do crítico. Logo à leitura dos primeiros capítulos, notávamos o entusiasmo sincero de Bielínski, certamente antevendo no pequeno funcionário Goliadkin a continuação de Makar, de *Gente Pobre*. Bielínski não escondia sua satisfação, na certa alimentando esperança de que estava diante do segundo romance social de Dostoiévski e, como não poderia deixar de ser, certamente, um romance realista. Tal era a expectativa de Bielínski. É indescritível o ar de desencanto que tomou conta dele ao ver suas esperanças despedaçadas pela continuação da leitura.

A descrença de Bielínski aparece com todas as letras numa carta que escreveu a Ânnenkov: "Fomos totalmente equivocados diante de nosso Dostoiévski-Gênio. Eu, o primeiro crítico, desempenhei um papel de asno, elevado à segunda potência". O escritor começa a ser confundido com o homem. Bielínski o afirma: "Rousseau se parece de tal forma a Dostoiévski, o qual está convencido de que todo o gênero humano lhe tem inveja e o persegue". "O público de São Petersburgo, continua Bielínski, decidiu por quase unanimidade que este romance é intoleravelmente longo e, portanto, muito desagradável, que foi um equívoco achar que o autor é talentoso". E prossegue na mesma toada: "Há excelentes momentos em *O Duplo*, mas é todo o tempo a mesma coisa, e, ainda que seja excelente, isto pode aborrecer e fatigar. É somente o caso de excesso de dons, de".

44
O Duplo

Diário de um Escritor, 1877. Dostoiévski revê suas posições. "Eu não pude conseguir. Quinze anos mais tarde, eu o corrigi muito, mas me assegurei mais uma vez de que não estava de fato realizado; se eu pegasse de novo essa ideia seria para expô-la sob outra forma. Mas em 1846 eu não pude nem mesmo encontrar a forma de realizar essa ideia".

45
Delírio após uma crise

Há estados de inconsciência que não são outra coisa que morte do corpo. Dostoiévski já experimentara essa sensação tantas vezes que perdera a conta. É mais ou menos o que sente, quando é colocado semifebril a bordo do vapor que o conduzirá a Bombaim e depois à Europa. O dia continua chuvoso, quente e abafado. É colocado quase desacordado na cama e se deita. Em pensamento constata: *estou perto da morte, sinto que vou me extinguir. Não posso ter uma crise aqui, neste fim de mundo. Na certa os indianos vão me exorcizar, achar que carrego cattan ou kutticattan, que lhes roubo as divindades, não posso ter uma crise agora, rogo pelo que há de mais sagrado, é preferível morrer e ser jogado ao mar do que ter um ataque no meio dessa gente do navio. Não tenho dúvidas, vão me lançar ao mar. Não quero, não posso, isto não vai acontecer!* Abre os olhos à procura da grande prostituta hindu de olhos chamejantes, corpo sensual e incontáveis vaginas. Não a vê mais.

46
Vrangel chega à Sibéria

O Barão Vrangel chega a Semipalátinsk. Esse acontecimento muda radicalmente a estada de Dostoiévski na cidade. Vrangel chega à Sibéria como procurador do império. Antes de partir tem um encontro com Mikhail e Máikov. Ambos lhe dão a incumbência de levar correspondência e um pacote de livros para Dostoiévski. Vrangel só conhece Dostoiévski por suas obras, e, por acaso, ainda garoto, esteve presente na Praça Semionóvski no dia da "execução".

Vrangel manda um recado para Dostoiévski. Quer vê-lo o mais rápido possível. Aí aparece a dúvida no seu espírito. Quem é esse Barão Vrangel? O que pode querer de mim? Mas atende ao chamado. Entra na sala, apreensivo. Vrangel vê um soldado de estatura abaixo da média, os cabelos loiros cortados rentes, o nariz despontando volumoso na face, o rosto salpicado de sardas, e os olhos cinzentos, taciturnos e desconfiados. Veste um capote militar com a gola vermelha. O barão o informa que traz as encomendas do irmão. O rosto do ex-forçado se ilumina. Toda sua desconfiança se desfaz. Pede licença para ler a carta. Lágrimas inundam-lhe o rosto.

Vrangel é uma espécie de luz no fim do túnel. É um presente caído do céu. Dostoiévski começa a desfrutar de algumas regalias. Dispõe de algum dinheiro, livros, um teto amigo; vai à caça, à pesca e frequenta algumas reuniões sociais. Vrangel consegue uma licença especial para Dostoiévski e o conduz a uma visita a Zmeinogorsk. Enquanto Vrangel aprecia o belo lago Kolyvane, Dostoiévski parece completamente desinteressado. A psicologia, as qualidades, as fraquezas e as paixões humanas absorviam toda sua atenção. Dostoiévski trabalha então em *O sonho do tio* e em *A vila de Stepantchikovo*. É o momento em que um pouco de descontração parece lhe dar novo alento. Finalmente está feliz. Vrangel registra: "O destino colocou no meu caminho uma criatura excepcional, tanto por suas qualidades intelectuais quanto morais. É nosso desafortunado escritor Dostoiévski. Devo muito a ele; suas palavras, seus conselhos, suas ideias me guiarão o resto da minha vida. É um homem muito piedoso, de saúde frágil, mas de uma vontade de ferro". Dostoiévski parece possuir o dom de abrigar o paradoxo quando se trata de inspirar opiniões alheias. Muitos anos mais tarde Strákhov, numa famosa carta a Tolstói haverá de desancá-lo sem piedade: "Não posso ver em Dostoiévski um homem bom (...) ele era mau, invejoso, perverso (...)". Santificado por uns, endemoniado para outros. Ninguém permanecerá indiferente à sua presença ou ao seu pensamento. Suas obras futuras vão suscitar polêmicas duradouras. Para muitos será considerado reacionário, para outros será "o profeta da revolução". Por hora se diverte na companhia do novo amigo. Não perde seu tempo. Está permanentemente ocupado em suas anotações, quando está fora das obrigações militares. Também escreve as *Recordações da Casa dos Mortos*. Acaba *O Sonho do tio*. Dá os retoques finais na *Vila de Stepantchikovo*. Não obstante essa atividade ainda se sente obrigado a aceitar convites para serões na casa da oficialidade. Vrangel abre-lhe as portas do alto comando militar de Semipalátinsk. Nas suas cartas, o jovem barão não cansa de elogiar o amigo. No entanto Dostoiévski muitas vezes é encontrado meditativo, ruminando ideias, alheio, não permitindo, nessas horas, nem mesmo a presença de Vrangel. Tudo indica que a fornalha de onde deverá emergir o futuro eslavófilo, o cristão convicto, está em plena efervescência. Semipalátinsk é um intervalo no torvelinho da sua vida. Um descanso. Uma pausa. Seus conceitos morais, suas crenças já estarão consolidadas. Precisa passar tudo isso para o papel. E o fará, tão logo disponha do seu tempo. Para isso não hesita em permanecer longas noites de vigília, à luz de uma vela, escrevendo. Já veremos que infelizes, desgraçados, doentes, miseráveis desencadearão nele uma compaixão infinita. De humilhados e ofendidos irá povoar toda sua obra. Por enquanto procurará manter-se afastado de qualquer atividade política. O mais distante possível. Mesmo porque sua situação atual não lhe permite emitir nenhuma opinião, registrar nenhum pensamento, muito menos levá-lo a público. Às suas convicções políticas, nem mesmo Vrangel tem acesso. Dostoiévski fecha-se num bloco de gelo. Só não faz segredo da sua total desaprovação pelas ideias e métodos de Petrachévski.

47
Despedir-se da Índia

O adeus supremo à Índia deveria ter sido triunfal, comovente e foi. Os campanários dos templos de Cochin, os telhados dos casebres se afastando. Os flautistas ambulantes do cais com sua música pseudofúnebre que dá cócegas, o marulhar do casco nas ondas. Os trovões da tempestade indiana, varrendo os céus do fim do mundo, as chispas cortando o céu, a pompa sobrenatural dessa natureza exuberante e irrequieta. A chuva, a chuva torrencial desabando sobre as cabeças nuas ou com turbantes da multidão apinhada na areia, quase cem mil pessoas, entoando cânticos ancestrais. As crianças de olhos amendoados esticando as mãozinhas, mendigando, as dezenas de leprosos e suas faces mutiladas, a legião dos demônios ia ficando para trás. E ele, imerso em cismares, sequer ouvia a cantoria. Só pensava que o fim poderia estar próximo. Agora jazia em descanso, um descanso curto, é verdade. Nem ao menos se despedira de Borah como devia. Teve a ilusão de que se despedia da Índia. Ilusão...

48
Encontro inesperado

Recordações da Casa dos Mortos está quase no final. Aí aparece a filha de uma presidiária em Omsk: Vanka-Tanka. A mãe, uma cigana, fora condenada por ter assassinado o marido por ciúme e auxiliara na fuga de um prisioneiro da fortaleza. A visita surpreende os dois amigos. A bela filha de uma cigana trata Dostoiévski com intimidade. Dostoiévski não consegue esconder do amigo a felicidade que a visita lhe trás. É coisa antiga, adquirida em Omsk. Vanka-Tanka desperta muitas recordações em Dostoiévski. Muitas, mas, sobretudo o faz incluir um capítulo adicional nas *Recordações*: *A evasão.*

Agora estão sozinhos. Vrangel sutilmente desaparece. Há dois pombinhos naquele quarto. Trocam confidências, recordações.

— Eu não esperava voltar a vê-la, um dia.

— A Sibéria não é tão grande assim.

— Há um universo inteiro à minha espera, depois que eu me livrar completamente da condenação.

— Você vai embora e, aí sim, eu não o vejo nunca mais.

— Mas se você conseguiu o milagre de chegar até aqui, por que isto não poderá se repetir? Ainda tenho quatro anos pela frente.

— Preciso permanecer em Omsk. Minha mãe precisa de mim.

— Bem sei o que vale o afeto de alguém naquele inferno. Você não pode mesmo abandonar sua mãe.

— Agora basta. Eu queria vê-lo. Por isso estou aqui. Talvez pela última vez.

— Torço para que não seja a última.

— Alguma mulher já lhe disse o quanto pode haver de sedutor debaixo dessa barba e dessas roupas pesadas?

Os cabelos de Vanka-Tanka estão soltos, os seios nus, mal disfarçados pela longa cabeleira negra. Os cintilantes olhos siberianos envolvem um Dostoiévski hipnotizado.

— A Sibéria quase me tirou os traços de humanidade.

— Já lhe disse: basta! Faça amor comigo.

Livram-se das roupas, apressados.

As mãos de Dostoiévski transformaram-se em carícias. Quer dar sem nada receber em troca, oferecer à sua preciosa visitante todo o fogo acumulado no seu ser durante os últimos anos. Ela se abandona completamente. Dostoiévski descobre com segurança cada ponto secreto do seu prazer e, apesar do seu fogo, prolonga indefinidamente os momentos de ternura.

49
A família Issáiev

Dostoiévski conhece a família Issáiev. É difícil saber o que liga Dostoiévski ao jovem professor primário. Issáiev havia se casado com Maria Dmítrievna em Astrakan. Bebia além da conta e sua tuberculose já se encontrava em fase avançada. Apesar da bebedeira, Issáiev é uma criatura doce e generosa. Fala sobre tudo, loquacidade impressionante. Dostoiévski vê nele um bom modelo para um futuro personagem de romance. Sem dúvida irá se lembrar dele mais tarde ao descrever Marmeladov em *Crime e Castigo*. Issáiev apresenta sua jovem esposa a Dostoiévski, da mesma forma que Marmeladov apresentará sua esposa para Raskólnikov. Maria Dmítrievna é uma bela siberiana; traços rígidos, cabelos negros corridos, lábios sensuais. Simpatiza com Dostoiévski à primeira vista: talvez não tanto quanto ele supõe. Está deslumbrado. Pode conversar com ela sobre arte e literatura. Ela o ouve com atenção. Vrangel lhe aconselha cautela. Maria Dmítrievna recebe Dostoiévski com alegria. Emociona-se com a atenção que ele dedica-lhe. Não está apaixonada, mas escuta-o com atenção, falar de literatura e de São Petersburgo. Em pouco tempo Dostoiévski está apaixonado. Vanka-Tanka despertara-lhe uma vez mais para o mundo dos homens e parte. Agora ele é um homem outra vez. Relembra-se então da Panáieva, ela também casada, por quem nutrira avassaladora paixão, desde o primeiro momento em que a vira, desde o instante em que se sentira alvo das suas atenções. Dá-se o mesmo com Dmítrievna. Mal a vê pela primeira vez, mal lhe toca as mãos para cumprimentá-la, esse solitário sensual já está perdidamente apaixonado. Desta vez o desfecho não parece tão rápido como o fora com a Panáieva, nem tão simples. Imediatamente ao reconhecer-se apaixonado também sente-se culpado e vitimado pelo destino. Maria Dmítrievna é casada. Estará condenado ao amor platônico? À adoração perpétua dessas mulheres inatingíveis? Logo o veremos. As coisas não se passarão exatamente assim. Ele não desiste. Frequenta assiduamente a casa de Issáiev. Dá lições ao pequeno Pacha. Obviamente isso não passa de pretexto. Quer manter-se mais tempo junto de Maria Dmítrievna. Quando tudo parece indicar uma trilha segura, ele leva um bofetão. Os Issáiev vão se mudar. Seu mundo vem abaixo. Dostoiévski fica desesperado. Lamenta: "E ela aceitou, sem nenhum protesto, e é isso que é revoltante". Dostoiévski protesta com ênfase, sem direito algum. As relações entre eles já iam além da simples amizade. E pensa que isso já lhe confere direitos adquiridos. Alguns anos mais tarde, Dostoiévski confessa numa carta: "Eu nunca contei a você: enquanto você ainda estava aqui eu a levei ao desespero *par ma jalousie incomparable*". Em outro momento, confessará ainda a Vrangel: "Meu amigo! Nunca fui inteiramente sincero com você nesse assunto". Com a partida iminente do casal para Kuzniétski, Dostoiévski entra em pânico. Mais uma vez está mortalmente ferido. Mais uma vez está destinado ao sofrimento. Vrangel decide ajudar o casal, que mal tinha dinheiro para alugar uma carroça. Nas vésperas, combinam de acompanhá-los até certa altura do caminho. Antes da partida, Vrangel convida-os para uma despedida com champanhe. Está montada a estratégia para Dostoiévski. Issáiev, em três tempos, está completamente embriagado. Vrangel transporta-o para o seu coche e Dostoiévski vai com Maria Dmítrievna no outro. A intimidade parece crescer de maneira acelerada. Dostoiévski está ansioso para pegar aquelas mãos por tanto tempo desejadas. Se fosse um pouco mais audacioso teria se atirado ao chão e lhe beijado os pés. A presença do pequeno Pavel, de oito anos de idade, o impede, porém, de maiores arroubos. Ao se despedirem, atracam-se num abraço apaixonado. No coche de Vrangel, Issáiev dorme o sono de Baco. Após a despedida, Dostoiévski permanece em pé, no meio da estrada, contemplando o afastamento dos Issáiev. Os dois amigos regressam a Semipalátinsk ao amanhecer. Nem bem chegaram, Dostoiévski está inconsolável, andando de um lado para outro no quarto, fumando continuamente seu cachimbo. Não come, não dorme, torna-se nervoso, irritadiço. Não vê o momento de rever Dmítrievna.

50
Aventura siberiana

Só se falam por correspondência. Maria Dmítrievna queixa-se: solidão, porres constantes do marido, miséria, enfim. Só se diverte na conversa com Vergunóv, jovem mestre-escola que lhe foi apresentado pelo marido. Dostoiévski lê a notícia. É uma alfinetada. Quem seria o tal Vergunóv? O que pretende? Vai querer saber pessoalmente. É só armar um encontro, pensa.

A encenação: Vrangel espalha que Dostoiévski sofreu um forte ataque de epilepsia e precisa descansar alguns dias. É o início da farsa. Visa justificar a ausência de Dostoiévski de Semipalátinsk para um encontro furtivo com Maria Dmítrievna em Zmiev. Ao anoitecer partem. "Não rodávamos, voávamos como o furacão", escreve Vrangel, mas o meu pobre Fiódor Mikhailovitch não se apercebera disso. "Dizia que caminhávamos a passo de tartaruga, e apressava constantemente o cocheiro". A viagem é uma decepção. Dmítrievna não comparece ao encontro. Teme abandonar o marido gravemente doente. Na viagem de volta, temor: silêncio amuado de Dostoiévski e lamúrias. No entanto, não desiste. Em pouco tempo volta a Zmiev, de licença, "passando alguns dias na casa de um amigo engenheiro". Dostoiévski escreve a Maria Dmítrievna para que venha vê-lo em Zmiev. De novo a expectativa. Mais uma vez a ansiedade desesperada. A licença acaba. Ela não aparece. Um Dostoiévski desiludido volta à estrada, ao longo trajeto, sacolejando num coche.

51
Desconstruir o rival

No dia 14 de agosto de 1855 Dostoiévski recebe a notícia da morte de Issáiev. Uma pesada culpa parece vergar-lhe os ombros. No fundo, gosta de Issáiev, e teria feito tudo para ajudá-lo, no entanto ama sua mulher. A dúvida volta a se manifestar. Afinal, o único obstáculo fora afastado. Agora poderá casar-se com Maria Dmítrievna, poderá amá-la como sonha. Mas sente-se culpado pela morte do marido. Lembra-se da viagem quando o casal partira para Kusnétski e de quando, com a ajuda de Vrangel, embriagara o pobre Issáiev; lembra-se de tê-lo amaldiçoado, inúmeras vezes, pela sua presença constante e inconveniente, atrapalhando suas longas conversas com a mulher, noite adentro. E a culpa lhe pesa como um capote de chumbo. Sofre. Quase como o anônimo narrador de *Notas do Subterrâneo*: "O principal é que, pense-se o que se quiser, eu sempre aparecerei como o maior culpado, e o que é mais, culpado sem culpa, ou, ao contrário, segundo as leis da natureza". Dostoiévski deixa sempre a impressão de estar dividido, ora se sente como aqueles que agindo produzem o movimento desastrado que vai resultar numa catástrofe. Ora com os que, nada fazendo, por nada, portanto podendo ser incriminados, sentem-se responsáveis por desgraças. Especialmente se elas ocorrem interpondo-se entre ele e o seu eterno desejo de alcançar algum tipo de felicidade. Tímido, retraído e temeroso, diante do obstáculo do casamento de Maria Dmítrievna com Issáiev, custa muito a se declarar. Tão logo este foi enterrado se desdobra em atenções com a viúva. Escreve a Vrangel solicitando empréstimo para socorrê-la: "Fica estabelecido que se trata de um empréstimo. É absolutamente claro que lhe devolverei o dinheiro, porém não sem alguma demora...". Implora ao amigo que anexe algumas palavras de incentivo e consolo à viúva: "É preciso ser muito cauteloso no trato com uma pessoa que nos deve qualquer coisa: a dívida torna-a suscetível". À distância mesmo, Dostoiévski alimenta fortes esperanças. Escreve ao irmão: "Escuta-me com atenção, meu amigo. Há muito que amo esta mulher e sei que ela pode vir a amar-me. No entanto, Dostoiévski está longe de supor que a presença constante do rival já criara situações embaraçosas para seus planos. Dmítrievna, antevendo o turbilhão em que seu amigo estava em vias de mergulhar, escreve uma ardilosa carta: "Que fazer se aparecer um homem de certa idade, dotado de boas qualidades, dispondo de um emprego seguro, e que me peça em casamento? Que devo responder-lhe?" Dostoiévski está desorientado. Ama-a, disso não há a menor dúvida. Porém não se sente com forças para defender esse amor contrapondo-lhe fatos com que a frágil e doente viúva esperava poder contar para sair do seu inferno. Mas o teimoso Dostoiévski não costuma desanimar facilmente. Envia-lhe correspondência quase diária reafirmando seu amor e seus projetos. Dmítrievna oscila. Está cansada de sofrimentos. E que lhe pode dar esse ex-forçado, soldado raso, cujo soldo mal lhe permite morar numa água-furtada? Na verdade, as condições de Vergunóv não são lá grande coisa. Um pobre instrutor de ensino. Só difere do marido morto porque não bebe e é dono de uma vaidade que beira a ingenuidade. Dostoiévski reveste-se de coragem e vai procurá-lo. O embate é desigual. O jovem mestre-escola não está à altura de um Dostoiévski ferido nos seus próprios brios, que vê sua felicidade escapar-lhe pelo meio dos dedos para esse janota siberiano. Para surpresa de Dostoiévski, Vergunóv desaba num choro copioso diante dos argumentos impiedosos do rival. Dostoiévski dirá dele: "Chorar, é tudo o que ele sabe fazer".

52
Vestígios de um grande poeta

Dostoiévski viaja durante várias horas. De Kerala a Bombaim, parece uma eternidade. Mas aí a sorte interveio. Ele saiu duas vezes para o convés, só para vomitar. Não aguenta mais. O capitão, criatura generosa, tenta medicá-lo com a farmacopeia disponível. O homem vai se tornando pálido, magro e cada vez mais irascível. Até que o navio faz uma parada em Goa, 400 km de Bombaim. Aqui, em Goa, ele faz a viagem tomar um desvio imprevisto. Aí é que entra a sorte. Ele vinha lendo um livro que adquirira em Calcutá: *Goa, and the blue mountains; or, six months of sick leave* [Goa e as montanhas azuis, ou seis meses de licença para tratamento de saúde] de Richard Francis Burton. Burton veio a Goa nos rastros de Camões por volta de 1845, estava traduzindo *Os Lusíadas*. Dostoiévski aproveita e vai ao rastro de ambos. Não consegue muita coisa. Tem pouco tempo, quer conferir as citações do diário de Burton sobre a vida de Camões em Goa, lamenta-se não poder ler português. No fundo queria ler o *Por mares nunca dantes navegados*, mas não é possível. Tem apenas o tempo suficiente para ir a um templo famoso de Panjim, segundo Burton, uma cidade de "vira-latas barulhentos e barqueiros intrometidos". Há um chão de pedras irregulares. Uma argola de ferro grudada num canto do muro serve de amarra para a corda em volta do pescoço do animal que vai ser imolado. No caso presente, um filhote de cabra. Um homem magro e baixo, com os cabelos ensebados, colados no crânio e um sorriso vermelho produzido pelo mastigar de ervas aproxima-se do cabrito. Béééé! Não deixa de ser uma saudação de vítima. Não tem a menor ideia de que vai se perder para sempre num ritual hindu. Dostoiévski observa, consternado, béééé! O hindu é um ser humano como outro qualquer, exceto pelo fato de que é um especialista nesse ritual. Não pensem mal dele, ele apenas cumpre a sua tarefa, com muita dignidade. Ninguém tem mais desenvolvido o senso de responsabilidade do que ele. Veste uma túnica branca de algodão de mangas compridas. Está descalço como todos no interior do templo. Dostoiévski também teve de deixar lá fora os sapatos. Detesta meter os pés (brancos, brancos, como se tivessem sido pintados para essa ocasião — nunca tomaram sol) nessa poça barrenta em que se transformou o caminho, depois de pisoteado por um sem número de fiéis. Vai até lá. Não vai desistir agora. Mergulha o pé no barro e caminha até os fundos do templo. Sente o barro frio entrar no meio dos seus dedos e isso o incomoda. Chega a trincar os dentes, mas não pode fazer nada, por isso anda, cada vez mais depressa. No meio do caminho, tem de optar. Ou entra naquela fila (isso mesmo: fila indiana) em que dezenas de pessoas se comprimem num corredor, apertadas como gado (todos aguardam o momento de entrar no santuário). Entram apenas três de cada vez, os outros esperam na fila, agora é o conjunto do gado, nada mais, ou sai por aí. Já decidiu que não vai engrossar a fila. Portanto, ronda pelo pátio do templo, até encontrar o pequeno cercado onde vai acontecer o sacrifício. Ele para. Quer assistir. É aí que vê o especialista de cabelos ensebados, pronto para dar início ao ritual. Há umas quatro ou cinco pessoas paradas, aguardando o espetáculo. Os outros estão na fila. Vai começar.

Ele expõe três cutelos enrolados num pano branco grosseiro. Um deles, mais pontiagudo, tem a lâmina muito afiada. Ele separa cuidadosamente cada um e os coloca a uma distância de palmo um do outro. Deixa-os sobre uma pequena elevação da laje apoiados no chão. Pega num canto uma cuia de madeira. Amarra as patas traseiras do animal com uma fita de imbira ou fibra de bambu. Aproxima-se já com o cutelo na mão. Segura a cabeça do cabrito com o dedo indicador enfiado sob a mandíbula do animal. Está bem preso. Quer trotear, mas as patas estão presas. Apoia-se nas patinhas amarradas, emite um longo e rouco berro, depois se levanta, ficando com as patas dianteiras suspensas no ar. O mestre, zás! Uma única cutilada, mal dá para ver, um especialista, esguicho, vasilha, sangue viscoso, escuro, a coisa está lá, acabada, nos últimos estertores. Vasilha cheia, ele para de estrebuchar. Está caído numa poça. O mestre trincha, cutuca qualquer coisa ainda na garganta aberta e flácida. Parece que abre artérias. Sai mais um pouco de sangue, um exagero, o animal não mais existe. Ele limpa a lâmina no pano. Dostoiévski está ali, meio paralisado com a violência. Uma fileira de gotas de suor faz carreira na sua testa. O pior: a matança vai continuar, outros cabritos aguardam a vez numa gaiola de madeira. Tem forças para ver mais uma? Uma espécie de masoquismo o obriga a ficar e vencer a relutância. O carniceiro está lá, mas não pensem que está se refestelando de satisfação. É seu trabalho. Só isso. Outro cabrito, nigérrimo, o inocente. Ele vem se aproximando, a cutilada ágil, a garganta exposta, a cabeça tomba. Desta vez a artéria apontou para o peito do mestre, o esguicho tinge de vermelho a sua túnica imaculada, ele tem um sobressalto, alguma coisa não deu certo. As patas parecem sobreviver à cutilada, pois se movimentam sozinhas como se fossem independentes, com vida própria. Ele está enraivecido? O que há com esse bicho que não morre? Agora coberto de sangue dos pés à cabeça. O animal esperneia, emite um guincho, ele retoma o serviço inacabado, faz um movimento de torção com a mão e o cutelo dentro da garganta, surge um som aquático, decrescente até desaparecer. Na confusão a cuia derramou o sangue na laje, o homem, coitado, luta no meio daquela carnificina para cumprir seu ofício. Nosso espectador se saciou. Agora vai embora, definitivamente. Mas tem ainda um dia inteiro pela frente. O vapor sai somente na manhã do dia seguinte. Toma um barco e sobe a foz do rio Mandovi até Velha Goa. Roía-se de curiosidade para ver a outrora cidade mais cobiçada do Oriente, fundada pelos muçulmanos antes mesmo da chegada dos portugueses em 1510. Quer ver a Catedral erguida em homenagem a um santo católico — embora não morra de amores pelos católicos — mas quer conhecer o túmulo de Francisco de Assis e sua catedral com seus candelabros azuis sobre o altar. E ali, na cidade que Camões, amou e detestou, perambula Dostoiévski como um desocupado, passeia pelas mesmas ruas que o poeta lusitano havia pisado, contemplando as fachadas das mesmas igrejas, os muros arruinados da prisão onde de tempos em tempos ele era abrigado. Mas Dostoiévski, estimulado por sentimentos intenções, confusos e difíceis de serem interpretados, acaba invadido por essa sensação que tanto afligiu Camões na Índia, fazendo-o peregrinar de Goa a Lisboa, de Lisboa a Goa até naufragar na foz do rio Mekong, com o manuscrito de *Os Lusíadas* milagrosamente salvo debaixo do braço — o sentimento, tão conhecido dos povos de língua portuguesa, e que Dostoiévski, por aproximação, conclui por *toská*, uma palavra russa que significa saudade. É assim, com saudade de Polina Súslova, da Rússia, que ele cumpre o fastidioso dia a dia da viagem de volta, até desembarcar na Europa.

53
Frutos da insistência

Por seu destemor, parece que venceu a disputa. Maria Dmítrievna deixa-se seduzir por esta defesa veemente. Comove-se com a argumentação de Dostoiévski. Vergunóv, por outro lado, sente-se ameaçado por tudo que Dostoiévski lhe disse.

— Você pensa que é facil manter uma mulher e um filho com o salário de um professor de província? A casa, a escola, os móveis, a saúde!

Tira uma caderneta e faz inúmeros cálculos, despesas. Vergunóv está desesperado.

— Você conseguiria manter tudo isso? Por quanto tempo?

Nada indica entusiasmo de Vergunóv com esse casamento.

Dostoiévski deixa Kuzniétski convencido de ter vencido a batalha. Dmítrievna não lhe deixa perder a esperança. "Ainda não está nada decidido".

Dostoiévski parte, com otimismo exultante. Porém, após o seu afastamento, os dois parceiros se reconciliam. Em dois dias Dostoiévski recebe o não definitivo de Maria Dmítrievna e uma carta indignada e repleta de impropérios, escrita por Vergunóv. É o fim. Todos os esforços mostraram-se inúteis. Nada mais a fazer. Novamente é lançado numa espécie de calabouço mental. De novo o sofrimento, a culpa, o desespero.

54
Anjo protetor

Mergulha de vez no sacrifício absoluto. Está destinado ao sofrimento. Não há como escapar. *Pois bem. Que assim seja* pensa num misto de tristeza e desalento. Mas não será em nenhuma hipótese apenas um sofrimento comum. Haverá de se imolar neste altar. Impossibilitado de ser o marido daquela a quem ama com todas as suas forças, vai passar o resto da vida velando pela sua felicidade. Começará por se desdobrar em atenções, em correspondências aos seus amigos de Omsk e São Petersburgo para que arranjem uma pensão para a jovem viúva. Empreende uma verdadeira batalha para conseguir um lugar de cadete para o filho de Maria Dmítrievna. Ao barão Vrangel dirige a mais dramática de suas súplicas, aquela que deu margem a tantas insinuações entre os biógrafos, impondo-lhes uma bisbilhotice tenaz sobre a obra e a vida do escritor. É o surpreendente momento em que Dostoiévski implora "de joelhos" a Vrangel que arranje um lugar melhor, com salários dignos e mais elevados, para o futuro marido de Maria Dmítrievna. Mais tarde irá transformar toda essa fase da sua vida em ficção. Maria Dmítrievna será a Natácha e Dostoiévski, Ivan, ambas as personagens de Em *Humilhados e Ofendidos*, no qual Dostoiéviski deixa entrever evidentes traços autobiográficos. Ao falar do sucesso do seu primeiro livro publicado, o personagem Ivan-Petróvitch afirma: "Se alguma vez me senti feliz, não o foi, absolutamente, durante os primeiros momentos da embriaguez do êxito, mas quando eu ainda não lera nem mostrara o livro a ninguém, durante as longas noites passadas em meio a sonhos e esperanças entusiásticas; quando, trabalhando apaixonadamente, eu vivia com as personagens que criara como se fossem parentes — como se fossem sêres realmente vivos; amava-os, partilhava com eles as alegrias e as tristezas, e algumas vezes me aconteceu soltar lágrimas ante a precária fortuna de alguns dos meus heróis". E sua conturbada relação inicial com Maria Dmítrievna e o aparecimento de outro pretendente, Vergunóv, parece delineado aqui: "Eu próprio arranjarei tudo. Até mesmo, encontros entre ti e ele. Nada obrigará a deixar tua casa. Eu entregarei as tuas cartas... Que não farei eu? Hei de arranjar tudo, e ficarás satisfeita — verás"!

Em *O Idiota*, o príncipe Míchkin, embora amando Nastássia Filíppova, deixa-a ir-se com Rogojin, o rival, e não parece ter tido um sofrimento sem paralelo por isso.

55
Promoção em outubro de 1856

É a garantia de privilégios. Vencimentos mais razoáveis e, o melhor: aumenta a esperança de anistia; de regresso à Rússia. Para início de conversa, vai pedir (de novo) Maria Dmítrievna em casamento.

Em um mês está de volta a Kuzniétski. Maria Dmítrievna deixa-se mais uma vez contaminar pelos arroubos e insistência do agora jovem oficial. A única pendência é o dinheiro para efetuar o casamento. Parece bem pouco para Dostoiévski, que aparentemente conseguirá o impensado: Dmítrievna desiste de Vergunóv e o aceita em casamento, desde que arranjasse 600 rublos, para as despesas e o início de vida a dois. Sua vontade para realizar seu desejo não deve encontrar obstáculos intransponíveis. Mais uma vez escreve a Vrangel: "Se uma *circunstância* não me impedir, estarei casado antes do Carnaval. Ah! Se você soubesse que mulher ela é!... Não tenho um tostão. Preciso de 600 rublos".

A *circunstância* é um número redondo: 600 rublos; o suficiente para recomeçar a vida na Sibéria.

56
Ataque de epilepsia

Dostoiévski revolve meio mundo em busca da quantia que lhe permitiria se casar. Escreve uma carta pedindo a interferência da irmã Varvara, para interceder junto ao tio pela liberação do dinheiro.

Em janeiro de 1857, recebe a quantia que pedira emprestado. Tudo parece estar no bom caminho.

No mês seguinte acontece o casamento. Vergunóv — não se surpreendam — é um dos padrinhos. Daí em diante ele deve desaparecer, o ex-rival.

Mal acabou a cerimônia, o casal segue rumo a Semipalátinsk.

No caminho Dostoiévski sofre um ataque de epilepsia. Maria Dmítrievna assiste à cena aterrorizada, impotente. O ataque é violento. Dostoiévski é jogado ao solo. Cai estatelado como se estivesse morto. Debate-se numa convulsão interminável: morde a língua e elimina uma saliva grossa, barulhenta. Numa carta ao irmão Mikhail, Dostoiévski desabafa: "Na estrada tive um ataque de epilepsia, que apavorou de morte minha mulher, e me encheu de tristeza e abatimento".

Não há nada pior do que começar assim uma lua de mel. Maria Dmítrievna consome-se em pensamentos desencontrados. Issáiev era um pobre coitado, tuberculoso, bêbado. Não conseguia permanecer por mais de seis meses num emprego. Seu salário, mal dava para as despesas mínimas da casa. Padecera o diabo nas mãos de Issáiev. Agora, quando pensava que poderia ter um pouco de paz, vê-se atrelada a um doente talvez ainda mais grave que o primeiro. Com razão, está desanimada. E assim chega a Semipalátinsk.

Nada de bom acontece em Semipalátinsk. Há a casa e a

inexperiência da dona. Revista nas tropas, uma canseira. Dostoiévski irritadiço. Dmítrievna deprimida. Já não há tanto entusiasmo como no início. A realidade é outra coisa. Escreve: "Ela é uma boa e frágil criatura; agitada, excitável, extremamente impressionável. Eu a amo muito, e ela me ama e, pelo menos por enquanto, as coisas têm caminhado bem". A tempestade que se anuncia perde a força. Dmítrievna consegue organizar o apartamento. Recebem visitas. Agora temos um salão literário na casa dos Dostoiévski, em plena Sibéria. É quase um milagre. Quem é letrado não deixa de comparecer. É o único lugar da Sibéria onde se fala de literatura. Um avanço. Dostoiévski volta a ser feliz. Agora tem tempo e cabeça. Vai voltar a escrever. Um ano depois de casado, solicita sua saída do exército. O motivo: invalidez por doença; a maldita epilepsia. Sua vida tem altos e baixos: "Nós estamos levando a vida assim-assim". Para a irmã Varvara escreve: "Não se vê muitas pessoas, escassez de dinheiro (é pensar no dinheiro, e ele já desapareceu), e conto no futuro, reunir-me a todos, se Deus e o Monarca assim o permitirem". O pessimismo volta lentamente a corroer-lhe as entranhas. "Você sabe, tenho uma espécie de pressentimento, penso que morrerei muito breve. Isso me ocorre com frequência. Parece-me que tenho vivido completamente tudo o que se tem de viver no mundo, e não há nada mais ao qual devo aspirar". Ainda estamos na Sibéria, mas já se sabe que sua mulher não é aceita pelo círculo familiar, não obstante se encontrar a milhares de quilômetros de São Petersburgo. "Minha mulher cumprimenta você", escreve ao irmão Mikhail, nove meses depois do seu casamento. "Ela escreveu a Varinka e Verochka, mas nenhuma respondeu. Isto é muito amargo para ela. Ela disse que isto significa que vocês não gostam dela, e que não a desejam na família. Eu afirmo o oposto, mas em vão... Ela está muito infeliz". Um ano depois do casamento escreve a Vrangel: "Minha vida é pesada e amarga". E misteriosamente acrescenta: "Não escreverei a você nem sequer uma palavra sobre isso".

57
Adeus definitivo à Índia

No fim da tarde de um dos primeiros dias do mês de agosto de 1863, algum tempo depois da fuga de Bakunin da Sibéria, quando a Índia já havia passado da Companhia das Índias Orientais para a soberania da coroa britânica, e Pio IX, no ano seguinte, divulga *Syllabum errorum*, contra o panteísmo, naturalismo, racionalismo, liberalismo e o comunismo, quando Turguêniev já havia publicado *Pais e Filhos*, Vítor Hugo, *Os Miseráveis* (Dostoiévski vai lê-lo em duas oportunidades, uma delas numa curta estada numa prisão de São Petersburgo, condenado pela censura czarista), quando Flaubert já comemorava o primeiro aniversário de *Salambô*, quando *Crime e Castigo* é apenas um obscuro projeto na mente conturbada do viajante, neste fim de tarde Fiódor Mikhailovitch Dostoiévski está parado defronte do portão do Jardim Luxembourg, em Paris, encostado na grade de ferro, estudando a cara e os argumentos com os quais deveria se apresentar à amante no seu quarto de hotel.

Para Polina Súslova, seu benfeitor atual não é mais o notável escritor russo, aventureiro dos cassinos alemães e intrépido andarilho das planícies indianas. Há um tropeço, um estorvo se interpondo nessa improvável história de amor, uma barreira que atende pelo nome de Salvador. Enquanto não chega a hora de ouvir um sonoro *não* da amante, ele enrola fumo num pedaço de papel, devagar, como se se preparasse para o momento da punhalada que vai atingi-lo entre a terceira e a quarta costela do lado esquerdo do peito. Não sabe que vai ser desobrigado de um compromisso solenemente selado na Rússia. Agora, longe da Índia, dos seus gurus e miasmas, dos *cattai* e *kutticattai*, e com menos dinheiro no bolso do que no dia amaldiçoado em que nasceu, prepara-se para o que der e vier. *Porque há homem cujo trabalho é feito com sabedoria, e ciência, e destreza; contudo, a um homem que não trabalhou nele, o deixará como porção sua; também, isto é, vaidade e grande enfado. Porque todos os seus dias são dores; e a sua ocupação é desgosto; até de noite não descansa o seu coração; também isto é vaidade.* O que virá, já o sabemos. A deslumbrante Polina Súslova o traiu com Salvador. Mas, afinal, uma mulher, soberba na sua altivez e beleza, merece quem a cultiva e está presente. Mesmo que ele seja um farsante, uma aventura, um mandraqueiro. Uma mulher inteligente e enérgica rejeita um amor platônico, encravado em Baden-Baden, nos cassinos, desaparecido nos confins da Índia meridional, em Cuchin, Kerala ou Goa. Uma mulher russa, brilhante, bela como uma imaginária estátua eslava, independente como não há um único exemplar no território da santa mãezinha russa, essa mulher vai ter o que quer. E o quer. E consegue. Traição perpassa o sombrio pensamento de Dostoiévski. Ele traiu Dmítrievna que o havia traído com Vergunóv que nunca traiu ninguém porque era apenas um garoto apaixonado e oportunista (queria um cargo de professor em Semipalátinsk). Súslova traiu Dostoiévski que tentou traí-la com Tazmina e foi barrado por um escrúpulo que ele mesmo não sabe como o atingiu ali perdido nas profundezas das terras asiáticas. E Polina confessa a traição assim, de chofre. *Tarde demais, você chegou tarde demais. Há alguém por quem me apaixonei. Você não recebeu minha carta?* Tanto pior. Ser rejeitado pela mulher amada, carregar pedras sem motivo, viajar de Bombaim a Nápoles num velho cargueiro, dormir sobre sacos de aniagem, cochilar ao lado de um cesto de najas? Por que não a esbofeteou? Não entende porque não é capaz disso. Prefere embriagar-se. Vai passar o dia seguinte a ruminar a sua cólera e a sua humilhação. Por ora apenas lamenta não ter esbofeteado a Súslova. Jura para si mesmo, como se esmurrasse uma parede, como se tentasse arrancar os cabelos, jura nunca mais voltar a vê-la; não faltarão outras tão bonitas quanto ela ou mais, e, como é necessário dinheiro para possuir essas mulheres, jogará nos cassinos, fará um plano infalível para ganhar sempre, ficará rico e esfregará tudo na cara dela. No fundo, sabe que não vai sobrar-lhe nenhuma alternativa. Vai transformar-se no amigo das horas incertas. É claro como o dia que *esse espanhol não vale um copeque, um espirro.* Por isso entra meio atarantado no café da esquina e pede um copo de Bordeaux, desce o boulevar Saint Michel, vira na esquina da Rua da Escola de Medicina, em direção ao Odéon. E continua sua caminhada sem rumo. Passa pelo Odéon cruza o bulevar, entra numa transversal e caminha em direção ao Sena, sem ter a menor ideia de onde vai, anda depressa como se quisesse fugir do próprio pensamento. De madrugada chega em casa, no hotel, e se deita quase de imediato. Esta noite Dostoiévski desperta e não adormece até a manhã. O apartamento está gelado. Há uma coisa que aperta o seu peito, outra coisa lhe dá comichão e dormência nos pés. Enrola os pés no cobertor e a cabeça fica de fora. Apalpa a orelha e está gelada. *É verdade que orelha congela e cai? Não posso ter certeza. Só sei que tenho insônia.* Aí ele permanece desgostoso e triste, sem saber que atitude tomar com os últimos acontecimentos. Fica ali, atormentado, pensando.

58
Discurso sobre Pushkin
Moscou e São Petersburgo.

Cheguei a Moscou. A oportunidade surgiu no inverno. Só um russo pode saber o que é o inverno ou inferno russo? Trinta graus abaixo de zero! Entro no primeiro táxi do aeroporto e pergunto por Dostoiévski, como se o escritor ainda vivesse e morasse logo ali, na esquina. O motorista não entende o que quero com *Dastaiévski* — assim, um *a* bem aberto, feminino, que é como se pronuncia em russo. Ele confirma *Dastaiévski*! e fica nisso. Difícil se comunicar nessa língua, penso. Chegamos à Praça Vermelha pela Tverskaia, a antiga Rua Gorki. De relance vejo passar o prédio da antiga KGB. Não dei a menor importância aos entraves burocráticos que começaram no aeroporto, para desembarcar, para contratar o serviço de um táxi; no hotel, para carregar a imensa bagagem; para descobrir onde fica o museu. Nada disso me deixa mal-humorado. Instalado, tomo um copo de vódka. Depois dessa cansativa viagem, só me resta dormir. Contento-me em contemplar pela janela as torres coloridas da Catedral de São Basílio, na Praça Vermelha. Dando vazão a uma inquietude que me invadiu subitamente saio à rua. Caminho em direção à Catedral e dou uma olhadela no mausoléu de Lênin, com neve até o joelho. Contemplo tudo isto com um contentamento inexplicável. Mas não o suficiente para alienar-me do frio. Dou meia volta, num segundo, retorno para o hotel. Ao chegar, me pedem de novo o passaporte, uma chateação, mas não me importo. Um vai e vem de lindas mulheres aparentemente disponíveis, faz os corredores ficarem movimentados a noite inteira. De manhã pego um táxi para ir ao museu. Todo mundo em Moscou sabe onde fica o museu Tolstói, o museu Púchkin, a Rua Arbat, o Bolshoi, a Galeria Tretiakóv e outras evidências. Mas ninguém ouviu falar onde fica o museu *Dastaiévski*, não adianta perguntar. Abro o mapa e vejo a marquinha. Um obelisco preto num círculo fora do perímetro urbano, bem ao norte de Moscou. *É exatamente onde pretendo ir*, e já estou mais uma vez apontando o mapa para o motorista. Quanto custa uma corrida dessas? Faço os cálculos e raciocino: com tanto dinheiro, vou e volto a São Petersburgo. O motorista quer negacear, negociar, perde o cliente. Esse já se foi. Há um metrô ali do lado e se chama Kitái Gorod. Um pulo, com duas correspondências, oportunas para se observar a beleza arquitetônica do metrô, uma obra de arte que se deve aos comunistas. Desço em Novoslobódskaia. Na frente da estação, como um saboroso sanduíche de arenque, dos gelados mares da Rússia e uma cerveja Bháutica com 15% de álcool, e caminho rumo ao Hospital Marínski, ali onde trabalhou o famigerado Dr. Mikhail Dostoiévski, de quem ninguém quer se lembrar, a não ser nas referências biográficas obrigatórias. Não demoro a descobrir, ao soletrar letra por letra, ao transliterar uma a uma, a tartamudear, até juntar todas as letras e concluir: *Úlitza* (rua) Dostoiévski. É o nome da rua numa plaquinha quase totalmente apagada, pregada num canto de parede. Não quero perguntar se a rua vai desembocar no museu. Quero sentir o prazer da descoberta e caminho, com a alegria de um pequeno marginal que acaba de cometer um delito, dando chute em um monte de neve, a mastigar sanduíche de arenque, a beber a Bháltica pelo gargalo, até avistar o prédio, velho conhecido de fotografias de livros, amarelento, com as colunas gregas no centro e, no canto esquerdo, a casa onde está o museu. Dostoiévski nasceu e morou ali até os dezesseis anos. Isto é o fim da longa busca, da história, da biografia, do romance? Não se pode saber, por enquanto. Então saboreio este capítulo, quer dizer, esta cena. Chegar ali não foi fácil nem simples. Aqui é a Rússia, e este é o Hospital Marínski, num subúrbio de Moscou. Olho lá para dentro e o que vejo? O moleque Dostoiévski a correr no pátio, em volta da própria estátua, um monumento generoso, belo, longilíneo, parece um obelisco, um monge e sua longa túnica, nas mãos um livro encostado no peito. É a homenagem que os russos lhe prestaram. Agora sim, o menino sobe as escadarias, entra no saguão do hospital, quer bisbilhotar as enfermarias e é escorraçado por um enfermeiro que recebe ordens expressas do Dr. Mikhail para não deixar o fedelho imiscuir-se por entre os leitos dos pacientes. E esse moleque meio taciturno, volta de novo ao pátio, puxando um pequeno trenó e fazendo um barulho com a boca vrumvrumvrum. Não há testemunhos para ver lágrimas nos olhos do viajante. É desabrida emoção ou é a Bháltica e seus 15 graus de álcool russo subindo-me à cabeça? Não importa. Posiciono-me à porta de entrada no pátio do hospital. Falta alguém para fotografar-me, tal qual uma criança, parecida com o moleque e seu trenó de brinquedo, querendo invadir as enfermarias, outra foto, agora uma selfie ao lado do monumento, neve até os joelhos, mais uma, à entrada do museu, outra com a velha zeladora, outra com o livro musical onde o travesso Dostoiévski e seu irmão Mikhail aprenderam a ler, ao lado do baú de roupas, no quarto junto da cama, na estante de livros do sisudo Dr. Mikhail, segurando a caneta com a qual Dostoiévski escreveu *Os Irmãos Karamázov*, outra, segurando os manuscritos do Dr. Dostoiévski, com o cavalinho de pau, o pianinho, dezenas de fotos, uma cena de narcisismo explícito, penso envergonhado.

59
Para se livrar da Sibéria

Seu intento é escrever. Mas como publicar? Como se livrar da censura? Como provar aos estúpidos censores que seus escritos nada têm de subversivos? Como fazê-los entender que hoje é outro homem? Faz uma lista com etapas para conseguir seu intento. 1) continuar escrevendo as recordações da Casa dos Mortos; 2) dedicar um poema à imperatriz sobre a morte de Nicolau I (o mesmo que o condenou à morte por fuzilamento e o exilou por 8 anos). "Tudo acabou.../ Ele deixou de existir. / Venero-o tanto/ Que não ouso pronunciar o seu nome com meus lábios pecadores /" (Parece incrível. Mas eis o laudatório em homenagem a quem o condenara à morte e ao exílio!); 3) homenagear o novo imperador, Alexandre II; 4) escrever um artigo sobre Arte e dedicá-lo à princesa Maria Nicolaiévna, presidente da Academia Artística (com isso espera amenizar a censura); 5) fazer comentários críticos sobre os autores contemporâneos — Cartas da Província. "Turguêniev agrada-me mais que qualquer outro — escreve a Máikov — mas é pena que tão grande talento seja comprometido por tantas negligências. Gosto muito de L. Tolstói, mas parece-me que não escreverá muito (No fim de contas, posso me enganar). E como!

Devido à falta de jornais, revistas, correspondências e livros, desiste das *Cartas de Província*. O pessimismo está de volta "É assim que tudo morre em mim: minhas ideias literárias, minha carreira.". 6) escrever uma novela cômica; 7) editar uma revista; 8) escrever um romance sobre a Sibéria; 9) Uma carta a Totleben", seu antigo camarada.

60
Promoção e privilégios

Eis Dostoiévski, promovido a oficial. Seis meses depois, desfruta de direito como oficial do exército. "Recebi de novo do monarca meus direitos à nobreza. Isto significa que estou inteiramente perdoado". Passo a passo vai desvelando seus objetivos. No ano seguinte recebe autorização para voltar à Rússia, mas não pode viver em São Petersburgo ou Moscou. Deverá limitar-se à cidade de Tver, às margens do Volga. Vai a Omsk, buscar Pavel Issáiev. Aproveita e visita a fortaleza. Diante da paliçada de estacas tem um estremecimento. Vanka-Tanka lhe aparece em pensamento. É uma boa lembrança. Não voltará a vê-la. Há cinco anos partira daquele inferno. Ainda permanece por três dias na cidade. Agora, rumo aos Urais. Na fronteira entre a Ásia e a Europa há um descanso. Dez anos antes, Dostoiévski cruzava essa mesma fronteira algemado, debaixo de uma tempestade de neve; agora era uma morna tarde de verão, por volta das cinco horas. Há uma placa pregada numa coluna, indicando a fronteira. Os viajantes descem "... saímos do coche e eu fiz o Sinal da Cruz: Deus finalmente deixe-me ver de novo a terra prometida"!

61
Apolinária Súslova — a eterna amiga

Num dia qualquer de dezembro de 1862, em São Petersburgo, Dostoiévski está parado, na entrada do prédio onde Appolinária Súslova — sua futura adorável amante Polina — o espera. Depois de esfregar as mãos geladas pelo vento frio que vinha do Néva, assopra-as com uma baforada de ar morno, os olhos fixos e brilhantes contemplando a entrada da casa, como se pudesse precisar desse conhecimento em algum momento no futuro. Não tinha a menor ideia de como seria recebido, primeiro, pela senhorinha, e depois, por Polina.

O lugar era um velho casarão de quatro pavimentos, de paredes cinza-chumbo, grandes janelões fechados para a rua, ladeados por grades de ferro e uma minúscula sacada. Aspirou fundo o ar na tentativa de ganhar coragem e abriu a porta que dava acesso ao pátio coletivo. A cor da neve desapareceu na noite gelada quando o portão se abriu. Dostoiévski virou à direita e subiu rapidamente os três degraus que precediam a entrada da casa onde Polina morava na Sadóvaia.

— O senhor pode subir as escadas. Ela o aguarda no segundo quarto do corredor — disse a senhorinha.

"O que será que a velha senhora sabe a meu respeito"? Pensou, enquanto se dirigia para o alto da escadaria. "Saberia meu nome"? "Que sou escritor"? "Que estive exilado na Sibéria"? "Ou o pior: sabe que sou casado e que minha mulher está doente com tuberculose"? Tal era o teor dos seus pensamentos.

Sobe passo a passo os degraus, devagar, como se contabilizasse cada um. Durante até o meio da escada a velha não tira os olhos dele. Ele também não se recusa a encará-la. A velha se retira cabisbaixa e desaparece por trás de uma cortina. O assoalho range sob os seus pés e o corrimão de madeira não parece resistente. Bate os nós dos dedos na porta e depois de alguns segundos ela se abre. Dostoiévski vislumbra sob a pouca claridade do quarto, iluminado por um lampião, a jovem Polina no frescor dos seus vinte e um anos; alta, elegante, os olhos ligeiramente puxados, azuis como o oceano. Olha-a com ternura e admiração. Está vestida com um quimono cor de mel amarrado à cintura delineando o corpo. Dostoiévski a vê e tem a impressão de que não é real. Por um breve instante ela é uma ninfa a poucos metros do seu abraço. Polina o beija suavemente na face e o convida a entrar. Há uma cadeira ao lado da pequena escrivaninha. Polina senta-se na cama. Estão tão próximos que Dostoiévski sente o hálito perfumado dela. Pega-a pelas mãos e ficam contemplando-se durante alguns minutos. Ele está visivelmente emocionado. Um pensamento intruso atravessa-lhe a mente. Nunca imaginou que ela tivesse dedos tão grandes, e como é delicioso ter os seus próprios dedos acariciados por ela. Mal pode crer que ele próprio é o protagonista dessa cena. Rememora o que ocorrera há menos de um mês. Durante a conferência que fez na universidade, teve sua atenção despertada por Polina, sentada logo na primeira fila. Não lhe passou despercebido o olhar insistente e apaixonado dela, enquanto fazia a leitura de um fragmento de suas memórias do exílio siberiano, as *Recordações da Casa dos Mortos*, que acabara de ser publicado. Ao término da conferência, a intrépida Polina o abordara sem rodeios, e não ocultou seu interesse pelo aclamado romancista. Conversaram sobre literatura e ela lhe falou do conto que publicara no número de outubro do ano anterior, na revista *O Tempo*, fundada pelos irmãos Dostoiévski. O conto se chamava *Por enquanto*. Era a história de uma moça que decide abandonar o marido a quem já não ama. Com sua decisão pretende fugir do tédio e da depressão que a subjugavam. Vai ganhar o próprio sustento trabalhando como professora. No desfecho do conto a heroína morre de tuberculose como consequência de agruras e dificuldades que passou a ter com a nova vida. Morre sem arrepender-se de nada e orgulhosa de sua decisão. Dostoiévski não dissimulou a vívida impressão que a jovem Apolinária Súslova causou-lhe. Promete abrir a revista para outras publicações da jovem admiradora. Três dias depois recebe na redação da revista um bilhete no qual Polina confessa estar apaixonada por ele, e que o queria ver, se possível ainda naquela semana, em sua casa. Tudo assim precipitado, tão imediato, parecia um sonho.

— Você quer beber alguma coisa? — Polina interrompeu.

— Sim, um pouco de vodca será bem-vindo.

Ela solta as mãos de Dostoiévski e levanta-se. Abre à cômoda e retira de lá uma garrafa de vodca. Serve-a em dois copinhos reclinados que se apoiam oblíquos sobre a mesa. Brindam e bebem, imantados pelo olhar. Em seguida, depositam os copos sobre a mesa e suas mãos se tocam de novo. Nenhuma palavra mais. Num instante estão unidos num abraço. Dostoiévski sente os seios macios dela comprimidos pelo seu abraço. Seu rosto está colado no dela. Enfia os dedos da mão direita sobre os cabelos de Polina e a acaricia. Eles se beijam e, com uma delicadeza que deixa Dostoiévski confortado e confiante, jogam-se na cama. Agora, rendido ao prazer, sua mente alerta reinventa a existência. Como tudo aquilo era maravilhoso! Não conseguia afastar a lembrança de suas primeiras experiências com as "Clarisses" na sua juventude. E, sobretudo, um triste episódio, ocorrido logo na sua primeira noite, num pardieiro em Petersburgo, ao perceber que havia uma criança de colo no quarto contíguo. Quase teve um ataque quando foi interrompido pelo choro do bebê. Mal podia acreditar naquilo. Como, então, havia uma criança ali? Como podia uma mulher, exercendo a mais antiga das profissões, ter uma criança por testemunha? Levantou-se rapidamente, depositou o dinheiro sobre a cama e saiu arrumando as roupas, indignado, atabalhoado e moído de remorso e culpa. Tentou apagar essa lembrança intrusa, enquanto abraçava Polina na cama. A incômoda recordação não lhe tirou o ânimo. Seus pensamentos vagueavam indecisos enquanto beijava-a sofregamente. Ele tinha se transmudado em alguns minutos dentro daquele quarto. Começou a tirar a roupa de Polina com uma falta de jeito quase selvagem. É aí que começou a olhar para a verdadeira Polina. Alguma coisa brilhava com insistência nos seus olhos e lhe enchia de obscuros temores. Os olhos dela eram muito seguros de si: Dostoiévski temia que ela não fosse nem um pouco frágil. E exercia naquele momento uma vaga inquietação nele que não conseguia identificar nem como, nem por que. Era como se ela fizesse uma insistente sondagem do abismo, ao contemplá-lo. Pensando nisso, puxou os cabelos dela temendo que ela reagisse de maneira intempestiva, mas não foi o que aconteceu. Ela pareceu ter prazer nessa pequena violência e ele a repetiu pelo menos duas outras vezes. Polina gostou do tratamento rude que ele lhe dispensava, e a exultação que Dostoiévski sentia cedeu lugar a uma afeição quase paterna. Ele a enlaçou. Quando percebeu que a reação dela era proporcional ao seu ardor ele se retraiu de repente. Por um instante ele conseguiu controlar e coordenar aquelas acrobacias sensuais com surpreendente habilidade. Mas sua cabeça voou para um lugar distante, estava na Sibéria, mergulhado numa tempestade de neve, às voltas com os trabalhos forçados, sob o comando da voz estridente do major Krivítsov. Teve ímpeto de ser violento com ela, mas refreou seu instinto e desabou ao lado dela, exausto. Puseram-se a contemplar a neve bater insistente na vidraça, espalhando flocos de luz e sombra sobre o corpo de ambos. Quando despertou já era madrugada. A fraca luz, proveniente de um lampião pendurado num poste na calçada, chegava ao quarto através de um filete de vidraça não coberta pela cortina de veludo azul, injetando uma claridade suave ao lugar. Resvalou o olhar para a esquerda e teve um sobressalto com a visão da bela Polina desnuda ao seu lado. Os cabelos longos que ela costumeiramente amarrava num elegante coque por trás da cabeça estavam soltos, esparramados pelo travesseiro. Dostoiévski afastou-os suavemente expondo a orelha bem desenhada, de tamanho proporcional à bela cabeça de Polina. Aquele minúsculo pedaço de carne era mais do que suficiente para anunciar a juventude do corpo. Dostoiévski roçou os dedos pela superfície da orelha dela. Ainda assim ela não despertou. Ele contemplava o semblante de Polina no qual não havia nenhum traço de tensão, como se quisesse reter na memória cada detalhe daquele rosto para sempre. Os lábios entreabertos, proporcionais e bem desenhados, eram ligeiramente espessos e muito sensuais. Dava para ver a fileira dos dentes da frente, brancos, alinhados e brilhantes. O nariz despontava no meio da face numa harmonia perfeita com o contorno dos olhos. Era uma autêntica eslava, mas poderia passar por uma bela italiana. Deteve o olhar sobre as linhas juvenis do queixo e do pescoço esguio, a brancura da pele; daí ao peito amplo e os seios miúdos. Aproximou seu corpo até se encostarem. Ela fez um movimento brusco e virou de lado aninhando-se de costas para ele. Era farta da cintura para baixo. Nesse momento Dostoiévski teve um grande número de pensamentos perversos, mas se conteve e permaneceu imóvel aspirando o suave perfume que emanava da jovem Polina.

Ela se contorceu preguiçosamente. Abriu os olhos e sorriu. Uma deusa acabara de se entregar ao herói recém-chegado da Sibéria.

Dostoiévski mudou a direção de seu olhar e deu com uma gravura pendurada na parede. Curioso, pensou, não se lembrou de tê-la visto quando entrou no quarto. O quadro era um ícone de São Basílio, desbotado, e certamente não fora colocado ali por Polina. Seu pensamento saltou para a esposa acamada em casa, ao mesmo tempo em que fragmentos de recordações siberianas percorreram sua memória como um vendaval. Enquanto Polina ressonava suavemente — podia-se ouvir sua respiração — Dostoiévski se deixava levar por lembranças atrozes. *Recordações da Casa dos Mortos* lhe devolvera a reputação perdida há quase 10 anos, quando fora condenado a trabalhos forçados na Sibéria, mas nunca pôde imaginar que ganharia também a felicidade de ser amado por alguém tão jovem e especial como Polina. A truculência do major Krivitsóv ainda lhe martelava a mente. O trabalho forçado e as longas noites de insônia lendo a Bíblia, o cheiro nauseabundo do dormitório coletivo, junto de pequenos escroques, ladrões, assassinos e prisioneiros políticos, como ele mesmo, ainda estavam bem vivos nas suas lembranças.

Dostoiévski perdia-se nesse emaranhado de pensamentos que o despertar ao lado de Polina lhe propiciara. Nunca havia experimentado o amor da forma com que ela o apresentara. Não era amor com libertinagem como o conhecera na juventude com as mulheres em Petersburgo "as Clarisses e Irinas são indispensáveis, mas custam muito caro", dizia numa carta ao irmão Mikhail. O de agora era um amor com luxúria, novo e fresco como jamais conhecera antes. E afagava-lhe o ego, ao mesmo tempo o orgulho e a sensualidade. Era como se tirasse um peso sobre sua cabeça. Esse breve instante ao lado da jovem admiradora resgatava-o para uma nova vida, arrancando-o de seus temores e seus hábitos comuns. Tinha uma vontade mal contida de contar toda a sua vida a Súslova, sentia-se, ao lado dela, partilhando sua intimidade como isso nunca acontecera antes. E, no entanto, ela é tão jovem, pensou. Vinte e um anos! É apenas uma menina. Mas que cabeça, que inteligência, que pensamentos avançados, com que carinho ela o recebera! Queria viver mil anos para perpetuar essa ligação. Faria qualquer coisa, mas e a esposa, Dimítrievna? Teria ela tido ao menos alguma compaixão com ele, com a sua doença, a epilepsia? E qual não foi sua indignação quando ela lhe apontou o dedo em riste dizendo "você é um epilético e além de tudo, um ex-forçado"! Quantas vezes ela o chamara de patife, velhaco e criminoso? Que culpa deveria sentir agora que havia encontrado um novo e verdadeiro amor? Mesmo sabendo que Dimítrievna não teria muito mais tempo de vida, a sombra dela perpassava suas lembranças. Súslova me ama com ardor, com entrega total. Hei de corresponder a esse amor, pensou e deu um longo beijo na linda mulher ainda não totalmente desperta ao seu lado.

62
Como ele é generoso e nobre!

Antes desse dia memorável nas lembranças de Dostoiévski, em que Súslova o recebeu em seu apartamento, eles já haviam se encontrado algumas vezes na redação de *O Tempo* e na casa do irmão Mikhail. Dostoiévski se mostrava interessado em tudo que dizia respeito à jovem admiradora. Compartilhara com ela sua paixão por George Sand e pelo movimento em plena efervescência na Rússia dos anos 1860 de liberalismo da mulher, do qual Polina era legítima representante. Dostoiévski lera com entusiasmo o conto que ele aceitara para publicação na sua revista e a estimulava a continuar com seus escritos. Polina que se declarava publicamente a favor da liberdade da mulher, não tinha, no entanto, até esse momento, encontrado o seu verdadeiro amor. Dostoiévski foi sua primeira grande paixão.

Apesar da paixão correspondida, da imensa admiração que Polina nutria por Dostoiévski. "Como ele é generoso, nobre! Que inteligência! Que coração"! — anotou em seu diário de 19 de agosto 1863, em Paris.

Alguns meses depois do início do seu relacionamento, uma nuvem começava a turvar essa felicidade mal começada. Dostoiévski se sentia culpado pela esposa à beira da morte e não encontrava forças para abandoná-la em troca de uma vida assumida com a amante. Além disso, tinha verdadeiro pavor de que sua relação com Polina se tornasse pública e chegasse aos ouvidos de Maria Dmietriévna, a infeliz mulher que padecia num leito. Mikhail, o irmão que Dostoiévski amava, sempre julgou um erro o primeiro casamento do irmão e incentivava e encorajava a relação do casal. As pressões se tornaram insuportáveis em São Petersburgo. A revista que os dois irmãos fundaram havia sido fechada pela censura, e era essa a única fonte regular para obter algum dinheiro, a doença da mulher avançava inexoravelmente, tudo isso contribuiu para que Dostoiévski tomasse uma atitude impensada. Num gesto temerário e quase irresponsável pegou emprestados 1500 rublos do Fundo Literário, e deu como garantia o direito perpétuo de toda sua obra ao Fundo, caso não quitasse a dívida até fevereiro de 1864. Dessa forma, reuniu condições para finalmente viver uma lua de mel com Polina na Europa. Enquanto Dostoiévski se desvencilhava de compromissos ligados à revista, dava um mínimo de organização para o funcionamento da casa na sua ausência, combinando com um amigo a supervisão do seu problemático enteado, e viaja para Paris. Dostoiévski aguardara quase três meses antes de partir. Quando finalmente decide partir resolve dar uma parada de quatro dias em Wiesbaden para apostar na roleta. No ano anterior, viajando com um amigo, ele ganhou onze mil francos. Supõe-se que tenha sido esse o momento crucial que o fez aderir com volúpia à roleta. Dessa vez tudo indicava que a sorte mais uma vez estava do seu lado. Começou ganhando dez mil e quatrocentos francos. Meteu o dinheiro na valise e saiu, satisfeito da vida, pensando na Súslova. Foi até ao hotel decidido a parar por aí. No entanto, como já acontecera outras vezes, voltou ao cassino. E agora perdera a metade do que havia ganhado. Com receio de ficar sem nenhum tostão decidira partir ao encontro da amante em Paris.

Essa breve interrupção da viagem em Wiesbaden seria mais tarde amaldiçoada por ele. Uma enorme surpresa o aguardava na sua chegada a Paris.

63
Jantar romântico no La Rotonde

Polina encontra-se sentada no restaurante La Rotonde, em Paris, à espera de Salvador com quem travara conhecimento durante um passeio dominical no Jardim de Luxemburgo. Salvador é alto, de pele morena, educado e exerce seu poder sedutor com um requinte latino que apanha Polina na sua primeira investida. Ela está completamente indefesa diante do jovem e impetuoso estudante espanhol. Em poucos minutos trocam confidências. Ela lhe explica que está escrevendo um romance, que tem vários textos de ficção publicados na Rússia e que se encontra em Paris para expandir seus conhecimentos, ampliar sua já profunda convicção da mulher livre, e seu propósito de mudar para a zona rural e ser útil aos camponeses. Salvador escuta toda essa história com um ar sério, compenetrado, como se partilhasse cada vírgula desse discurso entusiasmado. Saem a caminhar pelas alamedas do imenso jardim. Caminha tão próximo de Súslova que pode sentir seu perfume. Na primeira oportunidade não deixa de elogiar o porte elegante de Polina. Fala como se estivesse apenas constatando um fato corriqueiro. E lhe oferece o elogio fácil, dos olhos cor de esmeralda, dos dentes magníficos. Polina não é nenhuma ingênua, mas se deixa levar pelos galanteios. No segundo encontro, desta vez num café da Rua Sufflot, ela se deixa tocar levemente nos dedos. Ao se despedirem Salvador a enlaça pela cintura e seus corpos se aproximam. É uma despedida simples, mas um ardente desejo brotou na mente da bela jovem russa. Já está plenamente encantada com o espanhol. Na tarde do dia seguinte recebe um bilhete no hotel convidando-a para jantar no La Rotonde, em companhia de Salvador. Polina sente o coração disparar ao terminar a leitura do bilhete. Olha apressadamente o relógio. Ainda são 13 horas. Haverá tempo suficiente para se arrumar. Mas precisa colocar em prática um plano sobre o qual não parava de pensar nos últimos dias, depois de receber uma carta de Dostoiévski onde ele dizia que chegaria dentro de poucos dias. O plano era responder a essa carta. Você chegou tarde demais, assim começa a resposta. A expectativa do reencontro é grande. Mas agora existe Salvador. Em nenhum momento mencionou Dostoiévski nas suas conversas com Salvador. Mas apressasse-se a buscar caneta e papel para escrever a carta, enquanto obscuros pensamentos tomavam conta de si.

Na carta Polina, que apenas pressente sua nova paixão, diz a Dostoiévski que ele chegou tarde demais. Que ela se entregou ao primeiro apelo, quase sem resistência e sem esperar nada em troca. No seu franco desabafo Polina está firmemente decidida dos seus próximos passos. O caminho está traçado. Naquela noite vai se encontrar com Salvador. Polina chegou com meia hora de antecedência ao compromisso. É recebida pelo *mâitre* que lhe confirma a reserva em nome de Salvador. Ele ainda não chegou. Pede para ser conduzida ao pequeno bar do restaurante. Senta-se numa poltrona e aceita uma taça do suave Muscadet. Sua presença atrai a atenção de quantos por ali passaram. Polina está radiante com seu porte alto e seus belos olhos verdes. Não havia terminado a taça de vinho quando vê Salvador se aproximar, elegantemente vestido com um terno escuro. Traz nas mãos um buquê de rosas vermelhas. Ela se levanta para recebê-lo. Ele lhe beija inicialmente as mãos num gesto cortês, depois o rosto. Novamente o *mâitre* os conduz a uma mesa estrategicamente situada num canto do restaurante. Conversaram animadamente. A lembrança de Dostoiévski ensombrou levemente seu pensamento. Polina sabe que está vivendo um grande dia. Não deixará passar essa oportunidade. Salvador, do outro lado da mesa, pega-a pelas mãos. Polina sente uma corrente de energia percorrer todo o seu corpo. É nesse momento que a lembrança de Dostoiévski surge como se tivesse vindo do nada. Talvez tivesse experimentado essa mesma sensação quando do seu primeiro encontro com Dostoiévski. Mas agora parecia algo novo. Algo que com certeza não havia experimentado com tamanha intensidade. Polina está se sentindo como se tivesse tomado meia garrafa de vinho, no entanto apenas uma taça lhe deixara as faces levemente rosadas. Salvador persiste nos elogios, na qualidade do francês que ela falava e ressalta a nobreza dos ideais de Polina.

— Você pretende mesmo largar tudo e se mudar para a zona rural?

— Sim, é uma decisão que já tomei há longo tempo — retrucou Polina com naturalidade.

— E como você, habituada aos grandes centros, às viagens, à literatura, como viverá sem tudo isso?

— A literatura vai me acompanhar para onde quer que eu vá. As outras coisas são temporais e poderão ser esquecidas.

— Acredita mesmo que tudo o que viveu até aqui poderá ser esquecido? — insinuou-se, plenamente seguro de si.

Ela quis rebater e lançar na conversa algo que havia lido nos últimos dias, uma reflexão sobre Kant que anotara no seu diário, sobre a inapreensão da coisa em si, mas desistiu, com receio de parecer pedante e continuou:

— Tudo depende de como as experiências sejam vividas. Não é possível apagar a memória. As boas e más lembranças persistirão. Resta-nos, portanto, o cuidado de voluntariamente nos esforçarmos para termos o maior número possível de boas lembranças.

Salvador se admirava da rapidez e elegância do raciocínio dela. Como estudante do último ano do curso de medicina já aprendera a ouvir mais do que falar. Poderia conversar com ela horas a fio, como se tivesse profundamente envolvido com tudo o que ouvia. Fazer intervenções breves, porém oportunas, sorrir adequadamente quando se fizesse necessário, mas era econômico ao falar sobre sua própria vida. Polina jamais conseguiu extrair dele qualquer informação substancial. Exceto que estava havia cinco anos morando em Paris. Fora ali para estudar medicina. Seus pais moravam em Madri e tinha apenas um amigo próximo, ao qual Polina já havia sido apresentada. Nada mais, além disso.

64
Liérmontov e Púchkin

Pouco se tem notícia no ocidente do jovem e brilhante oficial do exército russo, poeta e romancista Liérmontov, morto em duelo aos 27 anos. Extremamente popular no seu tempo, foi o maior poeta da Rússia, depois da morte de Púchkin. Após a morte deste, também num duelo, Liérmontov publicou um poema em que acusava a aristocracia russa e, indiretamente, o próprio czar, de ser corresponsável pelo assassinato de Púchkin. Nos conturbados dias de 1830, o czar incomodado com a repercussão do poema de Liérmontov decidiu transferi-lo para um batalhão no longínquo Cáucaso, onde o poeta vivera parte da sua infância em companhia da avó. Liérmontov tornou-se o símbolo do ideário intelectual na Rússia do Século XIX: poeta de grandes temas humanistas, rejeitando a aristocracia e o mundanismo da Rússia da década de 1830. Não é por outra razão que Dostoiévski, ao saber que havia sido preterido por outro, pergunta à amante: "mas ele não é nenhum Liérmontov?"

Caso afirmativo, seria um rival imbatível. Salvador não era um Liérmontov, como Polina muito cedo veio a descobrir.

65
Súslova em Paris

Quarta-feira, 19 de agosto de 1863. Polina Súslova permanece sentada sobre uma cadeira, olhando o movimento nas primeiras horas da manhã, pela cortina entreaberta do seu quarto de hotel, na Rua Soufflot. Seu pensamento oscila entre uma felicidade recém-conquistada e uma espécie de culpa, por ter traído o amante que ficara na Rússia, ao qual já havia expedido uma carta, explicando-lhe a nova situação. Apesar do conflito, no fundo sente-se aliviada.

Quando Polina teve seu primeiro encontro com Dostoiévski, ele tinha 41 anos. Era um homem maduro. Já havia passado pela experiência de um fuzilamento simulado, enfrentara dez anos de exílio na Sibéria, sendo quatro em trabalhos forçados na fortaleza de Omsk, e o restante como soldado raso em Semipalátinsk, onde se casara com a viúva de um mestre-escola.

Havia cinco anos estava de volta a São Petersburgo. Era um escritor consagrado. Não era um revolucionário, não era um precursor de Lênin, nenhum líder de massas. Longe disso. Era apenas um escritor, tentando tirar da pena o seu sustento. Embora longe ainda de alcançar a glória que o imortalizaria com a publicação de seus grandes romances, retomara o antigo sucesso, conseguido com a publicação de *Gente Pobre* em 1849, quando tinha apenas 22 anos.

Voltara da Sibéria com a aura do herói desterrado, humilhado e ofendido. A publicação das *Recordações da Casa dos Mortos* lhe consolidara a notoriedade, envolvendo-o ainda mais numa aura mística, do ex-presidiário, injustiçado, que transformara seu exílio e sofrimento numa obra de arte inesquecível. É neste contexto que Polina, então com 21 anos, voluntariosa, cheia de vida e muito bonita, simpatizante do socialismo nascente, participando de todas as manifestações públicas de protesto, e com uma vocação ainda não completamente resolvida para a arte de escrever, assiste a leitura feita por ele.

66
A traição

Nesse fim de tarde Fiódor Mikháilovitch está parado defronte ao portão do Jardim Luxemburgo, em Paris, encostado na grade de ferro, estudando a cara e os argumentos com os quais deveria se apresentar à amante no seu quarto de hotel.

Enquanto não chega o momento de encontrá-la ele medita a poucos metros do hotel. Parado, como se tivesse à espera de um sinal, enrola fumo num pedaço de papel, devagar, como se se preparasse para o momento da punhalada que vai atingi-lo entre a terceira e a quarta costela do lado esquerdo do peito. Saboreia esses momentos antes de entregar-se, agora sim, de corpo e alma à mulher amada. Não tem a menor ideia do que virá pela frente. Nem sonha. Agora, livre do torvelinho que o envolvia em São Petersburgo, longe de Maria Dmítrievna, do enteado que não lhe dava um minuto sequer de sossego, distante dos credores e dos problemas com a censura, e com menos dinheiro no bolso do que no dia em que partiu de Petersburgo, prepara-se para o tão esperado encontro. A deslumbrante Polina Súslova o traiu com Salvador. Mas, afinal, uma mulher e tanto, merece um homem que a cultiva, está presente e lhe dá prazer. Mesmo que ele seja um farsante, um aventureiro. Uma mulher inteligente e enérgica rejeita um amor platônico, às voltas com a roleta em Wiesbaden, nos cassinos, desaparecido nos confins da Rússia, três meses depois de ter adiado uma lua de mel. Uma mulher russa, brilhante, bela como uma imaginária estátua eslava, independente como não há um único exemplar no território da santa mãezinha russa, essa mulher vai ter o que quer. E o quer.

E o consegue. Polina confessa a traição sem rodeios. Tarde demais, você chegou tarde demais. Há alguém por quem me apaixonei. Você não recebeu minha carta? Dostoiévski está paralisado com a confissão de Polina. Em poucos minutos se recompõe e retruca:

Sei que perdi você. Eu fui (sou) um rematado idiota. Sou um russo. É isso! Um russo! Um homem russo não sabe o que fazer quando sai da bitola. Qualquer ocidental teria se lixado pela esposa à morte, numa água-furtada em Petersburgo e corrido atrás da mulher amada. Um russo não! O russo tenta contemporizar. Ele não quer perder a mulher amada, pela qual seria capaz de dar a própria vida por um fiapo de carinho dela, por um minuto de contemplação solitária do seu corpo nu. Mas não seria capaz de abandonar a esposa doente. Mesmo que ela o tratasse como um traste. Um russo quando sai da bitola que lhe traçaram desde os primeiros momentos da sua infância é um ser aturdido e dependente sentimentalmente de tudo o que está à sua volta, até mesmo da paisagem, dos animais de estimação que perambulam pela casa, pelo quintal. Na bitola, então, tudo é transparente e monótono: a situação familiar, os filhos e a mulher, a casa, os amigos, leituras e saraus, o emprego público, as sessões de teatro e os concertos na sala Marinski. Aos mais aquinhoados deve-se incluir a carruagem, as férias no campo, os vinhos franceses. Mas um russo, seja ele de qual estirpe for, é sempre um despreparado. Falta-lhe a ousadia do momento presente. Ele teme a Deus e à ortodoxia; ele sofre até pelos pecados ainda não cometidos. É por isso, Polina, que fracassei com você. Eu reconheço que merecia uma punição rigorosa pelo meu fraco caráter, por minha pusilanimidade, por nunca saber o que fazer. Mas não esperava isso, não podia contar com sua traição. Por uma razão muito simples: eu acreditava que você me amava. Que pertencíamos um ao outro, embora você tivesse se doado a mim por inteiro e eu, como um miserável russo idiota, não tivesse feito o mesmo. Eu esperava tudo! Até mesmo uma vingança justificada. Mas não podia contar com a traição. E você se escora numa pretensa carta de advertência. E se tal carta existiu que poder teria ela de desfazer em mim os sentimentos que nutro por você e que irão me acompanhar pela vida afora? O que mudaria na minha decisão de vir encontrá-la em Paris se por acaso tivesse recebido uma carta sua dizendo o que? Que não mais me amava? Que teria encontrado outro coração, por acaso mais generoso que o meu? Alguém que lhe tivesse amado mais do que eu? Nada disso teria me convencido. Nada do que você tivesse dito nessa maldita carta me impediria de vir ao seu encontro. Confesso que me perdi. Que me deixei envolver com tantas artimanhas em Petersburgo, arrumando dinheiro para "nossa" viagem, para pagar dívidas da revista, para solucionar a questão da censura e do fechamento dela, e finalmente para tentar ganhar algum dinheiro na roleta em Wiesbaden. Nada disso importa agora, Polina. Eu sou capaz de me humilhar diante de você, de reconhecer que há mais nobreza na sua traição do que em toda a minha incapacidade de agir diante da sua solicitude. Posso mendigar seu perdão, posso humilhar-me diante de ti, ajoelhar-me aos seus pés e torturar-me como a um desprezível celerado para conseguir seu perdão. Sou eu quem deve ser perdoado. Não você!

Polina se explica. "Eu não sabia por onde você andava. Surgiu Salvador. Eu me entreguei a ele". Dostoiévski está aturdido. Mas se sustenta sobre os pés. É a reação de quem vê seu mundo desmoronar. "É isso, então?". Ele quer saber tudo, precisa saber tudo, nos mínimos detalhes. Mas pede isso com o olhar cabisbaixo, contemplando o cadarço roído e esfiapado dos sapatos que já percorreram metade da Ásia e da Europa. Precisa saber tudo. Está aturdido como se tivesse tido um ataque epiléptico. Ela propõe acompanhá-lo. Dentro do coche um não consegue encarar o outro. Ela se envergonha do seu gesto, ele se envergonha de si mesmo. E partem. O cocheiro é lerdo, sonolento. Por isso ele põe a cabeça para fora e grita: *rápido! rápido!* O cocheiro percebeu o tumulto dessa alma penada e contempla-o consternado. É um pobre diabo, deve ter pensado. Ele está agarrado à mão dela. De vez em quando estremece numa espécie de convulsão. Está quase à beira do choro, vai chorar, mas por hora se segura. Vão chegar rápido ao apartamento dele. Com dificuldade ele consegue subir dois lances de escada e entrar no apartamento. Ele se atira aos pés de Polina, humilhando-se como um bêbado de estação. Abraça os joelhos dela, soluça como uma criança. "Perdi você, eu sabia, tenho certeza disso". Mas em seguida, acalma-se. Quer saber quem é o beneficiário dos favores dela. Quem é o felizardo? É russo? É francês? É o meu médico? "Você é feliz"? "Como? Não é feliz? Ele não a ama"? E pega os cabelos em desespero. "Não, ele não me ama", responde uma consternada Polina. "Mas você o ama como escrava? Diz! Preciso saber! É verdade que está disposta a segui-lo até o fim do mundo? Oh, Pólia, como você é infeliz! Isso iria mesmo acontecer. Estou certo de que iria. Eu sabia que você acabaria apaixonada por outro. Ia acontecer... Você gostou de mim por engano, porque você tem um coração generoso, você esperou até os 22 anos, você é a única mulher que não exige nada, mas isso também tem um preço: o homem não é a mesma coisa que a mulher. O homem pega, a mulher dá. Mas isso não importa. Diga que tipo de homem é ele. É um gênio? Um Rothschild? Ele é um fenômeno? Não posso crer que você caiu nesse embuste, Pólia! Um estudante de medicina espanhol prestes a viajar para a América? Isso não pode ser um homem, Pólia! Não é um Liérmontov, com certeza não é. Mas, Pólia. Eu estou feliz, eu ficarei feliz, só de ter conhecido uma pessoa como você. Eu não vou guardar rancor, jamais, nem um pingo. Quero que você me escreva, permaneça minha amiga, minha eterna amiga, me escreva cartas quando estiver triste, amargurada ou feliz. Agora, Pólia; eu tenho uma proposta. Vamos embora de Paris. À Itália. Viajaremos juntos, como amigos, como irmão e irmã, eu juro para você que não quero outra coisa". A lamúria vai durar duas horas. Enquanto isso, ela pensa no novo amante, Salvador. "Eu não recebi nenhuma carta de Salvador. Onde ele se meteu? Foge de mim? Ele não me quer. Tenho certeza disso. Esse homem vai me trazer infelicidade, muita desgraça. Agora Fédia quer partir comigo para a Itália. Que devo fazer meu Deus? Não, à Itália não! Sei... você quer ir à Itália, eu o conheço bem". Em seguida se mete a escrever um romance e eu, a Itália deixamos de existir. É assim, Fédia, eu o conheço muito bem. Ele está acuado. É preciso responder alguma coisa. Ela argumenta viva! "Então o caso não está perdido", pensa o angustiado Dostoiévski. "Pólia, eu juro, por quem você me toma? Você acha mesmo que tudo isso vai passar e no primeiro minuto eu me ponho a escrever, querida Pólia! Você acha mesmo que isso tudo não me provocou nenhuma impressão"? "Eu sei, eu sei", ela diz indecisa e vai embora. "Eu o verei de manhã". Ela vai, aliviada. Depois da confissão, o peso da traição já não é mais o mesmo.

Salvador desapareceu como por encanto. Envia uma carta, está com tifo. Ficção pouco imaginativa, que não engana Polina. Polina sai à rua e o encontra lépido e faceiro passeando na Praça Sorbonne. É um choque. Tenta se afastar dele. Ele se aproxima e tenta explicar o inexplicável; ela não é nenhuma ingênua. Ela quer se livrar da incômoda companhia; caminham juntos duas quadras, ele se explicando, ela pensa e articula para si mesma a verdade, nua e crua. Ele é um fanfarrão, aproveitou-se dela, agora quer se safar. Oh! A astuta Polina, liberal, liberada, socialista, idealista, quase comunista, foi vítima da mais antiga trapaça. Eu pensei que era tifo, agora sei que era um mal-estar passageiro. "Desculpe-me", alinhava o argumento esfarrapado, mas nada consegue. Polina se desfaz do embuste e se afasta. Rua Soufflot, ela vai para a direita, ele para a esquerda. *Posso acompanhá-la, se quiser*, ainda diz. Ela pensa: está com remorso ou piedade. Ele parte, ela vai para o outro lado. É o epílogo da breve traição de Polina em Paris. Nunca mais se veem. No entanto, Polina, no fundo, ainda alimenta alguma esperança. É uma mulher especial, muito especial. Logo depois, vai se convencer que deve assassinar o Czar, para estupefação do ex-amante, Dostoiévski.

67
Nietzsche e Dostoiévski

Nietzsche teve uma clara revelação ao ler Dostoiévski pela primeira vez, e disse: foi o único a me ensinar alguma coisa de psicologia. Mas talvez Dostoiévski, sem conhecer Nietzsche, estivesse a ponto de exercer o que as reflexões do filósofo alemão propunham ao falar sobre as coisas que chamamos de amor. Para Nietzsche o amante quer a posse incondicional e única da pessoa desejada, tanto sobre sua alma como sobre seu corpo, quer ser amado unicamente, habitando e dominando a outra alma como algo supremo e absolutamente desejável. Por outro lado, procura demonstrar que essa posse incondicional não é outra coisa senão excluir todo o mundo de um precioso bem, de uma felicidade e fruição. Em agindo assim, continua Nietzsche, o amante visa o empobrecimento e privação de todos os demais competidores e quer tornar-se o dragão de seu tesouro, sendo o mais implacável e egoísta dos "conquistadores" e exploradores. A partir dessa constatação Nietzsche chega à difícil conclusão de que desta selvagem cobiça e injustiça do amor sexual tenha sido extraída a noção de amor como o oposto do egoísmo, quando é talvez a mais direta expressão do egoísmo.

Nietzsche conclui, finalmente, que existe no mundo uma espécie de continuação do amor, na qual a cobiçosa ânsia que duas pessoas têm uma pela outra deu lugar a um novo desejo e cobiça, a uma elevada sede conjunta de um ideal acima delas: a amizade.

68
Minha eterna amiga

Amizade. É exatamente essa a proposta que um aturdido Dostoiévski propõe à ex-amante. Salvador se entrincheirou atrás de uma suposta doença que o obrigara a se afastar de Súslova, até o dia em que ela o encontra flanando nos arredores da Sorbonne. Polina finalmente compreende que foi usada. Mas uma intenção de vingança brota em seu ser com toda a força. Deseja ardentemente vingança. Quer matá-lo. É seu primeiro impulso. Confessa-o a Dostoiévski, que a custo a faz desistir dessa insanidade. Mas o desejo de vingança é mais forte. Dostoiévski conhece bem esses rompantes de ódio nos quais Polina pode mergulhar de uma hora para outra. Se estivesse só, ele não tem a menor dúvida de que ela assassinaria o aventureiro. Dostoiévski a demove finalmente do pensamento funesto, mas não da ideia de vingança. Polina decide enviar a Salvador uma carta contendo algum dinheiro. Pronto! Agora estamos acertados. Eis aí o pagamento dos seus serviços. Pensa com isso humilhá-lo. No entanto, Dostoiévski argumenta inutilmente com ela. Vai parecer que você ainda o ama. A carta é apenas um pretexto inconsciente para se aproximar de Salvador. Você continua a procurá-lo. Depois de tudo. De ter sido enganada, de ter sido usada por ele. Não envie essa carta, são seus últimos argumentos. Como previsto, ela envia a carta que, tal como inúmeras outras, ficou sem resposta. Convencida de que sua paixão não encontrava ressonância decide aceitar a proposta de Dostoiévski. Irão viajar como amigos. Apenas como amigos.

69
Viagem entre amigos

Dostoiévski está radiante com a aceitação de Polina de viajarem como amigos. No seu pensamento metade da batalha na tentativa de recuperar seu afeto já está ganha. A viagem se encarregará do restante. Vão juntos à embaixada papal, à procura do visto de viagem. O entusiasmo de Dostoiévski atinge seu clímax na antessala durante uma conversa com o abade, secretário da embaixada. Em poucos minutos Dostoiévski percebe que o encarregado não leva ao conhecimento de seu superior que há um russo na sala de espera, aguardando uma entrevista. Os russos estavam em baixa nos jornais franceses de então. Dostoiévski avança com o dedo em riste contra o encarregado e, segundo conta Polina em seu diário, "um pequeno abade, cinquentão, ressequido e com uma expressão gelada na face". Dostoiévski se põe a ler um jornal francês, fortemente anti-russo. Notando que muitas pessoas que chegaram depois deles haviam sido recebidas pelo Monsenhor encarregado, irritou-se e partiu em direção ao abade e pediu para ser atendido "já que Monsenhor estava recebendo visitas". Informaram-lhe que Monsenhor não poderia ser incomodado durante o café por sua causa. É nesse momento que Dostoiévski explode e, de dedo em riste, ataca: "deixe-me dizer uma coisa: eu cuspo no café de seu Monsenhor", isso dito aos gritos, ameaçou invadir o quarto a não ser que se tomasse qualquer providência. E continuou com sua ira inflamada: "um herege e um bárbaro" e "não me importo nem um pouco com todos os Arcebispos, Monsenhores, etc., etc." O pobre abade, impressionado com a reação inesperada do russo, apressou-se a permitir a entrevista. "Esses russos são capazes de qualquer coisa", deve ter pensado o encarregado. Em poucos minutos estava resolvida a questão.

Em breve estarão juntos em Baden-Baden, mais uma vez Dostoiévski tenta a sorte na roleta. Ganha e perde. É noite. Caminham lado a lado até o pequeno apartamento. Polina aquece um bule de chá. Bebericam o chá se entreolhando em silêncio. Dostoiévski rumina ideias libidinosas. Está a ponto de se atirar aos pés da ex-amante. Ela estende-se no sofá, lânguida e preguiçosamente.

— Já é hora de você partir — murmura Polina.

— Como assim? — retruca Dostoiévski, arregalando os olhos.

— Já passa das 10 horas. Estou com sono. Preciso descansar — justifica.

— Antes, preciso fazer-lhe uma confidência — diz Dostoiévski com ar de mistério. Um sorriso maroto estampado no rosto.

— Que ares de mistérios são esses? — reage Polina, erguendo o peito do travesseiro e contemplando o ex-amante intrigada.

— Posso confessar sem medo de parecer ridículo.

— Vamos logo com isso, Fédia. Já lhe disse que preciso descansar.

Dostoiévski se atira aos pés de Polina, sofregamente, beijando-os, envolvendo-os com as mãos.

Ela se levanta de um salto. Está sentada na cama, encarando um Dostoiévski, ridiculamente agachado sobre o chão.

— Pare com isso, Fédia! Não percebe o ridículo dos seus atos? E onde está o meu amigo eterno, que viria me acompanhar na viagem? Trate de se retirar. Não me deixe irritada ou essa viagem acaba aqui.

Dostoiévski não ergue os olhos para contemplá-la. Levanta-se devagar, ajeita o paletó, coloca o chapéu na cabeça e retira-se sem dizer uma única palavra.

70
Polina reflete sobre o passado com Dostoiévski

É possível que Salvador fosse um amante mais ardoroso do que Dostoiévski. E que tenha se tornado inesquecível para Polina que vai permanecer ainda apaixonada por ele durante muito tempo. Nada na longa viagem a fará esquecer, em primeiro lugar, o curto tempo em que se entregou a Salvador, e depois jamais o perdoará, como, aliás, não perdoou Dostoiévski por este não ter tido coragem de abandonar a mulher e viver com ela um grande amor. Por outro lado, é possível imaginar a entrega de Polina a Salvador como uma espécie de vingança contra Dostoiévski. Seu diário está repleto de observações sobre o caráter que ela espera ver manifestado num homem de verdade. O embate afetivo entre Dostoiévski e Súslova tem como epicentro exatamente essa questão. O que havia inspirado a rejeição a Dostoiévski é a sensação que ela sentia de ter sido usada por ele. O fato de ele não ter correspondido aos seus sentimentos "belos" e "grandiosos". Dostoiévski se viu preso nessa armadilha. Deveria escolher entre viver um grande amor com Polina, entregando-se inteiramente a ela como ela o fizera, e abandonar Maria Dmítrievna à própria sorte, ela que se encontrava à beira da morte. Vinte anos depois Polina parece confirmar essa hipótese, num diálogo registrado por seu futuro marido, V. V. Rozanóv, autor do primeiro grande trabalho sobre Dostoiévski, discorrendo sobre a Lenda do Grande Inquisidor. Transcrevo o diálogo na tradução de Joseph Frank, o grande biógrafo de Dostoiévski. Rozanóv pergunta à esposa por que ela se separara de Dostoiévski.

— Por que ele não quis divorciar-se da esposa, que sofria de tuberculose e estava morrendo.

— Você mesma diz que ela estava morrendo...

— Sim, ela estava morrendo. Morreu seis meses depois. Mas eu não estava mais apaixonada por Fiódor.

— Por que você deixou de amá-lo?

— Porque ele não quis pedir o divórcio [...] Eu me entreguei a ele, por amor, sem pedir nada em troca. Ele deveria ter agido da mesma maneira! Mas seu comportamento foi diferente e, por isso, o deixei.

71
Ainda há uma esperança

Se a viagem não leva ao esquecimento, Dostoiévski alimenta a esperança de retomar o amor perdido. Cenas de ciúme ainda cercarão o casal de viajantes, quer quando encontram um marinheiro que fala russo "como os camponeses russos" que Polina amava, quer num encontro fortuito com Herzen e seu jovem filho, em Nápoles. Dostoiévski se comporta como um cavalheiro. Estimula mesmo Polina a dar um cartão com seu endereço ao jovem intelectual acompanhado do pai. Parecem ter muito em comum. Dostoiévski finge indiferença, ou antes, até mesmo estimula a aproximação do casal. Mas apenas de fachada. Passa ao largo quando os vê conversando no convés, mas se alegra quando é convidado por Polina a participar da conversa. Vê nesse simples gesto um aceno de esperança? Dostoiévski agarra-se a qualquer fio que se apresente no caminho. Não desistirá fácil. Quer retomar seu amor com a ex-amante. Não há uma só noite em que não tente uma nova cartada. Chega a implorar. Fica à beira das lágrimas. Muitas vezes soluça copiosamente abraçado aos seus pés. Dormem em quartos contíguos, outras vezes no mesmo quarto, em camas separadas. Sabe que Polina está nua sob o lençol. Mas ela não lhe permite sequer a aproximação. Já prestes do final da viagem Dostoiévski explode de indignação. Acusa-a de estar encarando as coisas com muita seriedade, consumida pelo utilitarismo, que nada disso valia a pena, o que a deixa ofendida. Polina retruca, com ar de mistério, que a respeito disso há alguma coisa que não teve oportunidade de revelar. No fundo

Dostoiévski suspeitava que por trás da teimosia de Polina em ceder estava sua conhecida paixão por Salvador. Polina nega, sucessivas vezes. Não é nada disso que você pensa. Dostoiévski dá a entender que se trata de um capricho, do desejo dela de lhe torturar. Já quase ao ponto de desistir Dostoiévski expõe seu último argumento. Você sabe que não se deve atormentar um homem por tanto tempo, ele acaba por renunciar. Polina não pode evitar um sorriso e não precisou perguntar por que ele havia dito isso, pois Dostoiévski pôs-se imediatamente a argumentar. Há uma razão principal para tudo isso — começou ele afirmativo — uma razão que me repugna: é a península. Polina se assusta com essa alusão inesperada à Espanha. Você espera sempre, disse ele exasperado.

— Não espero nada, não há nada a esperar — disse Polina, depois de ter refletido por alguns segundos.

— Isto não quer dizer nada, seu espírito rejeita todas as esperanças, mas isso não muda nada.

Polina aguarda que mais protestos virão, mas Dostoiévski levanta-se e vai deitar-se na sua cama, sem dizer mais uma palavra sequer.

Polina sabia que ele tinha razão. Parece que alguma coisa começava a mudar no seu pensamento, talvez a propósito do ódio que alimentava por Salvador, talvez pelo afeto sincero que ainda nutria por Dostoiévski.

Se Dostoiévski, diante da traição de Polina, de sua perda definitiva e iminente, diante de seu desespero, pensou em colocar a cabeça sobre os trilhos, pensou também num problema filosófico: a morte útil.

72
O ciúme ainda persegue Dostoiévski

No dia 22 de setembro o casal chega a Gênova. É uma radiosa manhã de terça-feira. "As casas são altas como um campanário, as ruas são tão estreitas que se sabe exatamente onde colocar os pés. As casas são pintadas, a arquitetura é horrorosa, as ervas crescem sobre os tetos; nessas ruas caminham os italianos de peitos nus, e mulheres com um véu branco na cabeça". Assim Polina descreve sua chegada à cidade. Num curto intervalo de descanso no quarto do hotel ela lê Kant. Aparentemente é uma noite tranquila. Dostoiévski permanece a postos, sem perturbar Polina. Estão exaustos. Depois de amanhã estarão em Livorno. Mas é em Roma, no dia 29 de setembro, que Dostoiévski volta a assediá-la. Ela oscila entre um afeto mal disfarçado pelo companheiro de viagem e a rejeição total contra suas investidas. É aqui em Roma que ele volta a mencionar Salvador, para surpresa de Polina. Eu sei o porquê da sua rejeição. Trata-se da península. Tudo indica que Dostoiévski está cansado desse papel que considera ridículo. Os russos não costumam desistir, argumenta para uma Polina que não hesita em levá-lo até o extremo da exasperação. Parece, com isso, querer exercer sobre ele todo o poder de que se sente capaz. É possível que vislumbrasse nas suas atitudes para com o ex-amante uma vingança despudoradamente calculada, minuciosamente programada. Às vezes ela o enlaça pelo pescoço e descansa sua cabeça sobre o peito do ex-amante, agora tornado amigo. "Minha eterna amiga", será assim que a chamará de agora em diante. Em alguns momentos Dostoiévski se mostra radiante diante de uma mínima concessão afetiva que ela lhe permite. "Nós nos abraçamos fortemente", diz ela. Uma chama parece acender-lhe na mente. No minuto seguinte ela expulsa-o do quarto, "depois de se deitar nua sob os lençóis".

No dia 22 de outubro, já de volta a Paris, Polina anota em seu diário, a propósito do encontro do casal com Herzen e seu filho no barco que os transportava: "Durante a viagem de barco, ainda em Nápoles, encontramos Herzen com toda sua família. Fiódor Mikháilovitch me apresentou como uma parenta e foi muito vago. Diante deles, ele se comportou comigo como um irmão, parecia mesmo mais íntimo que isso, o que deve ter embaraçado Herzen". Dostoiévski que almejava retomar o antigo afeto de Polina se vê, mais uma vez, confrontado pela situação inexorável. Dostoiévski se envergonha de encontrar um famoso conhecido no barco. Precisa dissimular. É apenas uma parenta. Polina, como que para espicaçá-lo conversa animadamente com o jovem filho de Herzen. Trocam endereços. O jovem intelectual promete visitá-la em Paris. Dostoiévski, acuado, treme de pavor. "Caso ele apareça para te visitar, me avise imediatamente"! Retruca um inseguro Dostoiévski.

73
De uma viagem a Baden pode surgir um romance

I

Ser rejeitado pela mulher amada, carregar pedras sem motivo, viajar de Bombaim a Nápoles num velho cargueiro, dormir sobre sacos de aniagem, cochilar ao lado de um cesto de najas? Por que não a esbofeteou? Não entende por que não é capaz disso. Prefere se embriagar. Vai passar o dia seguinte a ruminar a sua cólera e a sua humilhação. Por ora apenas lamenta não ter esbofeteado a Súslova. Jura, jura para si mesmo, como se esmurrasse uma parede, como se tentasse arrancar os cabelos, jura nunca mais voltar a vê-la; não faltam outras, tão bonitas quanto ela ou mais e, como é necessário dinheiro para possuir essas mulheres, jogará nos cassinos, fará um plano infalível para ganhar sempre, ficará rico e esfregará tudo na cara dela. No fundo, bem no fundo, sabe que não vai lhe sobrar nenhuma alternativa. Vai se transformar no amiguinho das horas incertas é claro! Claro como o dia, que esse espanhol não vale um copeque, um espirro. Por isso entra meio atarantado no café da esquina e pede uma empada de coelho à Richelieu. Não tem um tostão (vai ter que pegar emprestado à traidora), mas não importa. Passa a língua nos lábios, esfrega o bigode com o punho, solicita o segundo Calvados, um café e sai perambulando, quer subir a Rua Soufflot, desiste, desce o boulevar Saint Michel, vira na esquina da Rua da Escola de Medicina, em direção ao Odeon, um lugarzinho conhecido. E anda, passa pelo Odeon cruza o boulevar, entra numa transversal e caminha em direção ao Sena, sem ter a menor ideia de onde vai, anda depressa como se quisesse fugir do próprio pensamento. De madrugada chega à casa, ao hotel, deita-se e adormece quase de imediato, por um breve instante. Logo desperta e não adormece até a manhã. O apartamento está gelado. Por que não consigo pegar no sono? Ouço o barulho das carroças passarem sob a minha janela, os cavalos resfolegando sob o peso dos cestos de legumes. Vão à praça do mercado, os ambulantes. Como sofrem esses mercadores e seus cavalos! Detestaria ser um mercador e muito menos o cavalo dele. No estábulo sim, é quente. Mas todos dormem no hotel, menos eu. Há uma coisa que aperta o seu peito, outra coisa lhe dá comichão e dormência nos pés. Enrola os pés no cobertor e a cabeça fica de fora. Apalpa a orelha e está gelada. É verdade que orelha congela e cai? Não posso ter certeza. Só sei que tenho insônia. Aí ele permanece desgostoso e triste, sem saber que atitude tomar, com os últimos acontecimentos. Fica ali, a se atormentar, a pensar. Quem sabe se tivesse tido um pai de verdade, não o pai libidinoso morto pelos servos em Daravoi. Pior do que uma santa Mãe morta tão precocemente de tuberculose é o pai que deixou de ser. Diabos, de pensamentos arruinados! Amanhã estarei em Baden. Baden-Baden não é apenas uma cidade, nem apenas um cassino imaginário. De uma viagem dessas pode surgir um romance, em apenas 28 dias.

74
Só um francês pode desprezar com tamanho acinte um russo

Ei-lo finalmente, de volta a Rolettenburg, isto é: Baden-Baden. Um homem forte, com cerca de quarenta anos, chega a uma cidade dessas, precisando alojar-se e comer. O que importa as casas arrumadinhas, os palácios magníficos, os jardins impecáveis de Rolettenburg? Primeiro é preciso encontrar uma hospedaria que os abrigue. Parece um casal, mas é preciso achar um quarto com duas camas. É num lugar assim que vão se hospedar — não há muitas opções. Ali há: cama limpa; horário certo para chegar e sair, café da manhã. Dois dias não chega a ser um desastre total. Nada de passeios turísticos, grandes revoadas pela cidade alemã. Uma taça de vinho num café e um sanduíche de pão, alface, salame e muita mostarda, está tudo acertado. Tira da mochila um paletó que não amarrota nunca, uma gravata e já está no cassino. Não teve uma entrada triunfal, mas foi respeitosa, ele faz uma pose discreta. Parece mesmo que é capaz de apostar na roleta. Ninguém conhece um jogador pelo cheiro ou pelo jeito de andar ou segurar o cigarro. Ele está se fazendo passar por um profissional. Até agora não levanta nenhuma suspeita. É um estrangeiro a mais em busca da sorte. Não precisa dar explicações a ninguém. Há uma enormidade de pessoas em volta das mesas. Precisa se misturar à multidão anônima de jogadores. Apenas um lugarzinho onde possa se apoiar próximo a uma mesa de jogo. Embora não seja esta a primeira vez que vai a um salão de jogos, hesitou antes de se dirigir à roleta. Bastou botar os pés ali naquela sala e foi tomado por uma obsessão sem limites: jogar e ganhar! Há, porém um pequeno senão: seu dinheiro está restrito apenas ao necessário para a viagem que mal começou na companhia de Polina. O que tem são algumas moedinhas. Se as perder corre o risco de se empregar no cassino como um lava-pratos ou coisa parecida. Nada o intimida agora. E assim um Dostoiévski decidido prossegue, com apenas a sua ideia fixa num ponto. É preciso empurrar um ou empurrar outro. Sorri, seguro do objetivo que se propôs. Ele tem um fim em vista, faz semblante de quem não ouviu um arrogante francês pronunciar Monsieur! Indignado, dá mais um passo e já pode botar a moeda, a única que vai arriscar, sobre o pano verde, no vermelho, no vermelho. Até agora só colheu fracassos. Turistas endinheirados, alemães, muitos alemães, olham-no sem disfarçar o desprezo, isso é rancor, é mais que desprezo. Há também uma dezena de rapazes enfatiotados, almofadinhas que ele não teria o menor escrúpulo de escarrar na lapela do paletó, só para afrontá-los. Pensa assim e isso já é uma vingança. Essa gente o despreza como russo. Ele se sente um bárbaro, e isso não é grave. Mas uma coisa é ele sentir-se assim, outra é essa turma de polacos olhando-o como a uma ratazana. Na certa já adivinharam que não tenho um tostão no bolso, pensa. Estão apenas à espera de vê-lo colocar o dinheiro e perder e, ao perder, enfurecer-se, batendo os punhos sobre o pano verde ou mesmo cuspindo no croupier — um francês demasiadamente delicado. Eles estão convencidos de que ele não terá a menor dignidade de olhar com desdém o dinheiro que se foi na cloaca do cassino. Ele sabe que há um ritual sutil no perdedor. O verdadeiro perdedor simplesmente ignora o fato e abandona a roleta com um sorriso de escárnio nos lábios (embora esteja convencido de que muitos assim o fazem simplesmente para representar, não dar o braço a torcer. Por dentro, se roem de desespero). Outros vão perder e dar um sorriso silencioso de verdadeiro contentamento, como se perder fosse o acessório, como se o dinheiro não tivesse a menor importância. Os polacos estão adivinhando-lhe o pensamento ou isso apenas faz parte da sua paranoia? E ele não parece preocupado com a presença deles, exceto pelo fato de que o desprezam unicamente por ser russo e, portanto, bárbaro. Talvez sejam mesmo polacos, mas não está certo disso. Podem muito bem ser franceses. Só um francês pode desprezar com tamanho acinte um russo. Ele não se esquece de que em 1812 um fuzileiro francês atirou numa criança russa de dez anos pelo simples prazer de descarregar uma arma. O garoto e sua família não tiveram tempo de deixar Moscou. As lembranças vão e vêm na sua mente, mas agora intensifica sua atenção na mesa de jogo. Não nos surpreendamos: apostar no vermelho foi excelente opção; já tem meia dúzia de moedas para arriscar de novo, desta vez no preto, mas não. Ele cata as moedas, põe tudo no bolso e vai circular pelo cassino. Ninguém pode saber o pensamento de um homem desses. Ninguém suspeita que esteja ali a escrever um livro. Ninguém pode ter a menor ideia. Tanto melhor. Agora ele pára de frente a uma coluna branca com arabescos sem saber ao certo se havia entrado por aquela porta. Afasta rapidamente as cortinas e vai diretamente ao banheiro masculino. Na verdade, entra ali contabilizando o dinheiro que recebera por empréstimo de Polina. A mulher extraordinária não o havia abandonado? Não se despedira dele para sempre? Mas, agora, estão de novo juntos num quarto de hotel dormindo em camas separadas. Vai jogar o dinheiro dela. Polina não se arrependerá de ter lhe cedido algumas notas. Quase não é possível acreditar, mas já está com mais de quatro mil florins no bolso. Ele vai arriscar, não tenham nenhuma dúvida de que ele arrisca. Joga dois mil florins na coluna do meio e perde. Mas há ainda no bolso um bom resíduo dos valores que Polina lhe confiara. Ele continua, é um desesperado. Agora vai saborear uma vitória, passageira, mas vai acontecer. Pegou mais dois mil florins e espalhou-os nos doze primeiros números, ao acaso, totalmente ao acaso, confiando na sorte, apostando no desespero. E o que aconteceu? Silêncio. Um silêncio respeitoso e cheio de expectativas. Ele ganhou. Joga tudo no preto. Ganhou de novo. Em volta da mesa as pessoas se entreolham. Há um zunzunzum. Ele abocanha dezesseis mil florins. Joga de novo, num único lance perde doze mil. Joga as quatro restantes, ganha de novo, quatro vezes consecutiva. Depois tira uma conclusão estapafúrdia, ganhar e perder tem uma lógica, é uma boa teoria com que ninguém atinou desde que existe jogo na face do planeta, desde que o mundo é mundo, ninguém nunca percebeu, há uma lógica nisso, descobriu, é um lance de genialidade. Então ele continua a jogar dezesseis mil florins na mesma sequência e ganha, ganha tanto dinheiro que não é capaz de carregar. Alguém vai interrompê-lo nesse desvario:

— Pelo amor de Deus, vá embora!

Olhou e só então se deu conta de que a voz vinha de uma bela mulher de uns trinta anos, vestida de negro, sombria e bela — uma aparição. Tocou os seus dedos finos com respeito e, por mais veloz que tenha sido esse gesto, notou que ela deixou passar ali alguma coisa de sensual. Infelizmente ele não voltaria a vê-la, pois deveria sair do cassino de uma vez por todas, para nunca mais retornar. Deixou-a então de lado e saiu acachapado pelo peso do carregamento de notas que entupiam seus bolsos, dentro da camisa e até sob o chapéu. Com dificuldade chegou ao hotel, ao quarto dela, de Polina, jogou os magotes de dinheiro aos pés da musa:

— Eis aí cem mil francos! São seus. (Na verdade, não sabia se eram cem ou duzentos mil).

E só. Mais não disse, enquanto Polina olhava-o com desprezo. Levantou-se de supetão, cuspiu no monte de dinheiro em cima da cama, e saiu, batendo a porta na cara dele. Pela janela enfumaçada do seu quarto despediu-se de Baden-Baden, uma viagem breve, um pesadelo a mais. Ainda lhe sobra dinheiro para a passagem e o último sanduíche. Partiu, assim mesmo, meio desenxabido.

Quando Polina, no início deste capítulo, estava sentada na janela do seu quarto, o dia ainda não havia amanhecido. Um fato novo a perturbava, ocorrido na noite precedente que a fizera insone, por isso aguardava ali parada; o pensamento ao léu: Dostoiévski chegara a Paris na noite anterior e enviara-lhe um bilhete anunciando sua visita. Acomodara-se num hotel e de manhã bem cedo prometera visitá-la. Era este o momento crucial que Polina deveria enfrentar: a chegada do amante traído, o qual, nem de longe, poderia imaginar o que o aguardava.

As apreensões de Polina, perfeitamente compreensíveis, estão registradas no seu diário: "Acabei de receber agora uma carta de Fiódor Mikhaialovitch. Ele está contente com a possibilidade de me ver. Mandei-lhe uma pequena carta, a qual já estava pronta anteriormente. Tenho muita pena dele".

Uma infinidade de pensamentos e sentimentos vão atormentá-lo quando passar a primeira impressão da desgraça!

"Espero que ele não venha sem antes receber minha carta. Não conseguirei manter a minha indiferença nesse encontro. Ainda bem, eu o preveni, de que escrevesse antes da sua chegada. Do contrário, paciência. Salvador até agora não escreveu. Este homem vai me trazer muita desgraça".

No mesmo dia, ao anoitecer, Polina registra:

"Aconteceu justamente assim. Mal consegui rabiscar algumas linhas e Fiódor Mikhaialovitch apareceu. Eu o vi pela janela, mas esperei até que fosse informada de sua vinda."

— Boa tarde, eu disse com voz trêmula.

Ele perguntou o que havia comigo e dessa forma, cada vez mais, aumentara meu tormento.

— Eu pensei que você não viria, disse-lhe — porque escrevi uma carta para você.

— Que carta?

— Para você não vir.

— Por quê?

— Porque é tarde.

75
Humilhado e ofendido

Cansado de ser o amigo da ex-amante, Dostoiévski decide partir de volta à Rússia. Traído, rejeitado, humilhado na sua masculinidade, volta para encontrar a mulher moribunda. Poucos dias depois de chegar a Moscou, morre Maria Dmítrievna. Aos pés da morta Dostoiévski escreve: "Macha está morta, deitada sobre a mesa. Voltarei a vê-la um dia?" *Quem sabe, na última hora, ainda lhe dou um beijo?* — pensa.

Dostoiévski está indeciso, amargurado e sofredor. Voluntarioso, mas indeciso. Recusa sair do quarto sem dar um beijo na ex-amante. É um pretexto. Se ele tiver a mínima chance vai tentar. *Como pode ser isso? Já não a beijei antes? Já não dormimos juntos em outros cantos? Agora isso... É preciso sair dessa. Faço o quê? Ela não quer. Na certa se lembra do outro, o bofe, a empáfia espanhola. Se eu apanho o tal... Nem é preciso fazer nada. É deixar, que ela o faça. Pode matá-lo. Ah, como eu gostaria... Vou pegar no seu pé.* Faz isso. Ela encolhe o pé. Parece assustada, e está. "Qual a cara que eu estou fazendo para parecer assim tão repugnante? Um beijo, um beijinho só, no pezinho... esse amor de pezinho... não quero mais nada... só isso e vou embora. Vejo-a daqui por um instante, olhando-a dos pés da cama onde apoia a sua cabeça. Tudo indica que não irei conseguir nada. É uma pena... amo-lhe tanto... Se ela quiser-me agora, nunca mais sairei de perto. Tem esse geniozinho miserável, mas é só não contrariá-la. Quem não quer uma mulher dessas? Vou com calma, não posso me perder por precipitação, é preciso ter muita calma. Finalmente ela me deixa dar-lhe um beijo no rosto, como despedida. Está bem assim. Boa noite, amor".

76
Desistir, jamais

Retornando a São Petersburgo, Dostoiévski está às voltas com a doença de Maria Dmítrievna. Em pouco tempo ela morre, depois de uma breve agonia. No seu leito de morte ele promete a ela jamais abandonar o pequeno Pavel Issáiev, o enteado. Dostoiévski cumpre à risca. Pavel é um dissabor. Para todo o sempre.

Morta, Maria Dmítrievna, Dostoiévski volta a procurar Polina, sua antiga paixão. Mais uma vez é recusado. Agora sim, em definitivo. Então compreende que nunca mais a terá perto de si. Polina não cede, não havendo a menor possibilidade de reconciliação.

77
Dostoiévski foi o primeiro a matar em mim a fé

Polina é uma personalidade eloquente. Entrega-se a Dostoiévski. Nesse momento está movida por atração, admiração, "sem nada pedir em troca". O que vê nele é a concretização dos seus ideais revolucionários. Aí se afunda num pântano: Dostoiévski já não é mais o mesmo. Não é o revolucionário socialista que ela acredita. E o que lhe oferece são vacilações, promessas adiadas. Em troca ela dedica-lhe amor sem limites. Ele reluta em afastar-se de sua situação socialmente estabelecida. Vocifera pelos quatro cantos que a ama, mas não assume. Súslova chega num momento de legítimo desengano. Cansada das antigas promessas, conhece outro. Salvador simboliza tudo que sonhara encontrar em Dostoiévski. É jovem, inteligente, bonito — e livre! Deixa-se envolver por esse amor repentino. Deixa-se ser usada, embora inconscientemente. Enganada e ferida no seu amor-próprio, abandonada pelo amante para o qual se entregara, pensando ter encontrado nele o fim dos sofrimentos vividos com Dostoiévski. Eis que Dostoiévski — a única pessoa capaz de compreendê-la nessa hora terrível, chega a Paris, esperando encontrar a antiga amante. Viajam juntos "como amigos", "como irmãos" (encontram Herzen durante uma travessia de barco para Livorno. Ele a apresenta como parente). Polina permanece sedutora — a qual não passa despercebida para o jovem filho de Herzen, com quem logo estabelece profícua conversação, para o desespero mal disfarçado de Dostoiévski. Ela sabe que ele a ama. Mas tem plena consciência de que ele jamais abandonará sua mulher moribunda na Rússia. Trouxe-a da Sibéria; viúva, doente, com um filho pequeno... Não! Não pode contar com isso! Dostoiévski, que se sente culpado pelos pecados do mundo: por ter desejado a morte do pai? (Isso parece um exagero, mas é sobre essa tecla que vão martelar); por ter participado de uma conspiração contra o Czar (a qual resultou em dez anos de exílio), reluta em tomar a decisão. Polina sabe de tudo isso e, portanto, ao rejeitá-lo, quando nenhum obstáculo impede a reconciliação, está exercendo seu papel de mulher vingativa.

É possível que Dostoiévski soubesse disso. É perfeitamente plausível que tenham mesmo discutido longamente a questão. Em *Um Jogador* dirá: "Você nunca me perdoará por ter se entregado a mim". No diário de Polina de 1865 — um ano, portanto, antes de Dostoiévski concluí-lo —, ela anota estas palavras ditas por ele: "Você não pode me perdoar, uma vez que você se entregou, e, por isso, a vingança".

"Será que a amo? E mais uma vez fiquei sem saber que resposta dar, ou antes, pela centésima vez, respondi comigo mesmo que a odiava. Sim, odiava-a"! Diz Dostoiévski em *Um Jogador*, referindo-se ao personagem feminino do romance, Polina!

Rozanov, vinte anos mais jovem que Polina, que viria a ser seu marido, anotará no seu diário o diálogo que teve com a mulher a respeito de Dostoiévski:

— Por que vocês se separaram?

— Porque ele não queria se separar da esposa, já que ela estava morrendo.

— Mas ela estava morrendo?

— Sim, morreu. Levou meio ano. Mas eu já não o amava mais.

— Por que o desamor?

— Porque ele não queria se separar.

Silêncio.

— Eu me entreguei amando, sem perguntas ou raciocinios e ele também deveria proceder da mesma forma. Mas não aconteceu, e eu o deixei.

Dostoiévski atraca-se a esse seu novo romance (*Um Jogador)*, descrevendo sua atribulada relação com a heroína: Polina! Escreve-o em vinte e oito dias, ditando a uma jovem estenógrafa: Anna Grigorievna Sníktina. Antes de terminá-lo, ele se encontra novamente apaixonado, pela nova secretária. Porém não se declara. Julga-se demasiado velho (é duas vezes mais velho que Anna Grigorievna). Teme a recusa. Uma noite, tem um sonho profético; nele, o sonhador perde um objeto importante, não conseguindo encontrá-lo em parte alguma da casa; revira gavetas, armários, jogando tudo ao chão, em algazarra. De repente percebe, no fundo de uma gaveta, um diamante, um minúsculo diamante brilhando tão forte que ilumina toda a casa. O sonhador contempla-o estupefato; "como esta joia poderia se encontrar na gaveta? Quem a colocou ali?" Ao despertar, entende que o diamante é sua jovem estenógrafa. No dia seguinte inventa uma historieta em que se coloca no papel do herói mais velho, interessando-se por uma mulher mais jovem, pedindo-a em casamento. "Se fosse você a heroína desta história, aceitaria casar-se com um homem tão mais velho?"

O casamento com Anna Grigorievna vem dar-lhe a paz que necessita para desenvolver sua obra. Ana é meiga, delicada, disciplinada e discreta. Além do mais, funciona como secretária permanente. É uma espécie de anjo protetor. Dostoiévski, sem a leveza de Anna Grigorievna, sem o equilíbrio demonstrado por ela, diante das situações mais temíveis, não poderia ter escrito metade do que fez. Ela cuida de sua roupa, faz anotações, passa tudo a limpo, ordena, cuida de sua saúde, socorre-o durante seus ataques de epilepsia, entende-se com os editores e, sobretudo, desvencilha-se dos credores. Até mesmo a incômoda presença do enteado Pavel, atarracado como verdadeiro parasita à pele do padrasto é minimizado por

Ana. Dostoiévski só precisa escrever e o fará. Em 1869 vão ao exterior. Em Dresden, recebe correspondência da antiga amante. Chama-a de “minha eterna amiga”. Ana descobre. É um choque. Ela não ignora esse amor não correspondido do marido. Mas não se deixa abater. Reúne toda a coragem que possui e entrega-lhe a carta, depois de tê-la lido (habilmente aberta, habilmente fechada), e vê o marido sofrer um estremecimento.

Ana desconfia da presença de Polina em Dresden. Tem pesadelos, imaginando que ele possa continuar encontrando-a furtivamente em algum local. Descobre um endereço. Vai à procura de provas. Está aliviada, era um equívoco.

Muitos anos depois, Polina está de volta, como um fantasma. Dostoiévski recebe um recado da empregada, avisando que uma mulher, que se recusa a se identificar, quer falar com ele. Dostoiévski manda-a entrar. E vê chegar à porta de seu quarto uma dama vestida de negro, com espesso véu a lhe cobrir o rosto.

— Quem é você?

— Como!? Você não me reconhece?

A desconhecida abaixa o véu e abandona o quarto. Dostoiévski acompanha-a. Está perplexo. Ela abre a porta e precipita-se escada abaixo. Ele pensa: Onde tinha visto esse ar trágico? Onde havia escutado essa voz? “Meu Deus”! Exclama. “É ela! Polina”!

É a última vez que se veem. Dostoiévski morre em 1881. Um ano antes, Súslova casara-se com o crítico e admirador de Dostoiévski: Rosanov, o primeiro a fazer uma análise detalhada da sua obra. Infernizado por Polina, ainda assim, permanecerá seis anos ao seu lado.

Em 1886, Polina abandona-o. Quatro anos depois ele ainda alimenta a esperança de retomar sua antiga ligação. Ela lhe escreve: “Milhares de pessoas se encontram em nossa situação, mas ninguém uiva — pessoas não são cães”.

78
Narrador ensimesmado

Chegamos finalmente ao término da nossa história, quando tudo parecia indicar o contrário. Começamos no escuro, tateando. Se fôssemos mesmo oniscientes, ou se tivéssemos o dom da ubiquidade, poderíamos ter feito caminhada diferente. Mas não, para nós tudo era tão abstrato e escuro! E assim prosseguimos titubeantes e indecisos. Sem que eu mesmo percebesse, às vezes resvalei nessa intimidade desconcertante dos anjos, pautando-me por noções obscuras de espaço e tempo. Poucas vezes me ative à necessidade de tempo cronológico, própria dos seres humanos, exigentes e finitos. Assisti quase impassível aos angélicos voos de Dostoiévski pelos quatro cantos do planeta, certo de que, pelo menos naqueles instantes, ele próprio agia, viajava e pensava como um anjo, mesmo que decaído, mas anjo. Foi preciso surgir outros homens e outras mulheres em outros países e outros continentes, foi preciso muitas voltas para que ele sobrevivesse dentro da história. Ninguém jamais terá a menor ideia de quanto tempo se passou para que esta história fosse escrita. Feitas as contas pela caderneta dos anjos, eu falaria em séculos, talvez milênios e isto permaneça como um mistério. E, lá no fundo do escuro mais abissal, surgia de tempos em tempos uma frágil lampadazinha clareando o caminho. Em algum momento ela se chamou Polina Súslova, em outros Tazmina, ah, a doce Tazmina! Às vezes a luz saía difusa da tenda de um guru indiano, em Calcutá ou no Kerala. Dostoiévski, o estouvado russo genial, sobreviveu a todos os terremotos, bateu cabeça em quantos postes se lhe interpuseram no caminho e, quando menos se esperava, ressurgiu nas asas de um anjo, de uma vez por todas para ficar, nas nossas retinas e impregnando para sempre com força indelével as nossas recordações, da casa dos vivos e também dos mortos.

79
Derradeiras anotações

Um biógrafo-itinerante que abandona temporariamente a América do Sul em direção à Rússia pós-glasnost e pós-perestroika com dezessete Máfias dominando o cenário, uma criatura dessas não chega a São Petersburgo à procura de um defunto e fica nisso. Antes vai aos lugares que marcaram o biografado. É uma espécie de homenagem póstuma, de profundo respeito. Por isso ele vai à Perspectiva Niévski, à fortaleza Pedro e Paulo, à Fontanka e à Ilha Vassiliévski. Agora é um instante de profundo respeito e silêncio. Vai subir os 14 degraus da casa de Raskólnikov, o herói assassino da velha usurária de *Crime e Castigo*; vai procurar o lugar onde deixou a machadinha sob uma acha de lenha, exatamente como a tinha encontrado antes do crime. Porém não a encontra e nem ao banco onde ela deveria estar, mas percorre o logradouro, vê as paredes rabiscadas por grafiteiros ironizando o personagem-assassino: *Ródia, eu sei onde mora outra velhinha*. Sobe os últimos degraus que levam à claraboia da casa do assassino, ao telhado, e pode ver a cúpula da Igreja de São Vladímir. Desce lentamente, como o próprio criminoso, sorrateiro e cerimonioso, os 14 degraus, torna a subir e quer saber o que Ródia (a abreviatura de Raskolnikov) sentia quando matou a machadadas a pobre usurária e sua irmã? Por isso vai também à casa delas, à rua peculiar, única em São Petersburgo, onde o prédio tem duas entradas, uma para cada rua, perfeito para um crime quase perfeito — não fosse a culpa. Perfeito para um assassino nervoso, atabalhoado, que desce as escadas, enterra logo ali o lenço com o produto do seu roubo, entra por uma das portas e sai pela outra. Um assassino calculista, matemático, iria certamente escolher este lugar para cometer o seu crime. É o local ideal para ser habitado por uma velha tuberculosa, avarenta, inútil e má, uma sanguessuga que vai morrer de qualquer jeito. Tal mulher morta é apenas um "crimezinho", não vai doer em ninguém, e o que não se poderia fazer com o dinheiro dela? Quantas vidas não poderiam ser salvas, quanta juventude resplandecente de energia não poderia sobreviver decentemente e prestar serviços incalculáveis à humanidade? Está pronta a teoria que justifica o crime. O negócio é executá-lo e ele o fará. Nesse lugar foi cometido um crime, absolutamente justificado, matematicamente justo, eu diria: quase obrigatório. O anti-herói de *Crime e Castigo* cometeu o seu crime e perambula sem rumo pelas ruas de São Petersburgo. Meio atabalhoado chega em casa e cai no sono. Súbito ouve-se um momentâneo estalo seco, como se tivessem quebrado um graveto, mas cessa tudo outra vez. Uma mosca que acaba de despertar choca-se de repente num arremesso contra a vidraça e põe-se a zumbir queixosa. Nesse mesmo instante, em um canto, entre um armário pequeno e a janela, ele distingue uma capa feminina que parece pendurada na parede. "O que essa capa está fazendo aí? — pensa ele —, porque não estava antes..." Ele se chega devagarinho e adivinha que parece haver alguém escondido atrás da capa. Afasta cuidadosamente a capa com a mão e vê uma cadeira, e na cadeira, no canto, está sentada a velhusca, toda curvada e de cabeça baixa, de tal forma que não há meio de ele conseguir lhe distinguir o rosto, mas é ela. Ele se curva sobre ela: "está com medo!" — pensa, tira devagarinho o machado do laço e golpeia umas duas vezes as têmporas da velha. Mas, estranho: ela nem se mexe com os golpes, como se fosse de madeira. Ele leva um susto, curva-se mais perto e põe-se a examiná-la; mas ela baixa ainda mais a cabeça. Então ele se abaixa inteiramente até o chão e passa a lhe olhar o rosto de baixo para cima, espia e fica petrificado: a velhusca, sentada, está rindo — desmanchando-se num riso baixo, silencioso, fazendo todos os esforços para que ele não escute. Súbito ele tem a impressão de que a porta do dormitório se entreabriu levemente e parece que lá de dentro também começaram a rir e estão cochichando. Fica tomado de fúria: começa com toda a força a bater na cabeça da velha, mas a cada golpe do machado o riso e o cochicho que vêm lá de dentro se tornam cada vez mais fortes e mais se fazem ouvir, enquanto a velhusca se sacode toda às gargalhadas. Ele se lança a correr, mas toda a antessala já está cheia de gente, as portas que dão para a escada estão escancaradas e no patamar, na escada e lá embaixo está abarrotado de gente, cabeça com cabeça, e todos olham — mas estão todos escondidos e aguardando, em silêncio... Ele está com o coração opresso, as pernas imóveis, cravadas... Ele quer gritar e — acorda. Assim, Dostoiévski descreve um dos pesadelos do assassino Raskolnikov, depois de ter eliminado a pobre velhinha deste mundo. Mas as lembranças da vida do heroi e dos seus herois continuam a ocupar espaço na minha mente. Voltemos ao nosso passeio pelas ruas de São Petersburgo.

Também há turistas por aí, sempre iguais: barulhentos, pernósticos ou bêbados. Afasta-se com determinação. Vai perambular pela Niévski. É um gozo, quase físico, passar pela catedral católica, armênia, o Café Literário, onde Púchkin tomou seu último gole de café antes de ser morto em duelo, a loja de consumo mais requintada da cidade, a Elisseiev. Tem muita história em todos esses lugares, mas ele não se detém. Quer andar um pouco mais. Seu pensamento está ocupado agora por um crocodilo. Isso mesmo. O réptil africano. Pode parecer estranho e é. Mas ele só tem o crocodilo em mente. Chega à porta de uma galeria de lojas, é a *Passagem*. Abre a dupla porta de vidro como se estivesse apenas fugindo do vento gelado da avenida e pára, estatelado no início da *Passagem*. Aí vê o crocodilo numa tina e o alemão, seu proprietário, expondo-o à visitação pública. Parece uma miragem, uma ideia delirante, talvez o seja mesmo. O homem está exausto, há muita visitação, há um mundo de informações para conferir. Parece que conhece cada degrau dessas escadas, cada poste mal iluminando essas ruas ainda escuras de São Petersburgo. E, de fato, há uma fila na *Passagem*, contribuindo para o seu delírio. Ele quase entra nela, e, quem o visse, iria adivinhar tratar-se de um russo desempregado — um turista na certa não seria. Está ali para ver o crocodilo, o mesmo que Dostoiévski fez engolir o funcionário parlapatão que se aproximou demais da tina, da mesma forma que Gógol fez aparecer um nariz dentro de um pão na casa de um barbeiro que depois iria levá-lo às escondidas até a ponte Santo Isaac tentando jogá-lo no rio. Não há a tina nem o crocodilo, é apenas mais uma das incontáveis filas de russos pacientes para comprar pão ou qualquer outra coisa. Dali vai direto à catedral Santo Isaac, à ponte onde um nariz perambulou no bolso de um barbeiro. Um denso nevoeiro quase o faz perder o rumo. É o momento perfeito para voltar ao hotel, descansar e não se sabe mais quantos copos de vódka ainda vão ser consumidos nessa peregrinação. Por isso ele dorme como um anjo.

80
Um espectro sobrevoa o ambiente

Agora vem a parte engraçada, poderia ter sido trágica, não o foi. A excitação não me deixou dormir direito. Acordei cedo. Da janela do meu quarto no Hotel Moscou, consegui ver o Monastério Alexandre Niévski, apesar da densa neblina. Em seguida, lavei o rosto, escovei os dentes, vesti um grosso casaco de peles, coloquei meu Chapka (gorro russo que também recobre as orelhas) e me dirigi ao Monastério para tirar fotos do mausoléu-túmulo de Dostoiévski. Àquela hora da manhã o portão principal estava aberto, dando acesso à pequena alameda, mas a grade do cemitério estava fechada. Olhei em volta; apenas um velhote caminhava com a cabeça baixa em direção à igreja, lá na frente. Não tive dúvidas e um pensamento deplorável se apoderou de mim: "vou pular o muro". Por sorte havia um caixote abandonado na alameda. Sorrateira e rapidamente apanhei o caixote e o coloquei rente ao muro. Bastou um impulso e eu já estava do outro lado. Caí aos pés do monumento a Lomonossov. Por pouco não bati a cabeça no gradil de ferro que envolve todo o monumento. Levantei-me e fiz uma breve reverência a Lomonossov, o gênio russo, cientista e poeta fundador da Universidade de Moscou. Esgueirei-me entre as lápides até chegar ao meu destino. No caminho parei durante alguns segundos diante do túmulo de Tchaikovski e fiz uma breve oração em frente à lápide de Natália Pushkina, viúva do grande poeta Púshkin. Tudo muito rápido, pois tinha receio da chegada dos funcionários ao cemitério. Diante do túmulo de Dostoiévski perdi a noção do tempo. Para minha surpresa, lá estavam enterrados Anna Grigorievna, a esposa e também o filho Alexis. Ali me prostrei de joelhos em reverência e fiz uma longa oração. Quando dei por mim já tinha passado das nove horas da manhã. Com certeza o portão já estava aberto. Precisava sair dali. Fui me esgueirando em direção ao portão, certo de que havia alguém na bilheteria do cemitério. Ocultava-me atrás dos monumentos e avançava pouco a pouco. Até me aproximar da portaria. A poucos passos da saída uma velhinha, com certeza a que vendia os bilhetes para os turistas visitantes, olhou na minha direção e arregalou os olhos e abriu a boca para dar um grito que não saiu da sua garganta. Com certeza acreditou ter visto um fantasma a escapar de algum túmulo. Andei o mais rápido que pude, quase a correr e me misturei à multidão que caminhava na alameda. Os filmes acabaram-se, e tive de voltar à porta do hotel ali defronte, mas a imensa Praça Nevsky Prospekt tem um trânsito infernal a essa hora da manhã. Demorei a chegar ao quiosque onde poderia comprar outro filme. Em seguida, voltaria ao cemitério, desta vez com a firme intensão de pagar o bilhete e entrar pela porta da frente. Estava meio atabalhoado e achei que não era boa ideia e que talvez não fosse bem recebido na portaria. Foi então que me lembrei do encontro marcado com o tataraneto de Dostoiévski, no museu. Precisava me apressar. Peguei o metrô. Desci na estação Dostoiévskaia, mas a multidão comprimida no vagão acabou me empurrando com câmera e tudo. Caí no chão, de corpo inteiro e enfiei a perna direita no vão entre o vagão e a plataforma. Por pouco não fui pisoteado. Um brutamonte me arrancou daquela posição ridícula, semiagachado, com a perna atolada no buraco até o joelho. Envolveu o braço no meu tronco, deu um arranco e despregou-me da armadilha. Se o trem tivesse dado a partida naquela hora, teríamos um perneta na história. Não tenho dúvida de que teria a perna arrancada. Saí ileso do acidente. Fiquei de pé e consegui firmar-me nas pernas. Estava salvo. Quis agradecer ao brutamonte, mas ele já estava longe. Nem sequer olhou para trás. Consegui andar manquitolando. Só faltavam alguns metros para chegar ao museu. Um lance de escada e ganhara a rua, em frente à Igreja de São Vladímir. Estava a um passo do museu, onde me aguardava o último descendente de Dostoiévski. Queria vê-lo e colocar um ponto final na viagem e, obviamente, no livro. Tudo indicava que iria conseguir.

Havia uma sensação indescritível nesse momento solene ocorrendo em minha mente, ao chegar às 10h30 da manhã à porta do nº 5 da Rua Kuznechny. Eis-me, enfim, diante da última morada do heroi. Entro com olhar circunspecto, respeitoso. O joelho esfolado doi e começa a inchar, mas sinto suspense no ar, criado por mim mesmo, pois é um dia normal, cinzento e frio. Caminhões barulhentos removem a neve, crianças risonhas de bonés coloridos transitam por perto. Não há o menor sinal de anormalidade por aqui. Mas quero observar tudo em volta da casa de esquina. A pequena rua perpendicular saindo em frente à porta de entrada, agora tem também o nome de Dostoiévski. Há uma enorme gravura com a figura sóbria do escritor pregada numa janela do primeiro andar e uma placa de bronze: "Último apartamento de Dostoievski" — "Museu Literário Fiódor Mikaialovitchi Dostoiévski". Sem muito esforço de imaginação vejo Dostoiévski entrar e sair da modesta residência, vindo da Vladímirskaia, da igreja, subir os degraus e rabiscar a correção de *Os Irmãos Karamázov* ou *O Adolescente*. Os tipos turvos, estranhos e profundamente humanos saídos da sua pena talvez possam ser entrevistos na rua ou no mercado popular a cem metros dali. Penso vê-lo desenvolver o diálogo entre Ivan e seu irmão Aliocha e contar a história do pobre suíço (Richard) que foi dado aos pastores como objeto; é criado como pária, alimentando-se da comida dos porcos e sendo punido por roubar o que pertencia aos porcos, até crescer e se tornar adulto e começar a roubar até assassinar um velho numa fazenda em busca de comida e se tornado prisioneiro. Na prisão aprende a ler, conhece os evangelhos e se arrepende do que fez e os pastores o abraçam e beijam. A bem-aventurança desceu sobre mim e eu morro na companhia do Senhor, diz o pobre Richard, festejado pelos pastores que dizem sim, sim, você fez correr o sangue inocente, agora deve pagar com sangue o delito cometido. Vá em paz, meu querido, morra em paz, vá de encontro ao Senhor. E o pobre Richard, coberto de beijos dos irmãos, é arrastado ao patíbulo, colocado na guilhotina e decapitado fraternalmente.

Lembranças turvas das leituras de *Os Irmãos Karamázov* se misturam agora com pensamentos respeitosos de caminhar por esse ambiente, onde pelo menos em parte este livro foi escrito. E me pergunto por que tantas lembranças me afloram à mente como ferroadas? Subitamente lembro-me das pequenas narrativas, ou de episódios marcantes de cada uma delas; da história do garotinho miserável, habitante de um porão infecto ao lado da mãe enferma, durante o mais intenso inverno russo, quando ele coloca a mão sobre a cabeça da mãe morta e acha que está frio demais. "Ai, como está frio tudo aqui"! Em seguida assopra os dedos na tentativa de distender os próprios dedos enrijecidos pelo inclemente frio do inverno em São Petersburgo e mal consegue e sai à rua com fome e observa as casas iluminadas e dentro delas crianças felizes com suas árvores de Natal floridas e nas mesas as guloseimas de toda espécie. Ele bate nas portas e janelas na esperança de que alguém se apiede dele e da sua miséria, mas ninguém responde. Em seguida implora ao Cristo que o socorra. E vai se refugiar, tiritando de frio atrás de um monte de lenha e adormece e sonha. No seu sonho, de uma das casas sai uma criança vestida de branco com uma tocha nas mãos. É o próprio Cristo-criança, que aponta para uma enorme árvore de Natal entre as estrelas, mais luminosa do que qualquer uma das casas que entreviu. Anjos descem do céu e transportam o pequeno órfão de encontro à mãe para a eternidade onde não haverá mais fome, nem sofrimento. Eis aí um resumo do conto "*Um menino na festa de Natal de Cristo*".

Ai, essas lembranças de crianças supliciadas não me sai da cabeça. No diálogo de Ivan com Aliocha [*Os irmãos Karamázov*], Ivan relata a história do general que teve a pata do seu galgo ferida acidentalmente por uma pedrada de uma criança de oito anos, filha de uma serva e que decide puni-lo com requintes de crueldade. Coloca a criança num calabouço e de manhã manda despir o menino, monta no seu cavalo, rodeado de parasitas, e de toda uma matilha de cães raivosos e seus guardadores, todos a cavalo. Retiram o menino do calabouço e o general ordena que a criança corra. Açula os cães à vista da mãe e a criança é estraçalhada.

Ivan discute com Aliocha a validade e a impossibilidade do perdão. Podemos perdoar esse algoz? A mãe pode abraçar e perdoar o general que condenou seu filho a essa morte execrável? É possível perdoar os pastores que conduziram Richard ao cadafalso? Ivan, que nunca conseguiu entender como se pode amar o próximo, diante da tamanha crueldade que relaciona no mundo, sobretudo envolvendo crianças, termina por dizer ao irmão: "Não é Deus que não aceito, Aliócha, estou apenas lhe devolvendo meu biblhete de entrada, da forma mais respeitosa".

Tento me desviar dessas lembranças de leituras enquanto pretendo demorar-me um pouco mais, saborear cada visão desse lugar; não entrarei na casa de Dostoiévski sem vivenciar um clima especial. Afinal, aqui é o início e o fim da viagem. Visitei o túmulo, hospedei-me defronte do cemitério, num quarto de cuja janela podia divisar o monumento de Dostoiévski, no Hotel Moscou, uma enormidade, nascida do construtivismo russo da época da revolução. Já alisei aquele mármore, fotografei, tudo o que encontrei, testemunhei que ali agora repousam para sempre o meu heroi, a mulher Anna Grigorievna, o pequeno Alexis, o filho Fiódor Fiódorovitch. Finalmente me animo e entro no saguão. Para mim parecia que havia alguma solenidade, como se fossem os momentos finais da defesa pública de uma tese de doutorado. Como se houvesse uma plateia ansiosa aguardando esse momento. Mas não acontecem palmas, nem vaias. O ambiente está absolutamente tranquilo. Alguns visitantes silenciosos dirigem-se à bilheteria. Mas continuo saboreando esses instantes, como se fossem os últimos. Na bilheteria compro o ingresso como qualquer mortal e misturo-me anonimamente aos inúmeros visitantes, deposito o casaco nos cabides e começo a visita. A escrivaninha, o sofá onde o morto ilustre ficou depositado, até que o serviço funerário acontecesse, o relógio acusando o momento exato da morte, as fotografias na parede, todas conhecidas: o tio Kumánina, os companheiros de exílio, os amigos, o ambiente alusivo a *Crime e Castigo*, uma recriação primorosa feita por Vera Biron, uma das diretoras do museu, o machado de Raskólnikov, Staraia Russa fotografada numa parede inteira, a reprodução em tamanho natural do quadro de Holbein, o *Cristo Morto*, minuciosamente descrito na parede da sala de Ragógin em *O Idiota*, o chapéu, os óculos, a cópia do quadro de Pierov para o qual Dostoiévski posou durante dois meses, cujo original se encontra na Galeria Tretyakov, em Moscou; as fotos dos últimos anos, a biblioteca ou o que restou dela, o quarto das crianças, a cama de Anna Grigorievna, a cristaleira e o samovar. Aguardo o instante de conhecer Dmitri Fiódorovitch Dostoiévski, o tataraneto do escritor, filho de Fiódor Fiódorovitch, que herdou o evangelho da Sibéria. Dmitri tem os traços vagamente esboçados do escritor, a estatura, os olhos cinzento-azulados, a barba, a voz grave e a determinação de conversar, de proferir palestras, de visitar os locais para os quais for convidado. A conversa é breve, emocionada e tensa. Suspeito que Dmitri não entende absolutamente nada do que falo, um pouco em francês, raras palavras em russo. O Brasil é um país vago e abstrato. Reflete como uma alegoria surreal no imaginário dos russos. Dmitri acaba de fazer a última conferência no Jubileu de Dostoiévski, no anfiteatro do museu. Um dia depois eu mesmo fiz leitura pública de 'Um término possível para o conto inacabado *O Crocodilo*', de Dostoiévski. Depois da entrevista, Dmitri Dostoiévski deve voltar ao trabalho, como condutor de trens num subúrbio de São Petersburgo. Estamos em 1997, faz exatamente 116 anos que o escritor morreu. No entanto, o espectro de Dostoiévski parece sobrevoar o ambiente. Está em cada quadro do museu, em cada xícara, em cada olhar dos circundantes, circunspectos, respeitosos dentro do santuário. Olho num canto e vejo as correntes que o prendiam na Sibéria, vazias, enferrujadas e isso, a prisão, a liberdade, as viagens, os credores, as mulheres, tudo, tudo isso aconteceu já faz muito tempo.

FIM

Retrato de Dostoiévski por Pièrov (1872)

Dostoiévski (1860)

Dostoiévski (1861)

Dostoiévski (1865)

Dostoiévski (1876)

Dostoiévski (1878)

Dostoiévski (1880)

Anna Grigorièva (1860)

Anna Grigorièva (1868)

Anna Grigorièva (1871)

Anna Grigorièva (1878)

Apollinária Prokofievna Súslova

Apollon Máikov

Avdotia Panaiew

Maria Dmitrievna

Mikhail Petrachevski

Nikolai Gógol

Nikolai Nekrássov (1870)

Vissarion Belinski

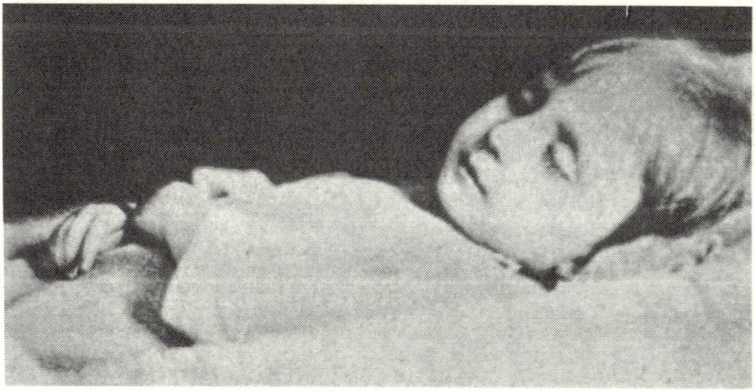

Aliocha, segundo filho de Dostoiévski, no leito de morte.

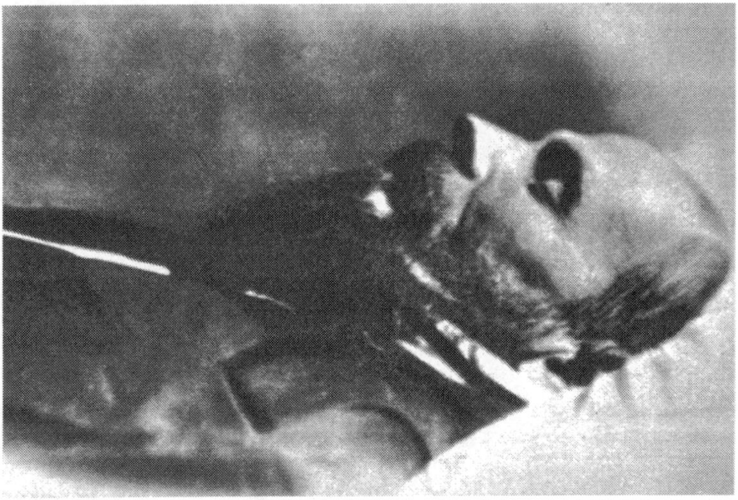

Dostoiévski no seu leito de morte

Glossário

Andrei Mikháilovitch Dostoiévski: irmão caçula de Dostoiévski.
Anna Grigorievna Sinitkin: segunda esposa de Dostoiévski.
Annenkova: esposa de um presidiário decabrista; ela e outras mulheres acompanharam seus maridos no desterro siberiano durante 25 anos. Deram a Dostoiévski um exemplar de o Novo Testamento e, dentro dele, dez rublos em notas.
Ânnenkov: Pavel Vasilyevich Ânnenkov. Crítico literário russo.
Apollon Nikolayevich *Máikov*: poeta russo, grande amigo de Dostoiévski.
Belínski. Vissarión Grigórievitch Belínski: ensaísta, escritor, crítico literário e filósofo russo, responsável pela divulgação do primeiro romance de Dostoiévski, *Gente Pobre*.
Chatov e Stavróguin: personagens do romance *Os Demônios*.
Decabristas: nome pelo qual ficou conhecida a revolta malograda ocorrida em dezembro de 1825, um mês depois da coroação de Nicolau I. Os revoltosos eram constituídos principalmente por oficiais descendentes das principais famílias aristocráticas da Rússia. Nicolau I condenou cinco deles à forca e trinta e um ao exílio perpétuo na Sibéria.
Dmítrievna: Maria Dmítrievna Issáiev. Viúva de Issáiev, primeira esposa de Dostoiévski.
Dmitry Vasilyevich *Grigorovich*: contista russo, considerado o primeiro escritor a ter mostrado a real vida da comunidade rural russa.
Durov, *Palm*, *Iastrjembski* e *Spiéchnev*. *Petrachevistas*: condenados juntamente com Dostoiévski.
Eugène Oniéguine: personagem principal do poema em prosa de Púchkin, com o mesmo nome.
Fiódor, *Fédia*: pré-nome e diminutivo de Dostoiévski, respectivamente.

Grigoriev: Nicolai Grigoriev. Companheiro de Dostoiévski na condenação à morte. Sofreu grave transtorno mental no momento do fuzilamento simulado; e jamais se recuperou.

Hospital Marínski: hospital da periferia de Moscou, onde Dostoiévski nasceu e viveu infância e adolescência. O pai de Dostoiévski era médico desse hospital.

Katkov. Mikhail Nikiforovich *Katkov*: jornalista russo e editor da revista literária Mensageiro Russo.

Karamzin. Nicolai Mikhailovitch Karamzin: historiador, escritor e poeta russo. Autor de *História do Estado Russo*. Dostoiévski sofreu grande influência das obras de Karamzin. "Cresci lendo Karamzin", escreveu Dostoiévski em 1870.

Kumánina. Aleksandra Fiódorovna: tia de Dostoiévski.

Liubímov, N. A. Ex-professor de física e co-editor, junto com Katkov, da revista literária Mensageiro Russo; responsável pela publicação de *Os Irmãos Karamázov*.

Liubov Fiódorovna Dostoiévskaia: filha de Dostoiévski.

Mikhail Mikháilovitch Dostoiévsk: irmão mais velho de Dostoiévski.

Mikhail Andréivitch Dostoiévski: pai de Dostoiévski.

Miller. Orest Fyodorovich Miller: folclorista russo, professor de literatura russa, de origem alemã. Autor de relato biográfico de Dostoiévski.

Nekrássov. Nikolai Alekseievich Nekrássov: poeta, escritor, crítico russo e editor da revista *O Contemporâneo*.

Nevá. Rio Nevá. Rio que corta São Petersburgo, vindo do Lago Ladoga até o Golfo da Finlândia.

Pavel Issáiev: filho de Aleksandr Ivânovitch Issáiev e Maria Dmítrievna. Após a morte do pai, tornou-se enteado de Dostoiévski.

Petrachévski. Mikhail Petrachévski: líder de um grupo de discussão literária, formado por intelectuais socialistas em São Petersburgo. Dostoiévski, frequentador assíduo, junto com os demais componentes do grupo, foram presos sob acusação de subversão contra o regime czarista de Nicolau I. Julgados, foram condenados à morte e submetidos a fuzilamento simulado. A pena foi comutada, momentos antes da execução, e foram todos exilados para a Sibéria.

Príncipe Míchkin. Personagem do romance *O Idiota.*

PS. Abreviatura de Polina Súslova.

Púchkin. Alexander Sergueievitch Púchkin é o maior poeta russo da época romântica, considerado por muitos o real fundador da moderna novela russa.

Ragógin. Personagem de *O Idiota.*

Raskólnikov. Personagem do romance *Crime e Castigo.*

Richard Burton. Richard Francis Burton: escritor, tradutor, linguista, geógrafo, poeta, antropólogo, orientalista, erudito, espadachim, explorador, agente secreto e diplomata britânico. Foi cônsul em Santos, traduziu para o ingles o Kama Sutra.

Riesenkampf. Igor Riesenkampf. Jovem médico, com o qual Dostoiévski partilhou um apartamento em São Petersburgo, na sua juventude. Nas suas lembranças retratou com precisão a vida de Dostoiévski durante o periodo em que habitaram o mesmo local.

Rozanov. Vasily Vasilievitch Rozanov: escritor e filósofo russo. Foi marido de Polina Súslova, após terminado o relacionamento dela com Dostoiévski.

Seniavina. Beldade russa que Dostoiévski conheceu numa festa na casa do conde Vielgorski. Durante a apresentação ele teve um desmaio, certamente uma crise epiléptica, o que motivou Turguêniev e Nekrássov a publicarem no *Almanaque Petersburgues* uma sátira, referindo-se a Dostoiévski como *O cavaleiro da triste figura.*

Sofia Dostoiévskaia. Primeira filha de Dostoiévski. Morreu recém-nascida em Genebra.

Soloviov. Vladimir Sergeyevich Soloviov. Filósofo, teólogo, poeta, e crítico literário russo, amigo de Dostoiévski.

Staraia Russa. Pequeno vilarejo de águas termais, às margens do lago Ilmen, na provincia de Novgorod, onde Dostoiévski às vezes se refugiava para escrever. Parte de *Os demônios* foi escrita aí.

Staretz Zóssima. Monge, personagem de *Os Irmãos Karamázov*.

Stiélovski. Editor, que exigiu os direitos sobre toda obra de Dostoiévski, caso ele não lhe entregasse um romance em 28 dias. *Um jogador* foi entregue numa delegacia de polícia, pois não se conseguia encontrar o editor.

Strakhov. Nikolay Nikolayevich Strakhov. Filósofo, publicista e crítico literário. Amigo próximo a Tolstói e autor de uma biografia de Dostoiévski.

Súslova. Apollinaria Súslova (Polina Súslova). Amante de Dostoiévski, antes do casamento com Anna Grigorievna.

Varvara Mikháilovna Dostoiévskaia. Irmã de Dostoiévski.

Vergunov. Nikolai Vergunov: jovem professor primário que disputou com Dostoiévski a preferência por Maria Dmítrievna.

Wrangel. Aleksandr Iegoróvitch Wrangel. Designado promotor público em Semipalatinski, onde encontrou-se com Dostoiévski e foi seu grande protetor e amigo durante o período siberiano.

Explicações e Agradecimentos

Muitos livros me foram úteis para escrever essa ficção biográfica sobre Dostoiévski. Entre eles, a volumosa biografia em 5 volumes escrita por Joseph Frank, a biografia escrita por Henry Troyard, a de Leonid Grossman, *Dostoiévski Artista*, Mihail Bakhtin, *Problemas da Poética de Dostoiévski*, a coletânea de artigos dirigida por Jacques Catteau, *Dostoiévski*, Cahiers de L'Herne, os diários da segunda esposa do escritor, Anna Grigorievna, o diário da amante, Pauline Súslova, *Meus Anos de Intimidade com Dostoiévski* — recentemente traduzido no Brasil por Luiz Avelima pela editora Letra Selvagem, o livro de Nicolas Berdiaeff, *L'esprit de Dostoiévski*, Rodolfo Gomes Pessanha, *Dostoiévski: ambiguidade e ficção*, o livro escrito pela segunda esposa do escritor Anna Grigorievna Dostoievskaia, *Meu Marido Dostoiévski*, traduzido para o português por Zoia Prestes, Louis Breger, *Dostoiévski: The Author as Psychoanalyst*, Dominique Arban, *Les Années D'apprentissage de Fiódor Dostoievski, Iconographie Réunie et Commentée par Gustave Aucouturier et Claude Menuet "Album Dostoiévski"*, Ed. Gallimard, Pierre Pascal, *Dostoiévski L'Homme et L'Ouvre*, Serge Persky, *La Vie et L'Ouvre de Dostoiévski*, Nicolas Milochevitch, *Dostoiévski Penseur*, Jacques Rolland, *Dostoiévski La Question de L'Autre*, Boris Schnaiderman, *Dostoiévski, Prosa e Poesia*, David I. Goldstein, *Dostoiévski et les Juifs*, Regis de Morais, *Dostoiévski, o Operário dos Destinos*, Dominique Arban, *Dostoiévski, na coleção: Écrivains de Toujours*, George Steiner, *Tolstoy or Dostoévsky*, Isaiah Berlin, *Pensadores Russos*, Aurora Fornoni Bernardini, *Aulas de Literatura Russa, de Púchkin a Gorenstein*, Dostoievski, *Journal d'um écrivain*, André Levinson, *La Patética Vida de Dostoiévski*, os três volumes anotados por Jacques Catteau, *Dostoiévski, Correspon-*

dance, Jacques Catteau, *La Création Littérarire Chez Dostoievski*, Stefan Zweig, *Dostoiévski vida e obra*.

Além das numerosas biografias escritas por renomados biógrafos e críticos literários sobre o autor russo, vários amigos contribuíram para que esta obra viesse à luz. Entre eles: Ademir Demarchi, que teve a gentileza de ler os originais quando eles eram apenas o embrião do texto atual e que me incentivou a publicá-lo após inúmeras sugestões; Jaime Olavo Marquez que fez leitura cuidadosa e contribuiu para a melhoria do texto; Flávio Viegas Amoreira cuja leitura minuciosa foi de grande ajuda; Aurora Bernardi que prestigiou o texto com seu vasto conhecimento da literatura russa, particularmente de Dostoiévski e que, gentilmente, escreveu as orelhas da presente edição; Aureliano Biancarelli, que leu os originais, escreveu-me uma belíssima carta, na qual reafirma que o livro atrairia mais leitores para conhecer a obra de Dostoiévski; e a Natália Tuimebaevna Ashimbaeva, Vera Sergeevna Biron, Anastásia Knyazev, componentes do Museu Literário Fiódor Dostoiévski; e Ygor Knyazev, de cuja escultura saiu a capa deste livro, fotografada por meu querido amigo Marcos Pfiffer. Agradeço, ainda, ao Adelto Gonçalves, que escreveu o generoso prefácio, e, por fim, ao meu editor Nicodemos Sena, que pegou o touro pelo chifre, acreditou que o texto deveria sair da gaveta e foi o grande incentivador e realizador desse trabalho.

Bibliografia Consultada

1. Dominique Arban, *Dostoiévski*, na coleção "Escritores de Sempre", tradução de Waltensir Dutra, José Olympio Editora, Rio de Janeiro, 1989.
2. Boris Schnaiderman, *Dostoiévski, Prosa e Poesia*, Editora Perspectiva, São Paulo, 1982.
3. Rodolfo Gomes Pessanha, *Dostoiévski: ambiguidade e ficção*, Editora Civilização Brasileira, Rio de Janeiro, 1981.
4. Mikhail Bakhtin, *Problemas da Poética de Dostoiévski*, tradução de Paulo Bezerra, Editora Forense Universitária. Segunda edição revista, São Paulo, 1997.
5. Theodor Reik, [*Carta a Freud sobre Dostoiévski*], S. Freud, Obras Completas, Editora Imago, Vol.XXI, RJ, 1974, p.226.
6. Leonid Grossman, *Dostoiévski artista*, tradução de Boris Schnaiderman, Editora Civilização Brasileira, São Paulo, 1967.
7. Jayme Mason, *Mestres da Literatura Russa*, Editora Objetiva, São Paulo, 1995.
8. Frei Mateus Rocha O.P., *O Tormento de Deus*, Editora Vozes, Rio de Janeiro, 1970.
9. Boris Schnaiderman, *Dostoiévski: a ficção como pensamento in* Artepensamento, p.241, Editora Companhia das Letras, São Paulo, 1994.
10. Henry Troyat, *Dostoievski*, Lello & Irmão, Porto, 1980.
11. Joseph Frank, *Pelo Prisma Russo*, tradução de Paula Cox Rolim e Francisco Acbear Edusp, São Paulo, 1990.
12. JM Coetzee, *Dostoiévski, O Mestre de São Petersburgo*, tradução de Luiz Roberto Mendes Gonçalves, Editora Cia. Das Letras, São Paulo, 1997. [romance, ficção].
13. Boris Schnaiderman, *Os Escombros e o Mito* (A Cultura e o Fim da União Soviética), Editora Cia. das Letras, São Paulo, 1997.
14. Katerina Clark e Michael Holquist: *Mikhail Bakhtin*, Editora Perspectiva, tradução de J. Guinsburg [contém um ca-

pítulo sobre "A poética de Dostoiévski" e prefácio de Boris Schnaiderman], São Paulo, 1998.
15. J.B. Pontalis, "*Dostoiévski et le parricide*", tradução e comentários in Préface de Frères Karamazov, Paris, Gallimard, 1973, p.28.
16. Vladímir Marinov, *Figures du Crime chez Dostoiévski*, Puf, Paris, 1990.
17. Theodor Alajouanine, "*Dostoïevski épileptique* ", Le Nouveau Commerce, Cahier 2: p. 114-133, 1963a.
18. Theodor Alajouanine, "*Littérature et épilepsie*", Cahiers de L'Herne n. 24, Dostoiévski, Paris, 1973, p.309-324.
19. Magalhães, C. P. Freud e Dostoiévski, Revista Artéria, ano II, n.2, Secretaria de Cultura de Santos, 1991, p.32-34.
20. Merejkowsky D., *Tolstoï et Dostoïewsky*, *La personne et l´ouvre*. Paris, Perrin, Libraires-éditeurs, 1903.
21. Boris Schnaiderman, *Turbilhão e semente*, Livraria Duas Cidades, São Paulo, 1983.
22. Amâncio, E.J., *Dostoiévski e a crítica do seu tempo*, revista Artéria, ano I, n.1, Secretaria de Cultura de Santos, 1990, p.64.
23. Amâncio, E.J., *Freud X Dostoiévski: As origens da discórdia*, Revista Artéria, ano I, n.3, Secret. De Cultura de Santos, 1991.
24. Amâncio, E.J., *Dostoevsky and Stendhal`s syndrome*. Arq. Neuro-Psiquiatr. 63 (4). Dec. São Paulo, 2005.
25. Sigmund Freud, *Dostoiévski y el Parricidio*, , obras completas, Editora Biblioteca Nueva, Madrid, Tomo III, 1981, p.3004-3015
26. Souvorine, A.S. "*A propos du défunt*" in Dostoiévski vivant, témoignages, Paris, Gallimard, 1972, p.468-477
27. *Álbum Dostoiévski*, Gustave Aucouturier et Claude Menuet, Bibliot. de la Pléiade, Ed. Gallimard, 1975.
28. Stefan Zweig, *Trois Maitres: Balzac, Dickens, Dostoiévski*, Paris, Pierre Belfond, 1988, p.135-310 (vide excelente tradução para o português por Heitor Moniz em Os contrustores do Mundo, Rio de Janeiro, Ed. Guanabara, p.138, s/d.
29. Aimée Dostoievskaia, *Vie de Dostoiévski par sa fille*, Editora Émile-Paul Frères, 1926.

30. Anna Grigorievna Dostoievskaia, *Dostoiévski mio marito*, Milano, Itália, Tascabili Bombiani, 1977.
31. Jacques Catteau, *La Création Littéraire Chez Dostoiévski*. Institut D'Études Slaves, Paris, 1978.
32. Dostoiévski, *La vie d'un grand pécheur*;(projeto inacabado) Les Inédits, Librairie Stock, 1923.
33. Dominique Arban, *Les Années d'Apprentissage*, Payot, Paris, 1968.
34. Jacques Catteau, *Les Cahiers de La nuit surveillée*, Verdier, Paris, 1983.
35. E. Zamiatine, *Nous autres*, Paris, Gallimard, 1971.
36. Romano Guardini, *L'univers Religieux de Dostoievski*, Editions du Seuil, Paris, 1963.
37. Dostoiévski, *Journal d'un écrivain, 1873, 1876, 1877*, Bibliothéque de la Pléiade, Gallimard, 1972.
38. Jacques Roland, *Dostoïevski, La Question De L'Autre*, Editions Verdier, Paris, 1983.
39. Anna Grigorievna Dostoïevskaïa, *Journal* (Les carnets intimes de la jeune femme de Dostoïevski), Stock, Paris, 1978.
40. Nicolas Berdiaeff, *L'Esprit de Dostoievski*, Stock, Paris, 1974.
41. André Gide, *Dostoïevski*, Gallimard, 1981.
42. Pierre Pascal, *Dostoïevski L'Homme et L'Ouvre*, L'Âge D'Homme, Paris, 1970.
43. A.G. Dostoïevskaia, *Carnets, vol I et II*, Editions "Radouga", 1986.
44. Serge Persky, *La vie et l'ouvre de Dostoïevsky*, Payot, Paris, 1924.
45. Joseph Frank, *Dostoiévski, As Sementes da Revolta (1821-1849)*.Tradução de Vera Pereira, Edusp, São Paulo, 1999.
46. Joseph Frank, *Dostoiévski, Os Anos de Provação (1850-1859)*. Tradução de Vera Pereira, Edusp, São Paulo, 1999.
47. Joseph Frank, *Dostoiévski, Os Efeitos da Libertação, (1860-1865)*. Tradução de Geraldo Gerson de Souza, Edusp, São Paulo, 2002.
48. Joseph Frank, Dostoiévski, *Os Anos Milagrosos (1865-*

*1871).*Tradução de Geraldo Gerson de Souza. Edusp, São Paulo, 2003.
49. Joseph Frank, *Dostoiévski, O Manto do Profeta (1871-1881).* Tradução de Geraldo Gerson de Souza. Edusp, São Paulo, 2007.
50. Joseph Frank and David I. Goldstein, *Selected Letters of Fyodor Dostoyevsky*, Ed. Rutgers University Press, 1987.
51. Marc Slonim, *Three Loves of Dostoevsky*, Rinehart & Company, Inc. New York — Toronto, 1955.
52. Louis Breger, *Dostoevsky, The Author as Psychoanalyst*, New York University Press, 1989.
53. George Steiner, *Tolstoy or Dostoevsky*, Faber and Faber, London-Boston, 1989.
54. Dostoiévski, *Crime e Castigo*. Tradução de Paulo Bezerra, Editora 34, São Paulo, 2001.
55. Dostoiévski, *O Idiota*. Tradução de Paulo Bezerra, Editora 34, São Paulo, 2002.
56. Dostoiévski, *Os Demônios*. Tradução de Paulo Bezerra, Editora 34, São Paulo, 2004.
57. Dostoiévski, *Os Irmãos Karamázov*. Tradução de Paulo Bezerra, Editora 34, São Paulo, 2008.
58. Dostoiévski, *O Adolescente*. Tradução de Paulo Bezerra, Editora 34, São Paulo, 2015.
59. Dostoiévski, *Escritos da Casa Morta*. Tradução de Paulo Bezerra, Editora 34, São Paulo, 2020.
60. Dostoïevski, *Journal d`un écrivain*. Bibliothèque de La Pléiade. Ed. Gallimard, Paris, 1972.
61. Dostoïevski, *Récits, chroniques et polémiques*. Bibliothèque da La Pléiade. Ed. Gallimard, Paris, 1969.
62. Dostoiévski, *Vida e obra*. Stefan Sweig, Editora Nova Fronteira, 2021.
63. Nicolai Tchirkóv, *O estilo de Dostoiévski*, Editora 34, 2022.

Do Mesmo Autor

Em pleno delito (contos, 1986)
Cruz das almas (romance, 1989)
Pergunte ao mineiro (crônicas, 1996)
Minha cara impune (novela, 1997)
Personagens diabólicos na obra de Dostoiévski (ensaios, 1998)
Memórias de um quase suicida (novela, 1999)
Diário de um médico louco (romance, 2012)
O Homem que fazia chover e outras histórias inventadas pela mente (divulgação científica, 2006).
Experiência de Quase Morte (EQMs): Ciência, Mente e Cérebro (2022)

Esta obra foi composta na tipologia Janson Text, corpo 11 por 16,
e impressa sobre papel Pólen Bold 90g/m2, pela Gráfica Nossa Impressão,
Rua da Mooca, 390, São Paulo, SP, Brasil, para a Editora Letra Selvagem,
na primavera de 2023.